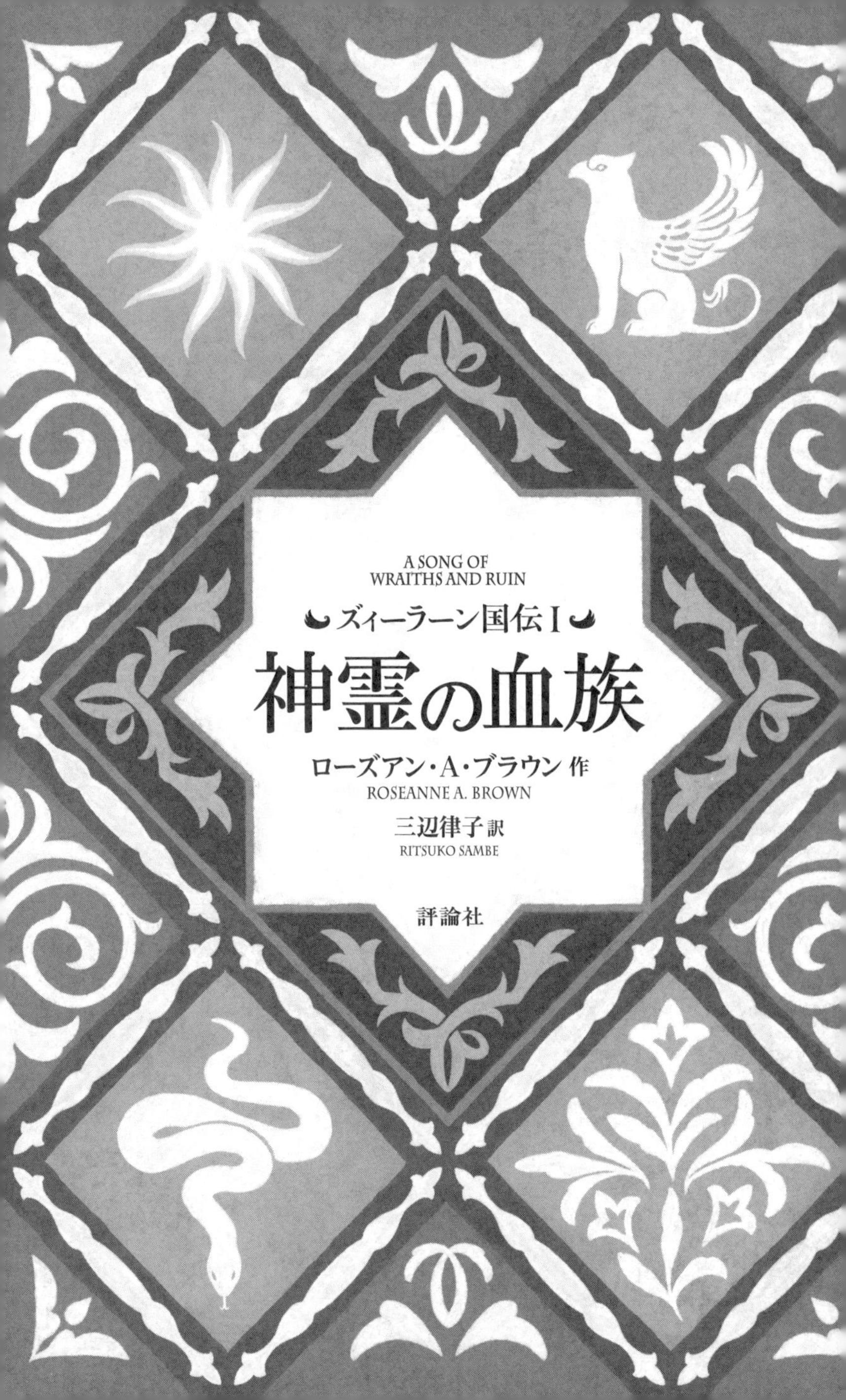

A SONG OF
WRAITHS AND RUIN

ズィーラーン国伝 I

神霊の血族

ローズアン・A・ブラウン 作
ROSEANNE A. BROWN

三辺律子 訳
RITSUKO SAMBE

評論社

A SONG OF WRAITHS AND RUIN

BY ROSEANNE A. BROWN

装画
Naffy
装丁
カワチコーシ
(HONA DESIGN)

ズィーラーン国伝Ⅰ

神霊の血族

N
W
E
S
オーボア
プレムスーア
オソダイアイ
キシーモーコー
エシュラ山脈
フーランダー
タラフリイ
エドラフー海
ダーケンディー海
ウーシールー
ズィーラーン
クーローンコ
イーストウォーター
サバンナ
ダーブージュ
スノーランズ
ソーナンディ

主な登場人物

クサール・アラハリ（宮殿）の人々

カリーナ・ゼイナブ・アラハリ……ズィーラーンの王女。現女王《スルタナ》の一人娘、「たったひとりの生き残ったほうの娘」だが、女王《スルタナ》になる気はない。

ハイーザ・サラヘル・アラハリ（ハヤブサ）……カリーナの母。ズィーラーンの女王《スルタナ》。民の尊敬を集めるすぐれた統治者。

ファリード・シーバーリー……クサール・アラハリの家令で、女王《スルタナ》の相談役。両親と早くに死に別れ、クサール・アラハリで育った。カリーナにとって兄のような存在。

ハナーネ・アラハリ……ズィーラーンの王女。カリーナの姉。十年前、クサール・アラハリで起きた火事によって亡き人となった。ファリードの想い人。

アミナタ（ミナ）……カリーナの侍女。小さいころからいつも一緒で、幼なじみのような存在。

ハミードゥ司令官……近衛兵の指揮官。二代の女王《スルタナ》に仕えてきた。

ソルスタシアの勇者

マリク・ヒラーリー……エシュラの民。紛争に疲弊した故郷を逃れ、ズィーラーンにやってきた。イディアにさらわれた妹を救うため、魔法を使って〈生命〉の勇者となる。

アデトゥーンデイ・ディアキテイ……〈水〉の勇者。名家の出身。マリクの初めての友。カリーナの元恋人。

ドリス・ロザーリ……〈太陽〉の勇者。名家の出身。祖母は、前回のソルスタシアの勝者。

デデレイ・ボチエ……〈火〉の勇者。砂船団で砂漠を旅し、貿易業で名を成した一族の娘。ワカマの名手。

ビントゥ・コンテ……〈月〉の勇者。ズィーラーン大学の優秀な学生。

カリール・アルターイブ……〈風〉の勇者。

ジャマル・トラオレイ……〈地〉の勇者。

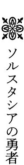

その他

レイラ・ヒラーリー……マリクの姉。しっかり者。

ナディア・ヒラーリー……マリクの妹。ズィーラーンに入る代償として、イディアに連れ去られた。

エファ・ボーアテン……アークェイシー大使の娘。ンクラの秘密を握る。

イディア……大蛇の神霊《オボソム》。

ニェニー……不思議な力をもつ語り部《グリオ》。

バイーア・アラハリ……奴隷だったが、ケヌア帝国の圧政から民を解放し、新しい国「ズィーラーン」を興し、初代女王《スルタナ》となった伝説の人物。カリーナの祖先。

〈顔なき王〉……バイーア・アラハリの夫。ケヌア帝国に寝返ったため、裏切り者とされ、ズィーラーンの歴史が描かれる際も、その顔が描かれることはない。

第1章 マリク

「アブラー！　アブラー！　さあさ、こちらへ！　物語が始まるよ！」

語り部《グリオ》の歌うような客寄せの声が、焼けるように熱い砂漠の空気に響きわたり、ロバたちのいる囲いや、きらびやかな隊商たちのあいだを抜けていく。都市国家ズィーラーンの西門の外には、そうした人々のテントが立ち並んでいる。マリクは思わず声のするほうへ体をむけ、斜めがけにしているかばんの革ひもをぐっとつかんだ。

語り部《グリオ》は、背がマリクの肩くらいまでしかない、でっぷりと太った女で、ニッと口を横に広げて笑うとずらりと並んだ歯がのぞいた。濃い褐色の肌を、マリクの知らないさまざまな記号を組み合わせた骨のように白いタトゥがびっしりと覆い、渦を巻いている。

「アブラー！　アブラー！　さあさ、こちらへ！　物語が始まるよ！」

語《グリオ》り部の声にジャンベ（西アフリカで演奏されている深胴の片面太鼓）の間断ないリズムが加わると、みるみるうちに、バオバブの木の下は大勢の人々でいっぱいになった。今は物語には最適の時間だ。黄昏《たそがれ》が夜と出逢《であ》い、かすかに残る夕焼けが空を輝かせているが、その下の世界は闇に沈んでいる。聴衆はひっくりかえした木箱や、おんぼろの荷車のあいだに腰を下ろした。しょっちゅうバイーア彗星《すいせい》のようすをたしかめているが、彗星はまだはるか遠くにあり、ソルスタシアの祭が始まるのは数時間先だ。

語《グリオ》り部は三度目に声を張りあげ、マリクは一歩、また一歩と彼女のほうに近づいていった。ズィーラーンがエシュラ山脈にある彼の故郷を占領したとき、真っ先に去ったのは語《グリオ》り部たちだったが、わずかに残った者もいて、その言葉はマリクの魂に深く刻まれた。語《グリオ》り部の物語を聴くのは、新しい世界へ入っていくのと同じだ。英雄たちが精霊を従えて天空を踊りまわり、神々が手首をひょいとひねり山々を生み出す世界へ。語《グリオ》り部の声に催眠術にかけられたかのように体が勝手に前へ出ていく。

マリクと姉と妹は、もう二か月ものあいだオジョーバイの砂漠を旅していた。旅の供といえば、荷車の二重底になった床板が、隠れているマリクたちの頭の上でギシギシときしむ音と、砂丘のあいだを吹き抜けていく風の吠《ほ》え声《ごえ》、それから同じ難民たちがぼそぼそとつぶやく泣き言だけだったのだ。物語をひとつ聴くくらい、問題はないだろう。もうもどる故郷もないことを束の間忘れ——。

「マリク、危ない！」

襟元をグイとつかまれ、マリクはしりもちをつきかけた。ほぼ同時に、革のように硬い、小さな牛ほどもありそうな足が、たった今までマリクが立っていたところにドシンと下ろされた。マリクの顔を影が横切り、チッペクエ（サイに似たアフリカの伝説上の生き物）がドシンドシンと、一足ごとに大地を震わせ、砂と小石を舞いあげながら、歩いていった。

子どものころ、チッペクエの話なら何度も聴いていた。しかし、そのどれも、実際の巨大さを伝えきってはいなかった。サバンナで象を狩るために育てられたこの生き物は、鎧《よろい》をつけた頭のてっぺんがマリクの暮らしていた家の屋根をゆうに超える高さにあり、鼻からぬっと突き出た鋭い角だけでも、マリクの背丈と同じくらいあった。

「死にたいの!?」かみつくように言うレイラの上を、チッペクエの影が通りすぎていく。姉は少し曲がった鼻筋越しに見下ろすようにマリクをにらみつけた。「どこに目をつけて歩いてんのよ！」

錆《さ》びた蛇口からポタポタと垂れるしずくのように現実がもどってきて、語り部《グリオ》の呼び込みの声はすうっと小さくなり、隊商の御者たちが家畜をどなりつける声や、楽人たちが昔のソルスタシアの祭の物語を語りきかせる歌声や、居留地の喧噪《けんそう》にとって代わられた。何人かの人が足を止め、もう少しで踏み潰されるところだった愚かな少年を見つめている。その視線を感じ、マリクの顔はカアッと熱くなった。かばんのすりきれた革ひもをぐいとねじると、手のひらに食いこむ。視界の端で影がちらちらと瞬き、ぎゅっと目をつぶると、頭痛が襲ってきた。

「ごめん」マリクはぼそりと言った。

レイラのうしろから、たっぷりとした縮れ毛を弾ませるように頭がひょいと現れた。

「今の見た？」ナディアは興奮したようにさけんだ。妹の口は驚きであんぐりと開いている。「今の――百万メートルくらいあったよね！　ソルスタシアの祭のためにきたのかな？触ってみていい？」

「そりゃ、ソルスタシアの祭にきたんでしょうね。ここにいる人たちはみんな、そうなんだから。それから、なにひとつ触らないで」レイラはそう答え、またマリクのほうに向きなおった。「よりにもよって、あなたがあんなふうにふらふら出ていくってどういうことよ」

マリクのかばんを持つ手に力が入った。自分がどれだけ物語に惹《ひ》きつけられるのか、その力について、いくら姉に説明したところで無駄だ。夢見がちでぼーっとすることの多いマリクとちがい、レイラは論理と計画を好んだ。ふたりはあらゆる意味で、世界の見方がまったくちがうのだ。

「ほんとごめん」マリクは地面をじっと見つめたまま、くりかえした。サンダル履きの日焼けした足の甲が、彼を見つめ返す。本来なら長旅などに向いていない靴で二か月のあいだ歩きつづけたせいで、靴ずれができている。

「聖なるペトゥオよ、わたしに力を。あなたたちふたりといると、頭のないニワトリを連れ歩いてる気分になるわよ」それを聞いてマリクは顔をしかめた。レイラが守護神ペトゥオへの祈りを口にするなんて、よほど怒っている証拠だ。

レイラはマリクに左手を差し伸べた。彼女が〈月〉に属することを示す紋印が、手のひらに刻まれている。

「ほら、象のおしりに踏み潰されるまえにいくわよ」

ナディアがクスクス笑った。マリクはその言い方にムッとしたけれど、おとなしくレイラの手を取った。それから、もう片方の手をナディアのほうへ差し出すと、ナディアもすぐにその手を握った。

　マリクたちが、ソルスタシアの祭に集まった何万という人々のあいだを歩いていっても、だれひとり気に留める者はいなかった。ズィーラーンの外に広がる居留地には、何百という難民がいる。数十人単位で、日々やってくるのだ。さらに三人、付き添う大人のいない子どもが加わったところで、なんの変わりもない。

「ソルスタシア、アーフィーシヤ！　ソルスタシア、アーフィーシヤ！」

　あちこちから、ソルスタシアを祝う声があがる。ズィーラーン語より古い言語だ。数時間もすれば、ズィーラーンの初代の女王《スルタナ》の名のついたバイーア彗星《すいせい》が空に姿を現し、まるまる七日間、輝きつづける。今の世が終わり、新しい世が始まるしるしだ。七日のあいだズィーラーンの人々はソルスタシアと呼ばれる祭を祝い、それぞれの守護神を代表する七人の勇者たちが三つの試練に立ち向かう。そして、勝利を収めた勇者の神が、次の世を統べることになるのだ。

「謝肉祭やら仮面祭やら、世界じゅうのお祭がいっぺんに行われるところを想像してごらん」祖母《ナナ》がまえにそんなふうに説明してくれたことがある。今は数百キロ離れた難民野営地にいるが、マリクは褐色のしなびた手の温かさが頬に感じられるような気がした。キラキラと輝く黒い瞳は、マリクには推し量ることもできない知恵をたたえていた。「それだって、ソルスタシアのたった一時間分にもならないよ」

レイラは特別速く歩いているわけではなかったが、しばらくするとマリクの背を汗が伝いはじめた。息が浅くなり、一息吐くごとに痛みが走る。砂漠の旅に、ただでさえ弱っていたマリクの体はさらに痛めつけられてやせこけ、容赦なく照りつける砂漠の日差しの下で一歩前に踏みだすたびに、紫や緑の点が視界に躍る。

マリクたちは、大きな広場にずらりと六台設置された木造の検問所へ向かっていた。台の上から、ズィーラーンの役人と兵士たちが、都に入る人々を確認する。検問所は隊商の荷車の二倍ほどもあり、旅の者や商人や居留地の難民たちはそのまわりをうろついて、なるべく注意を引かずになんとか検問を通り抜けようとしていた。

「商人と五人以上の者たちは右！　四人以下の者たちは左だ」役人がさけんだ。銀と赤茶の鎧《よろい》に身を包んだズィーラーンの兵士たちはそこいらじゅうをうろついているが、〈近衛兵《センティネル》〉の姿はない。よかった。ズィーラーンの精鋭部隊の姿が見えないのは、いつだって歓迎だった。

マリクは前方にそびえたつ建物をちらりと見上げた。チッペクエとはちがい、昔の物語もズィーラーンの都の大きさは見くびることがなかった。城壁はどこまでも延び、地平線の端で揺らめく蜃気楼《しんきろう》のなかに消えている。太古の砂岩と日干し煉瓦《れんが》で造られた七階建ての建物が野営地を見下ろすようにそびえ、赤岩の建築物のなかで、濃い茶色の蹄鉄型《ていてつがた》の西門だけが浮いて見えた。

群衆の興奮に乗じようと、行商人たちは都への道沿いに屋台を出し、前を通る人々への呼び込みはどんどん熱を帯びていく。店の売り台には、ありとあらゆる商品があふれている。〈大いなる女神〉と七人の守護神をかたどった黒檀《こくたん》の小像や、実際の象の声より大きな音の出る象牙の角笛、悪霊や〈陰の民〉を退ける鈴の護符。

屋台には客が群がっているが、〈陰の民〉用の護符に手を伸ばす者はほとんどいなかった。〈陰の民〉は超自然的な存在で、暗い夜にささやかれる物語に出てくるたぐいの者たちにすぎない。マリクは経験から護符など効かないし、皮膚の触れた部分がかゆくなって青っぽくなることがあるのも知っていた。

〈陰の民〉のことが頭に浮かんだせいで、また肩越しにうしろを見たが、いるのは人間だけだった。気を落ち着かせ、想像上の怪物がいつつかみかかってくるかと、怯《おび》えるのはやめなければならない。今は、このかばんに入っている偽造通行手形でズィーラーンに入ることだけに集中しなければ。そうすれば、マリクもレイラも、ソルスタシアのおかげで飛躍的に増えた働き口にありつける。母さん《ママ》と祖母《ナナ》の通行手形を買う金を稼げるのだ。

でも、もし入れなかったら？

そう思ったとたん、マリクの息は浅くなり、視界の端で再び影が踊りはじめた。世界がぐるぐると回りだし、目を閉じて、おまじないの言葉をくりかえす。何年もまえに、この症状に襲われるようになったころに、母さん《ママ》から教わったものだった。

息を吸って。現実に留まれ。ここに留まれ。

まわりの注意を引かないように、だれのことも見ないように、だれにも話しかけないようにすれば、大丈夫なはずだ。人が大勢いるだけだ。そのなかを歩くだけで、死ぬはずがない。たとえ手のひらが汗でぬるぬるして、心臓が胸から飛び出しそうになっていたとしても。

「ねえ」ナディアが空いているほうの手でマリクのズボンのすそを引っぱり、自分の色あせたジュラバ（長袖、フード付きの体をすっぽり覆う服。モロッコの民族衣装）の前から頭を突き出しているヤギのぬいぐるみを指さした。「ゲゲが、今度マリクがチッペクエに踏んづけられたら、そのかばんをあたしに持たせてくれるかってきいてるよ」

不安が腹のなかでのたうち回っているような気がしていたのに、マリクは思わずにっこりした。「ゲゲは悪い友だちだなあ。ゲゲの言うことは聞いちゃだめだよ」

「ゲゲが、どうせマリクはそう言うだろうと思ったって」ナディアは、六歳にしか持てない真剣さでつぶやいた。マリクは笑い、同時に不安が押し流されていくのを感じた。なにがあろうと、自分には姉と妹がいる。三人いっしょにいるかぎり、大丈夫だ。

マリクたちは、パパイヤの入ったかごを頭の上にいくつも乗せている女の人のうしろに並んだ。そこでようやく、レイラはマリクの手を離した。

「さあ、やっとついた！　あとは待つだけ」

かなりのあいだ、待つことになりそうだった。居留地は活気がみなぎっていたけれど、実際にズィーラーンへ入る列はひどくのろのろとしか進んでいなかった。前にいる人たちのうち何人かは、野営の準備を始めており、急いで進もうとするようすはなかった。

ナディアは鼻にしわを寄せた。「お店を見てきていい？」

「だめよ」レイラは、頭にかぶった青いスカーフのしわを伸ばしながら言った。

「だけど、ぜんぜん進んでないよ！」

「だめと言ったらだめ」

ナディアが頬をふくらませたのを見て、マリクはかんしゃくが爆発しかけているのを感じた。レイラはよかれと思って言ってるんだろうけど、小さい子の扱いはうまくない。そこで、マリクはしゃがんでナディアと目線をあわせ、都の城壁を指さした。「あれが見える？」

ナディアはパッと顔をあげた。「なんのこと？」

「あれだよ、あのいちばん高い塔のてっぺん」

城壁すら、ソルスタシアのために飾りつけられていた。塔から垂れ幕がさがり、それぞれ、〈太陽〉に属する者たちを司るライオン神ギヤタから〈生命〉の者たちを司る野ウサギ神のアダンコまで、七人の守護神の姿が描かれている。アダンコはマリクの守護神だ。

それぞれの守護神が一週間のうち一日を統べ、子どもが生まれると、助産師が赤子の左の手のひらに七人の神のうちひとりの紋印を刻み、一目でどの守護神に属しているのかわかるようにする。守護神は、どんな仕事が向いているかということから、一生の伴侶として運命づけられている相手にいたるまで、人生のあらゆる大事な決定に関わるとされている。

ナディアは城壁に下がっている〈太陽〉の垂れ幕を見てあんぐりと口を開けた。「あたしの紋印！」

「ほら、ギヤタが〈太陽〉の者たちを見てる。次の〈太陽〉の勇者はだれがいいかなって。でも、泣いてたら、選ばれないだろうな」

「泣かないもん！」ナディアは地面に落ちていた枝を拾うと、勇ましげに振り回した。

「それで、もしギヤタが勇者に選んでくれたら、女王《スルタナ》と宮殿に住むんだ。そしたら、なんでも好きなものを食べて、二度と列に並ばなくてていいようにカリーナ王女に法律を作ってもらうの！」

「王女さまは法律は作ってないと思うよ」

ナディアはまた頬をぷっとふくらませた。それを見て、マリクは自分たちがどれだけ似ているか、改めてひしひしと感じた。どんなヘアブラシも受け付けないごわごわした黒い髪、薄い茶色の肌、実際の気持ちと関係なく、いつも驚いているように見える大きな黒い目。「月フクロウの目だな」と父《バ》さん《バ》は言っていた。そう思ったとたん、マリクはほんの一瞬、父《バ》さん《バ》恋しさに息が詰まりそうになった。

「じゃあ、マリクは王女さまに会ったら、なにするのよ?」ナディアがきいた。

カリーナ王女に会ったら、なにをするかって？　マリクは今はいない父《バ》さん《バ》を想《おも》うつらさを押しのけて、ナディアの質問の答えを考えた。

ソルスタシアの勇者に選ばれるとさまざまな特権が与えられるが、祭のあいだ、王宮で暮らせるというのもそのひとつだ。決して口にする気などないが、マリクも一度や二度は、勇者に選ばれ、自分の守護神の代表として注目を浴びるところを想像したことがある。だが、無駄な想像にすぎない。二百五十年以上まえにズィーラーンに征服されて以来、エシュラの民が勇者に選ばれたことなどない。

それに、カリーナ・アラハリ王女は気まぐれでいいかげんだという噂《うわさ》があった。十年近くまえの火事で姉が亡くなったため、今では唯一の王位後継者だが、王女だろうがそうじゃなかろうが、そんな人物に関わりたいとは思えなかった。

「王女さまと気が合うとは思えないよ」マリクは言った。

ナディアはぷりぷりして言った。「つまんないの！」

そして、マリクの腹をグイと突いたので、マリクは大げさに倒れてみせた。

「ああ！　降参だ！　なにかお話を聴かせたら、ぼくを殺さないでくれますか？」

「マリクのお話はもうぜんぶ知ってるもん」

マリクはナディアの目にかかった髪をはらってやった。ナディアは昔から年齢のわりに小さかったが、今では、何か月ものあいだ満足に栄養を取れなかったために、強い風でも吹こうものなら、さらわれてしまいそうだ。

「月にいる女の子の話はしたことあったっけ？」

ナディアはびっくりして口を開けた。「月に女の子がいるの？」

マリクはうなずいて、大げさに顔をしかめ、深刻な表情を作ってみせた。「いるんだ。女の子のお兄さんが、いつもふくれっ面ばかりしているからって月に置いてけぼりにしたのさ」

マリクがそう言いながらナディアの鼻をピンとはじいたので、ナディアは怒りながらもプッと吹きだした。父《パパ》さんはナディアが生まれて一年も経《た》たないうちにいなくなったので、母《ママ》さんと祖母《ナナ》とレイラが畑で働いているあいだ、ナディアの面倒を見ていたのはマリクだった。ナディアのことなら、だれよりもよくわかっている。物語を聴くためならすべてを放り出すのも知っている。マリクとそっくりだ。荷車のなかで、マリクは神話に出てくるいたずら好きのトリックスター〈ハイエナ〉の物語を次から次へと語り、それも尽きると、何年ものあいだわが身に取りこんできたさまざまな伝説から新たに物語を紡いでみせた。のどがガサガサになるまで物語を語りに語り、ナディアが今の重たい現実に押しつぶされないよう努めたのだ。

マリクは再び驚異の念をもってズィーラーンの都を見上げた。エシュラ山脈もズィーラーンの領土の一部だが、この有名な都を実際に目にしたエシュラの民はほとんどいない。通行手形は高額で、交付される確率はあまりに低い。途中のオジョーバイの地にひそむ数々の危険は言わずもがなだ。ズィーラーンは、エシュラの民の生活を、だれがどこの村に住むかといったことにいたるまであらゆる面で管理しているが、ズィーラーンの都がマリクの民を歓迎することは、ぜったいにない。

それでも、マリクたちはここへやってきた。世界一の都の入り口にこうして立っている。虫に食われた毛布の下で姉妹たちと身を寄せ合った数多《あまた》の夜、身を突き刺すような風、動物のように扱われる人々の泣きさけぶ声。二度と故郷を目にすることはできないかもしれないという、魂のうずくような恐怖。そうした日々が報われたのだ。

しかもマリクは未《いま》だ、ちらりとも目にしていないのだ――故郷のオーボアで彼を悩ませていたあの霊たちを。

もう危険は去ったのだ。

そんなことを考えていたとき、すぐ左の列から声があがり、マリクははっとわれに返った。みすぼらしいロバに引かれたボロボロの荷車が検問所にやってきた。手綱をとっている老人が、上から見下ろしている兵士に書類の束を渡す。老人の家族が、うしろから不安そうにようすを見ている。その荷車の横に描かれた、見慣れたしるしを見たとたん、マリクの血は凍った。エシュラの幾何学模様だったからだ。

兵士はいかにも入念に調べているかのように、書類の薄い束をパラパラとめくった。と、次の瞬間、剣を振りかぶり、柄で老人の頭を殴りつけた。「エシュラの民は入ることはできん。書類があろうがなかろうが、関係ない！」

エシュラの民は入れない。世界がまた揺らぎはじめたが、マリクはなんとかまっすぐ前を見つづけた。ぼくたちは大丈夫だ。書類では、ぼくたち三人はズィーラーンの国境内にある町、タラフリィ出身の姉兄妹ということになっている。うっかりエシュラ訛《なま》りを出したりしなければ、マリクたちがエシュラの民だということはわからないはずだ。

老人の家族の悲鳴が響くなか、兵士は老人を捕らえ、荷車を検問所から追い出した。あたりは騒然とし、荷車に乗っていた者たちのうちひとりが乾いた土の上に転がり落ちたが、だれも気づかない。ナディアとたいして変わらない年の子どもだ。だが、人々は、追い出されたエシュラの一家の代わりに列に入ろうと争い、子どものことなど目に入らないようすだ。マリクの心は引き裂かれた。

だれにも救いの手を差し伸べられないまま、地面に倒れているあの子どもがナディアだったら？　そう思うだけで、マリクの胸はキリキリとしめつけられ、見るまいとしてもまたすぐに少年のほうへ目がいってしまう。

レイラはマリクの視線の先を見て、顔をしかめた。「だめよ」

けれども、マリクはすでにそちらへ踏み出していた。すばやく駆け寄り、少年を立たせてやる。

「大丈夫？」けがはないかと、少年の体に目を走らせる。少年は疲れ切った顔を上にむけ、うつろな目でマリクを見た。落ちくぼんだ黒い目の奥深くに、マリクの姿が映っている。

すると、稲妻のようなすばやさで、少年はマリクが首にかけていたかばんをひったくり、人ごみのなかへ飛びこんだ。マリクはただ呆然《ぼうぜん》と、口をあんぐりと開けて今の今まで少年がいた場所を見つめた。

「待て！」

自分の甘さを呪いながら、マリクはできることをするしかなかった。

あとを追いかけたのだ。

第2章　カリーナ

〈踊るアザラシ亭〉はよくある、おそろしく古くて汚れた建物だった。目につく棚や桟の表面には正体不明の汚れが何層にもこびりつき、従業員まで垢じみている。けれども、食事はおいしかったし、出し物はさらに輪をかけてすばらしかったので、ズィーラーンの外城壁近くにあるこの食堂に、カリーナはきたのだった。

横にぶすっとしてすわっているアミナタをしり目に、カリーナの視線は、観客を意のままに操る演者に注がれていた。かっぷくのいい吟遊詩人の男はウード（アジア南西部やアフリカ北部の弦楽器）をかき鳴らしている。先がくるりと完璧に巻きあがったあの口ひげは、偽物だろう。見かけは別として、たしかに腕はいい。店の真んなかに設けられた円形の舞台をふんぞり返って歩き回っているようすからして、自分でもそれがわかっているにちがいない。

その夜の観客は、ほとんどが旅の者と商人たちで、その顔には、容赦ない砂漠の道を長年にわたり旅してきたことを示すしわが刻まれている。話し声に耳を傾けると、オジョーバイの北にある密林地帯に暮らすアークェイシーの民の話すケンシャー語や、イーストウォーターのサバンナで使われているトゥーホーガー語などが聞こえる。びくびくしているエシュラの給仕に浴びせられるダラジャット語が混じることさえある。今夜は、ソーナンディの主だった民がすべてここにいるみたいだ。

でも、なによりいいのは、だれもカリーナの正体を知らないことだ。

濃厚な豆のシチューや湯気をあげている子羊の肉がところ狭しと並んでいるテーブルを囲む低い座椅子に深々と身を沈め、お客は口々に吟遊詩人に演奏してほしい曲の題名をさけんでいる。その曲名はどんどんいかがわしいものになっていき、吟遊詩人のウードに合わせ、調子っぱずれな歌声が響きわたる。ソルスタシアの祭は、いちばんのしみったれの財布をも開かせ、客の多くはまだ日が沈んでもいないというのに、すでに三杯目や四杯目を胃に流しこんでいた。

カリーナと目が合うと、吟遊詩人はニッと笑った。カリーナは首をかたむけ、その厚かましい仄《ほの》めかしに、天使のように無垢《むく》な微笑《ほほえ》みを返してみせた。

「そこでずっと、粋がってるつもり？　それとも、聴く気になるようなものを弾いてくれるの？」カリーナは挑発するように言った。客席からおおーっというどよめきがあがり、吟遊詩人の浅黒い頬に血がのぼり、紫色になる。店内は清潔とは言えないかもしれないが、〈踊るアザラシ亭〉はズィーラーンでも一、二を争う評判の演奏家たちの集まる酒場なのだ。ここの観客は、一流の奏者でなければ納得しない。

吟遊詩人はにぎやかな曲を弾きはじめ、孤独な精霊と貧しい奴隷の少女の運命の恋を事細かに語り聴かせた。カリーナは座椅子に寄りかかり、詩人をじっと観察した。最初に思ったとおりだ。この男には才能がある。観客の移り変わる気分に合わせてメロディにひねりを加え、物語の佳境では食らいついていく。彼の守護神を当てろと言われたら、〈火〉と答えるだろう。〈火〉に属する者たちは、劇的な効果を生む才を持っている。

頭に巻いた布のしわをのばし、髪が一房たりともはみ出ていないのを確認してから、アミナタのほうに身をよせる。「あの口ひげ、毎日油を塗ってつやつやにしてると思う？」

「長居しすぎているように思います」アミナタは、テーブルにこぼれている正体不明の液体から少しでも離れようと体のむきを変えた。

「ここにきて、まだ十分《じっぷん》よ」

「もう十分《じっぷん》です」

カリーナはあきれ顔になり、侍女からもっと別の反応を期待していた自分を呪った。アミナタにひと晩くらいのんびりしたらと説得するくらいなら、魚に陸で泳げと言って聞かせるほうがまだ簡単だ。

「ソルスタシアなのよ、ミナ。わたしたちだって、楽しまなきゃ」

「せめて、わたしたちを刺しかねない連中がうようよしていないところにいくわけにはいかないんですか？」

それを言うなら、人のいる場所ならどこだって、わたしたちを刺しかねない連中がうようよしてるわよ、と反論しかけたとき、吟遊詩人が、父《パパ》がよく弾いていた曲を演奏しはじめた。頭蓋骨の内側を木槌《きづち》で叩《たた》かれるような鈍い痛みに、言葉を飲みこむ。目をギュッと閉じ、食いしばった歯のあいだからスーッと息を漏らすと、テーブルの端をきつく握りしめた。木のとげが皮膚に突き刺さる。

アミナタは眉をひそめ、すぐにカリーナの片頭痛の原因に気づいた。「ひどくなるまえに、出ましょう」アミナタは気遣うように言った。カリーナの悲しみに気づくと、だれもがこの口調になる。

「まだ帰らない」

おそらく今夜を最後に、ソルスタシアが終わるまではもう、自由など味わえないだろう。片頭痛だろうがなんだろうが、この機会をみすみす逃すわけにはいかない。

詩人が最後にもう一度ウードをかき鳴らすと、店じゅうに歓声が響いた。詩人は投げ銭をビロード製の小銭入れに集めると、カリーナたちのテーブルまで大またで歩いてきて、腰をかがめて深々とお辞儀をした。

「今宵の演奏は、あなたさまの麗しさに引けを取らぬ喜びをもたらしたでしょうか」

片頭痛といっしょに襲ってくるめまいを押しのけつつ、カリーナは片方の眉をクイッとあげた。目の前の男の見た目については、あるいは、七十歳近くにでもなれば、麗しいと言えたかもしれないが、あいにくカリーナはまだ十七歳だ。男は、宮殿の泉でゲロゲロ鳴いているヒキガエルそっくりだった。唇の両端があがりかけるが、笑みは浮かべずに言う。

「すばらしかったわ」カリーナは、男が腰にぶら下げている小銭入れに目をやった。「今日の稼ぎをどうなさるおつもりか、きいてもいいかしら」

吟遊詩人は唇をなめた。「あなたのお時間を一時間ちょうだいできれば、直接ごらんにいれますよ」

アミナタは軽蔑を隠そうともせずにフンと鼻を鳴らしたが、カリーナは答えた。「わたしなら、そのお金にうってつけの行き先をお教えできると思うのだけど」

「ぜひお教えくださいさい、かわいらしいガゼル（鹿に似たウシ科の動物）どの」吟遊詩人はいやらしい目つきでカリーナを見た。カリーナは彼の左の手のひらに目を走らせた。紋印はない。つまり、どの守護神にも属していないのだ。この男は、どこか遠い国からきたにちがいない。イーストウォーターのサバンナあたりだろう。

「わたしのポケットのなかよ」カリーナは男の鼻先まで身を乗り出した。オレンジの香りがする。口ひげに塗っているオイルの香りにちがいない。「賭けをしましょ。ひとり一曲ずつ。勝者を決めるのは観客よ」

吟遊詩人の顔に驚きが浮かび、すぐに腹立たしげな表情が取って代わった。カリーナは笑いをかみ殺した。

「そもそも楽器はお持ちなのかな？」

「ええ。アミナタ、出して」

アミナタはため息をついたが、膝の上に置いていた革のケースをうやうやしくカリーナに差し出した。カリーナのウードの状態を見て、男はせせら笑った。洋ナシ型のボディに細いひびがいくつも走り、父《パパ》がネックに彫ってくれた花の模様もとっくにあせて、ほとんど見えなくなっていた。けれども、父《パパ》からの最後の贈り物を手に取ると、全身が安らぎに満たされ、頭の痛みも和らいだ。

カリーナは、むぞうさな手つきで十一本あるウードの弦の調弦をしながら言った。「わたしが勝ったら、今日の稼ぎをぜんぶいただくわ」

「わたしが勝ったあかつきには、あなたをひと晩わたしのものとさせていただこう」吟遊詩人は言った。

カリーナはあからさまにウッとしかけたのを、なんとかこらえた。「わかったわ。ソルスタシアの精神にのっとって、あなたに曲を選ばせてあげる」

吟遊詩人は目を細めたが、それからにんまりと笑みを浮かべた。「『バイーア・アラハリのバラッド』にしよう」

カリーナの頭がまたズキズキと痛みはじめ、胸が締めつけられる。父《パパ》はこの曲が大好きだった。

動揺に気づかれまいと、カリーナはひと言で答えた。「お先にどうぞ」

『バイーア・アラハリのバラッド』は物悲しい曲調で、ズィーラーンの初代女王《スルタナ》バイーア・アラハリと、その夫である〈顔なき王〉の戦いを語る。〈ファラオの戦い〉と呼ばれるこの戦いの最後、〈顔なき王〉はバイーアの敵であるケヌア帝国の側にねがえるのだ。曲が始まるとたちまち、観客は頬を涙で濡《ぬ》らし、なかには、声をあげてすすり泣く者さえいた。しかし、一目でズィーラーン人ではないとわかる常連客の多くは、さして心を動かされたようすでないことに、カリーナは気づいた。敵手が演奏しているあいだ、カリーナは彼らのようすをじっとうかがっていた。

最後の余韻をひびかせ、吟遊詩人がウードをおろすと、割れんばかりの拍手が沸き起こった。

「そちらの番だぞ」男は、獣のようにカリーナの体をじろじろと眺めまわした。カリーナは前へ進み出て、ウードを構え、楽器の哀れな状態を見てあがった嘲笑を無視した。

たしかに、男の演奏はうまかった。

だが、わたしのほうが上だ。

だれかに制されるまえに、カリーナは目の前のテーブルに飛び乗った。狙い通り、テーブルを囲む客が驚きの声をあげる。サンダルを履いた足で拍子を取ると、タン、タン、という音が店にこだまする。アミナタには背をむけていたが、苦虫を嚙《か》み潰《つぶ》したような顔をしつつも、合わせて手拍子を打ちはじめたのがわかる。たちまち、店じゅうの客がいっしょになって、手に持っているものでテーブルを叩《たた》きはじめる。

ハイエナも真っ青の顔いっぱいの笑みを浮かべ、カリーナはウードを弾きはじめた。

それはもちろん『バイーア・アラハリのバラッド』だったが、元の曲がわからないほどアレンジが加えられていた。吟遊詩人の男は、この曲の持ち味である、抑えのきいた、にもかかわらず美しい哀《かな》しみを強調するように演奏したが、カリーナは、ダンス曲、それも、いちばん早い曲に使われるようなテンポでウードをかき鳴らした。本来は音を抑えて弾くべきところをクレッシェンドで、やわらかい音を奏でるところをにぎやかに弾く。だが同時に、このバラッドを有名にした、底流に流れる悲哀が失われることはなかった。ただ、悲哀は狂気じみた力へと変換されていた。カリーナが知る唯一の哀しみの形へと。

最初の一節はズィーラーン語で歌い、テーブルの上でぐるりと回って、店じゅうの客に聴かせた。

二節目で、ケンシャー語に切り替える。アークェイシーの民から歓声があがる。今夜初めて、彼らが演奏に耳を傾ける。それから、トゥーホーガー語で歌い、またケンシャー語にもどる。一節ごとに、ソーナンディで話されている主な言語から言語へと切り替えていく。だが、ダラジャット語だけは、一行たりとも使わなかった。カリーナの家庭教師たちは、エシュラの民の言葉は教える価値などないと考えていたし、カリーナ自身にも独学するほどの意欲はなかった。

最後の調べは、歓声にかき消された。カリーナが愛嬌《あいきょう》たっぷりに微笑《ほほえ》んでみせると、吟遊詩人はウードを床に叩きつけかねない表情を浮かべた。

「これはいただくわね」カリーナは男の小銭入れをつかむと、手の上で弾ませた。少なく見積もっても、百ダイラはありそうだ。

「もう一勝負しようじゃないか！」男はどなった。

「なにを賭けるの？　わたしにくれるものがまだあるわけ？」

男は怒りに顔をゆがめつつ、袋から重たそうなものを取りだした。「これを賭けよう」

男は、カリーナが見たこともないような古い本を掲げてみせた。緑色の革表紙にはなにやら噛んだ跡のようなものがつき、時を経て黄ばんだページにはカビが浮いている。題名は褪《あ》せ、ズィーラーン語で『死者の書　ケヌア帝国における死の興味深い事象徹底研究』とあるのがかろうじて読めた。

「これをわたしに売ったのは、題名すらろくに読めない男だった。自分が手放したものが、正真正銘ファラオの時代の遺物だということもわかっていなかったのだ」

表紙に浮き彫りになったケヌアの象形文字を見て、カリーナの背を震えが駆けのぼった。むかしから特に好んで読書をするというほどではなかった。とうに歴史のなかに失われた文明に関する埃《ほこり》にまみれた本など、ほしくもなければ関心もない。

「この本がそんな特別なものなら、なぜ賭けに差しだすわけ?」

「価値のあるものを手に入れるには、それなりの対価を払わんとな」

挑戦されて逃げるカリーナではない。賭けで手に入るものがなんだろうが、それはどうでもいい。カリーナはニッと歯を見せて笑うと、ウードを背からおろした。

「二回戦ね」


二十分後、カリーナは跳ねるような足取りで〈踊るアザラシ亭〉をあとにした。本でずしりと重くなった袋を抱え、うしろにはアミナタが第二の影のようにつき従っている。街は、ソルスタシアの祭の準備が大詰めを迎え、ごった返していた。作業員たちが足場にぶら下がって、ひしめき合うように建ちならぶ建物のあいだにジャスミンとラベンダーの花飾りを渡している。そのかたわらでは、白い式服を着た侍祭たちが人々にむかって、新しい時代まで持ち越したくないものを供せよ、そうすれば、開幕の儀のあいだに〈大いなる女神〉に捧《ささ》げることができるぞ、と呼ばわっている。老いも若きもみなぞろぞろと神殿への道を歩きながら、だれが七人の勇者に選ばれるだろうとさかんに議論を戦わせていた。

袋のなかでコインがジャラジャラと音を立てるのを聞きながら、カリーナはにんまりとせずにはいられなかった。鏡台の宝石箱に隠しているダイラは着実に増えていたが、これでまた、新たな戦果を加えることができる。コインが一枚増えるごとに、カリーナが心から望む生活へまた一歩近づくことができるのだ。ズィーラーンから遠く離れたところで暮らすという願いに。

「どうしていつもそう、目立つやり方をするんです？」アミナタはため息をつき、ふたりは道の真んなかに〈月〉の神ペトゥオの祭壇を作っている一団をよけた。

「あら、大好きなミナ、わたし、自分の人生では、一度だって目立つことをやったり言ったりしたことはないけど？」

カリーナは『死者の書』を気のないようすでパラパラとめくり、さまざまな章タイトルにぼんやりと目を走らせた。「ズーウェンジーとユールラジーの魔法の見分け方」「仔蛇豹《サーポパード》の育て方」「メイラート彗星《すいせい》に関わるよみがえりの儀式」

カリーナは手を止めた。メイラート彗星というのは、ケヌア語でバイーア彗星のことだ。よみがえりの儀式はもっとも神聖かつ高度な術である。儀式を行うことができるのは、メイラート彗星が空に現れている週のみであり……。

カリーナは記述を飛ばし、その下の図へ目をやった。最初の図には、仮面をつけた人々が白い布で包まれた遺体を囲んでいるところが描かれていた。次の図には、真っ赤なものが詰めこまれた心臓を遺体の上に置くところが、三番目の図には、その遺体が歩き回っているようすが描かれている。かつての遺体には生気が宿っている。

カリーナは舌打ちをし、本を袋にもどした。ケヌアの民が本当に死者をよみがえらせる秘術を知っていたなら、今ごろ、とっくにだれかが発見しているはずだ。うちに帰ったら、本はファリードにやったらいいかもしれない。ファリードは昔から、古い退屈なものが好きだから。

曲がり角に差しかかった。左へいけば、河市場と西門へ出る。右へいけば、ジェヒーザ広場をぬけて〈旧市街〉へ入る。日の入りまでまだいくばくかあったが、砂漠の夜の冷気がすでに街をおおい、カリーナは頭の布をきつく巻きなおしながら、どちらへいこうかじっと考えた。

ズィーラーンは、実際はふたつの都からなっているとも言える。ひとつ目は〈旧市街〉と呼ばれるもともとの要塞《カスバ》で、かつて女王《スルタナ》バイーア・アラハリが築いたクサール・アラハリ（「クサール」はアラビア語で、マグリブのオアシス住民の城壁に囲まれた村落の意味）と呼ばれる砦《とりで》であり、宮殿を有している。一方、〈旧市街〉の西に広がるのが〈新市街〉で、四分の三近くが無秩序に広がるごみごみした地区からなっている。ズィーラーンの都を魅力的にしている人々が暮らすのは、こちら側だ。〈旧市街〉と〈新市街〉を外城壁が囲み、ソーナンディはさらにその先へと広がっている。カリーナは自分たちの暮らす大陸の地図をさんざん眺めてきたから、いつかズィーラーンを出たあかつきには、なにを見ることができるのか、すっかり暗記している。北へいけば、アークェイシーのうっそうとしたジャングルがあり、西へむかえば、エシュラ山脈がそびえている。ズィーラーンと境界を接しているのはこのふたつだけで、探検されるのを待っている世界のほんの一部にすぎない。

むこう側に世界があることを知っているのと、実際に見るのとでは、大ちがいだ。だが、カリーナは外城壁に近づくたびに、腹の底にぐいと引きもどされるような衝撃を感じた。

抗《あらが》おうとしても、自らに背負わされた義務感の強さを思い知らされ、いらだちを覚えるはめになる。

カリーナは左へ曲がり、アミナタが不満げにブツブツ言うのを無視した。「神殿通りへいくわよ。もしかしたら〈風〉の神殿で〈選びの儀〉を見られるかもしれないし」

カリーナ自身は〈風〉に属しているが、守護神サントロフィにたいして敬愛の念を抱いているわけではなかった。父《ババ》と姉のハナーネが死んでからひたすら祈りつづけてきたことに、彼女の神は応えてはくれなかった。

壁に体を押しつけて、怒り狂ったイボイノシシを連れた踊り手たちをやりすごしていると、アミナタが言った。「それはそうと、あの歌をあんなにいろいろな言語で歌えるとは知りませんでしたよ」

「歌えなかったわよ、今夜がはじめて」

「演奏しながら訳していたということですか?」

「何年間も語学の家庭教師たちをつけられていたのが、ようやく役に立ったってことね」

カリーナの自惚《うぬぼ》れを隠そうともしない口調に、アミナタは呆《あき》れた顔をした。

一見、ふたりはなにもかも正反対だ。侍女があらゆる点で平凡で控えめなのに比べ、カリーナは社交的で傍若無人だし、アミナタの神は〈水〉で、カリーナは〈風〉、ほっそりと引き締まった体のアミナタに、どちらかというとふくよかでしっかりした体つきのカリーナ、髪もアミナタはきつい縮れ毛を頭皮から二センチほどに刈りあげているのに対し、カリーナの髪はおろすとゆるやかに波打ってふわりと肩にかかる。けれども、アミナタの母親は大勢いる世話役のなかでもカリーナのいちばんのお気に入りで、それもあってふたりは小さいころからどこへいくにもいっしょだった。アミナタよりも長くいっしょにいたのは、両親が後見人として面倒を見ていたファリードと、姉のハナーネくらいだろう。

「今の半分でもいいから真剣に授業を聞けば、都一の成績をとれるでしょうに」

「それで、〈ハヤブサ〉から今以上に期待されるわけ？　ラクダの糞《くそ》を食ったほうがましよ」

「お母さまはお喜びになると思いますよ」と、アミナタは庶民が女王《スルタナ》につけた猛禽《もうきん》の名は使わずに答えた。「勉強なさったことがそんなに身についていると、お知りになったらね。それをいうなら、お母さまに気づかれるまえに、もどらないと」

「わたしが目の前で倒れて死んだって、お母さまは気づかないわよ」

「そんなこと、ありません」

いつになくカリーナは罪悪感に胸がズキッとするのを感じた。けれども、ここまではるばるきたのは、ハヤブサの娘への愛情（というより、愛情不足）について話すためではない。

「ミナ、今日は何の日だかわかってる？」またもや侍女の説教が始まるまえに、カリーナはたずねた。

「ソルスタシアの前日です」

「その通り」カリーナは空の西の端を指し示した。「今夜、五十年ぶりにバイーア彗星《すいせい》が見えるのよ。そんな日に、毎日のように顔を合わせている人たちと宮殿のなかに閉じこめられていていいの？」

ソルスタシアの不思議を語る数々の物語は、ソーナンディじゅうから人々をズィーラーンにひきつけていた。守護神を信仰していない地域の人々すら、例外ではない。そんな特別な時を、一週間後にソルスタシアが終わってからもここにいるような人たちとすごすなんて、もったいない。今しか見たりしたりできないことが、山のようにあるのに。

けれども、アミナタの言うとおり、カリーナの不在がそう長く、見過ごされるはずはない。カリーナがクサール・アラハリを抜け出すのに使ったのは、カリーナは知らないだろうと思われている、今では使われていない召使い用の出入り口だ。だが、本当なら彗星の鑑賞会にいく準備をしているはずのカリーナがいないことに、いずれだれかが気づくにちがいない。

もう一度クサール・アラハリのほうを振り返ったが、地平線上で宝石のように輝いている宮殿は、旧市街から一歩遠のくごとに、小さくなっていく。せめて街に出れば、ソルスタシアを楽しむ人々といっしょになることができる。いくら本当の意味では一員になれないとしても。

「もどらないわよ」カリーナはアミナタにというより、自分にむかってつぶやいた。「少なくとも、今はまだもどらない」

「もどらないってどこへかね？」

その声にカリーナとアミナタがパッとふりかえると、〈踊るアザラシ亭〉の吟遊詩人が立っていた。すっと物陰から出てきた男の手には、短剣が握られている。カリーナたちは思わずうしろへ下がり、建物の壁際に追い詰められた。男がこちらへ迫ってきたので、カリーナはアミナタをかばうように腕を伸ばした。

「若い女の奏者がズィーラーンの店を片っぱしから荒らしてるって噂《うわさ》を耳にしてね」男の

短剣が、わずかな光をとらえてきらりと光った。「演奏後すぐに店を出て、二度と同じ場所には姿を現さないんだとよ」

カリーナは助けを求めてすばやく通りを見回したが、腹立たしいことに人っ子一人いなかった。新市街のこのあたりでは、暴力の気配を感じたときは、すぐさまその場を立ち去ることくらい、みな心得ている。

「そんなふうに相手のことを調べる時間があるなら、自分の腕を磨くのに使ったらどう?」カリーナは答えた。さけんで兵士を呼ぼうかとも思ったが、男が焦って襲ってくるかもしれない。

「言いたいことはそれだけか、ガゼルちゃん。いや、殿下と呼ぶべきかな?」

吟遊詩人の視線が自分の額にむけられるのを見て、布から巻き毛がこぼれ落ちているのに気づき、カリーナは心のなかで毒づいた。嘘《うそ》なら息を吐くようにつけるが、どんな嘘も、嵐のまえの雲と同じ銀色に輝く髪を覆い隠すことはできない。

ズィーラーンの王族アラハリ家の血をひく、まごうことなきしるし。

カリーナは、隠すことのできない真実を隠そうとするのはやめて言った。「わたしがだれだか知っているのなら、その短剣を捨て、この場を去るのが、おまえにとっての得策だとわかっているはずだ」

「あいにく、おれにとっての得策は、ハヤブサことハイーザ・サラヘルがたったひとりの娘の身代金にいくら払ってくれるか知ることだな」

それを言うなら、たったひとりの生き残ったほうの娘だけど、とカリーナは心のなかで訂正した。

勝ってアドレナリンが出たせいか、単にそのまえに数杯飲んだワインのせいかもしれないが、カリーナが恐れるようすもなく短剣のほうへ踏み出したので、驚いたアミナタは袖をつかんだ。

「ほら、やりなさいよ」カリーナはその夜二度目の挑発を口にした。「やれるものならどうぞ」

それに、もし死んだとしても、また父《パパ》とハナーネに会える。女王《スルタナ》にならなくてすむ。

男が跳びかかろうと構えた。と、そのとき、カリーナの背骨に冷たいものが走った。耳のなかでキーンという音が響く。と、さっと影が動き、次の瞬間、男のうしろに近衛兵《センティネル》が現れた。男の短剣の数倍はある剣を持った近衛兵《センティネル》は、人間とは思えないスピードで男に迫った。薄れゆく夕陽《ゆうひ》に、純白の鎧《よろい》が骸骨のように浮かびあがる。近衛兵《センティネル》はあっという間に男の足をすくい、武器を奪い取った。

カリーナとアミナタは壁の前で身を寄せ合い、目を見開いてそれを見ていた。近衛兵《センティネル》が戦っているときは、手を出してはならない。邪魔をせず、彼らの敵が自分でなかったことに感謝するのみだ。

近衛兵《センティネル》は男の顔を肘でつき、小枝かなにかのように手首を楽々とへし折った。男は自分の血だまりのなかに崩れ落ちた。体の下敷きになった腕がおかしな角度にねじれていた。

キーンという耳鳴りがますます大きくなり、近衛兵《センティネル》がカリーナとアミナタのほうにむき直った。胸の前でぴんと張っている銀と深紅の飾帯を見て、彼女がただの近衛兵《センティネル》でなく、ハミードゥ司令官だと気づいた。近衛兵《センティネル》の指揮官を迎えによこすとは、クサール・アラハリ内のうろたえぶりがわかる。感激すべきなのか憂うべきなのか、カリーナにはわからなかった。

アミナタのほうをちらりと見て無事を確認すると、カリーナはハミードゥ司令官にむかって反抗的にあごをあげてみせた。近衛兵《センティネル》は王家の直属で、ふつうの兵士には任せられないような細心の注意を要する任務を主に行う。にもかかわらず、彼らを前にすると、カリーナはいつも、どこか落ち着かない気持ちになった。「いいわよ、わたしは捕まったってことね。だれのところへ連れていくつもり？　ファリード？」
長すぎる沈黙のあと、ハミードゥ司令官は答えた。「お母さまのところです」
その夜初めて、本物の恐怖がカリーナの血管を巡った。

第3章

マリク

のどから心臓が飛び出しそうになりながら、マリクは書類の入ったかばんを盗んだ少年を追いはじめた。ナディアとレイラがあとにつづく。あざやかなケンテ（綿製の布。金糸を用いる。王権・栄光を象徴する）に身を包んだアークェイシー国の一団が店で竹製のガラガラを選んでいる横を通り抜け、ワカマをして遊んでいる子どもたちのなかに突っこみそうになる。本当なら存在してはならぬものが風にふわふわとただよい、ささやき交わすのが聞こえ、マリクは恐怖にいっそう足を速める。

荷車に年代物の絨毯《じゅうたん》を積みこんでいる商人たちの近くまでいったところで、少年の姿を見失った。商人たちは〈地〉に属する者らしく、緑色の服に神コトコの紋印が刺繍《ししゅう》されている。

「あの、すみません」マリクはハアハアと体を折り曲げ、声を絞り出した。赤と茶色の革かばんを持った少年を見たかどうかたずねたかったのだが、いつものように知らない人間に話しかけようとすると、言葉がのどにつっかえた。「このあたりで――その――かばんを持った男の子を見ませんでしたか？」

商人は目をぐっと細め、マリクのもつれた髪とボロボロの服に目をやった。とたんに、マリクは訛《なま》りを隠すのを忘れたことに気づいた。

「近寄るな、ケッキーめ」商人はマリクのすりきれたチュニックにペッと痰《たん》を吐いた。

言葉以上の暴力を振るわれるまえに、マリクたちはあわててその場を立ち去った。それから一時間近く捜したが、少年はすでにどこかへ姿をくらましていた。マリクが助けを求めようとまわりの人に近づいていっても、追い払われるか、ひどいときには石やごみを投げつけられるだけだった。

エシュラの民へむけられる嫌悪には今さら驚かなかった。彼の民にとって、これは二世紀以上もつづいてきた現実なのだ。ズィーラーンの軍隊がエシュラの民の住む山岳地帯に入ってきて、部族間の争いを鎮圧し、そのまま居すわったときからずっとだ。ズィーラーンは、その後もエシュラの長老たちが借金を返せないことを理由に、エシュラを占領しつづけた。長老たちは、ズィーラーンは戦いを口実にエシュラの豊かな土地を盗んだと主張したが、オジョーバイはどんどん荒れ果てていった。

だれの話が本当なのか、マリクにはわからなかった。わかるのは、自分が生きている現実だけだ。ズィーラーンが頂点に立ち、彼の民が底辺にいるという現実だけ。

もはやこれ以上一歩も歩くことができなくなり、マリクは崩れかけた砂の壁の横にへなへなとすわりこんだ。さんざん捜しまわったあげく、検問所の外れまでもどってきていた。チッペクエが砂のなかでうとうととまどろみ、太った女の語り部《グリオ》がバオバブの木の下で物憂げにジャンベを叩《たた》いている。女の動きに合わせ、骨のように白いタトゥが躍っているように見える。体の芯まで疲れ切っていたにもかかわらず、語り部《グリオ》の呼びこみに引かれる気持ちがよみがえってきた。

マリクは恥ずかしさに頭《こうべ》を垂れた。姉妹の目を見ることができない。あの革かばんが、ズィーラーンで新しい生活を始めるための唯一のチャンスだったのだ。あのなかの書類がなければ、マリクたちは虫けら同様の存在にすぎない。そして、そうなったのはすべてマリクのせいなのだ。

「ごめん」マリクは言葉をのどに詰まらせながら言った。やっとの思いでレイラのほうを見たが、姉は目をつぶっていた。唇が無言の祈りを唱えている。そういうとき姉の邪魔をしてはいけないことは、マリクもナディアも心得ていた。

「どうしてあたしがやめろと言ったのに、列から離れたの？」声は落ち着いていたが、震える肩が本当はそうでないことを物語っていた。ナディアが姉と兄をかわるがわる見ている。マリクと同じくらい動転しているのがわかる。

「あの子……あの子を助けてやらないとならなかったから」マリクは消え入りそうな声で言ったが、自分の耳にもむなしく聞こえた。

「だからって、あんたが助けてやる必要はないでしょ！　出発するまえに母《マ》さん《マ》が言ったことを忘れたの？『外へ出たら、信じられるのは自分たちだけだよ。ほかの人たちは、おまえたち三人がどうなろうと構っちゃくれない。だから、信用しちゃいけないよ』って。知りもしない人間のほうが、あたしたちよりも大切なわけ？」

　マリクは何度か口を開けては閉めたが、言葉は出てこなかった。レイラの言うとおりだ。自分は考えずにただ気持ちだけで行動してしまった。そのせいで、これまで必死に努力してきたことも、長いあいだ旅をしてきたことも、汗水たらして働いてきたことも、すべてが無駄になったのだ。自分たちの置かれた過酷なまでの状況がマリクを打ちのめした。とっさにかばんの肩ひもへ手をのばしたが、つかんだのはうわっぱりだけだった。

「そ――それは――」

まわりでいくつかの影がうごめき、マリクの絶望に引き寄せられるようにじわじわと迫ってきた。両目に手のひらを痛いほどきつく押しあてると、彼の弱さをしかりつける父《バ》さん《バ》の声が頭のなかで響いた。本物の男は泣かないんだ。

涙をこらえようとすればするほど、体の内側から重圧がこみあげる。ズィーラーンにはいられない。お金もないし、エシュラの民に仕事をくれる人などいるはずがない。でも、うちへ帰ることもできない。帰るうちはもうないのだから。今では、うちというのは、祖母《ナナ》と母《ママ》さんがいる、タラフリィの難民野営地のことだ。ふたりはそこで、マリクたちが送ることになっていたお金を待っている。なにも持たずにもどるなんて、ぜったいにできない。でも、ほかにどうすればいい？

ナディアがなにか言ったけれど、マリクの耳には届かなかった。頭のなかでさまざまな考えがゴウゴウと渦を巻き、なにも考えることができない。影は今や彼のまわりに群がり、彼の知らない言葉でささやきかけてくる。背中を壁にぶつけるようにしてしゃがみ、耳をふさぎ、膝を抱えこむ。影が集まってなにかの形を取ろうとしている。目を背けることができない。

膨れあがった魚のような幻影が、人々の脚のあいだを縫うように歩き回っている。膝の高さほどもある色とりどりのうろこを持った虫が木立のなかでわめきたて、その横には人間の歯を持った緑のカエルが脈打つように群がる。石に走る針のように細いひびを出たり入ったりしているのは、ロバの頭とサソリの胴体を持つ怪物だ。

〈陰の民〉は、マリクにとっては、空で輝く太陽のようにまぎれもなく実在するのだ。〈陰の民〉のなかでも、もっともおそろしいのは亡霊たちだった。生者と死者の王国のはざまに捕らえられた、気まぐれな者たちだ。暴れ狂う黒い影でできた体が、かつては心臓だった血のように赤い雲をべっとりと囲んでいる。マリクはこの亡霊たちがなによりも怖かった。その亡霊たちが今、マリクを取り囲み、マリクは恐怖に引きずりこまれそうになる。

幼いころ、マリクは〈陰の民〉はどこにでもいるごくありふれた存在だから、特にだれも口にしないのだと思っていた。空は青いと、いちいち言わないのと同じだ。おろかにも彼らのことを友だちだとすら思っていて、彼らの語る話に耳を傾け、自分も物語を作っては、彼らに語り聴かせていた。

けれど、〈陰の民〉は友だちなどではなかったのだ。なぜなら、〈陰の民〉など存在しないのだから。父さん《ババ》や長老や村の人たちは、超自然的な存在には敬意を払いこそすれ、現実と混同してはならぬとマリクに言い聞かせた。その教えを文字通り叩《たた》きこまれたときの傷は、まだ残っている。幻覚を見るのは、なにかが根本的におかしいというしるしであり、今、これほど多くの亡霊が見えているということは、その病が悪くなっている証だ。マリクはガタガタと震え、腕の皮膚に爪を食いこませた。

恐怖が膨らみ、世界が薄れ、海の底へとどんどん沈みながら上を見ているような感覚に囚《とら》われる。〈陰の民〉が襲ってきたことはないが、かぎ爪で肉を引き裂かれ、姉妹もろとも貪り食われるのではないかという妄想が頭から離れない。故郷から数千マイル離れたこの地で、マリクたちになにが起ころうと、気にかけてくれる者などいないのだ。

「あっちへいけ」嗚咽《おえつ》にのどを詰まらせながら言う。「ぼくから離れろ！　あっちへいけ。あっちへいけ！」

今や、まわりじゅうの視線が、この頭のおかしいエシュラの少年に注がれている。少年は体を前後に揺らしながら、だれの目にも見えない者たちにむかってどなっている。まだマリクに残っている理性的な部分が、これ以上恥をさらすまえに立ちあがれとさけんでいる。だが、体が言うことを聞かない。

だが、〈大いなる女神〉はまだ屈辱が足りないと思ったらしく、マリクの目からついに涙があふれだす。それを見たレイラは、たじろいだ。

「ちょっと、やめて——あたしがなんとかするから。泣かないで」一瞬間があいたあと、マリクは姉がエシュラを出て以来使っていなかったダラジャット語を使ったことに気づく。ズィーラーン語は、オジョーバイの第一言語であり、学者や女王《スルタナ》の使う言葉だ。それ以外の言葉をここで話せば、よそ者だと知らしめるようなものであり、格好の標的となる。

祖母《ナナ》はまえに、頭のなかの考えに追いつけなくなったら、世界でいちばん好きな場所のことを考えるんだよ、と教えてくれた。そうすると、だんだんと落ち着いてくるから。マリクは深く息を吸いこみ、自分の家の農場にあったいちばん大きなレモンの木を思い浮かべた。もうすぐ収穫というころの、かんきつのいい香りや、枝から枝へと、〈陰の民〉の手の届かない場所まで登っていくときの、樹皮のざらざらした感触を。

レイラはぎこちなく手を差し伸べたが、またすぐにひっこめた。マリクはさらに何度か深呼吸し、両手を顔に押しつけて、世界の歩みがなんとか追いつける速さにまでもどるのを待った。

〈陰の民〉は物語や悪夢の産物にすぎない。心身ともに疲れ切ったせいで幻影が見えるだけなんだ。彼らは存在しない。それこそが現実だ。

果たして、マリクが再び顔をあげると、〈陰の民〉は消えていた。

しばらくのあいだ、沈黙がつづいたが、ようやくレイラが口を開いた。

「隊商が、働き手になりそうな人間を荷車に乗せてくれることがあるから、それを探して、なんとか三人とも乗せてもらえるよう交渉しよう。最善の策とは言えないけど、それしか方法はないから」

のどがふさがれて声が出ず、マリクは黙ってうなずいた。いつもこうだ。弟のマリクがへまをし、姉のレイラがしりぬぐいをする。この状況からなんとか抜け出せたら、もう二度と姉に逆らったりしない。自分がおとなしくして、口を閉じていれば、すべてうまくいくのだから。

レイラは覚悟を決めたように唇をキュッと結んだ。「よし、じゃあ、これ以上暗くなるまえに出発するわよ。さあ、ナディア――あれ、ナディアは？」

レイラとマリクは視線を下にむけた。

ナディアはいなかった。

「アブラー！　アブラー！」語り部《グリオ》のジャンベが心臓の鼓動のように一定のリズムで鳴っている。「さあ、寄っといで！　物語が始まるよ！」

マリクの血が凍りつく。人から人へと目を走らせ、小さいころからなによりもよく知っている、風に舞う縮れ毛とまるい顔を探す。さっきの恐怖が胸のなかで何千倍にも膨れあがる。書類をなくしただけでも自分のことは許せないけど、ナディアの身になにかあったら、もう二度と……。

バオバブの木のまわりに集まった人々のあいだを、見慣れた頭がひょこひょこと進んでいくのが見え、マリクの病的な想像を吹き飛ばした。自分にあると思ってもいなかった強い力でマリクは人々を押しのけ、妹の腕をがっしとつかんだ。

「こんなふうにどこかいったりしちゃだめだ」マリクは大声で言い、妹にけががないか、たしかめた。ナディアは体をひねって、逃れようとした。

「でも、語り部《グリオ》が言ったんだよ！」ナディアはさけんだ。そこへようやくレイラもやってきた。「なぞなぞをといたら、願いをかなえてくれるって！」

マリクは悲しい気持ちで姉と視線を交わした。旅のあいだ、ナディアはずっとがんばってきた。一度だって泣いたり文句を言ったりしなかったのだ。だから、ふたりとも妹がまだ六歳だということを忘れかけていたが、実際は、魔法やそうしたうそを信じる年ごろなのだ。

レイラはかがんで、両手でナディアの顔を包んだ。「あたしたちの願いだけは、語り部《グリオ》にもかなえられないのよ」

ナディアの目から喜びが消えていくのを見て、マリクの心は引き裂かれた。こみあげる焦燥を抑えつけ、〈陰の民〉がずるずるとまわりを這《は》いまわっている恐怖を押しのける。なにか考えなきゃ。この状況から抜け出す方法をなにか。

「兄弟姉妹たちよ！　彗星《すいせい》が現れる時間が迫っている！」語り部《グリオ》が声を張りあげる。「古い時代が息をひきとらんとし、新しい時代が地平線で待ち受けている。どうかお許しを、このつつましきニェニーが、もう少しだけみなさまを楽しませることを！　さて、次なる物語は、最初のソルスタシアの話。はじまりは、今夜と似ていなくもない夜、バイーア・アラハリがまさにこの砂漠に立ち、世界をファラオの支配から解放しようと夢見ていたころ……」

また猛烈な憧れが湧きあがり、マリクは吸い寄せられるようにニェニーの足元に腰を下ろして物語に聴き入った。マリクの民の物語ではないが、バイーア・アラハリがケヌア帝国を滅ぼした物語なら、そらで暗唱することができた。すぐれた叙事詩には欠かせない恋愛と冒険、そして胸の張り裂けるような悲しみが詰まっているのだ。

ところが、ニェニーの語るソルスタシアの物語は、マリクが初めて耳にするものだった。物語は語り部《グリオ》のタペストリーであり、ひとつひとつの言葉がその模様に新しい糸を加えていく。この語り部《グリオ》が話すと、あたかも魔法は本当に存在し、数世紀もの時を超えて、語り部《グリオ》の伸ばした手に集まってくるかのように思える。

「……そこで、バイーアはハイエナのところへ助言を求めにいった。なぜなら、ハイエナはかならず約束を守ることで知られていたからだ」

ニェニーは手をかぎ爪がついているかのようにまるめ、口を思い切りニッと横に広げて、有名なトリックスターの真似をする。

「ハイエナはバイーアに言った。『あたしに助けてもらいたけりゃ、このなぞなぞに答えないといけないよ。〈妻とわたしは同じ家に住んでいる。妻は好きなときにわたしの部屋にこられるが、わたしが妻の部屋へいっても、妻がいることはない。わたしはだれだ？妻はだれだ？〉』……さあ、お集りの兄弟姉妹たちよ、答えは？　答えぬかぎり、ハイエナは助けてはくれないよ」

この物語の面白いところは、話すたびになぞなぞが変わるところだ。聴衆は思い思いの答えをさけぶが、その内容はどんどんバカバカしくなっていく。

「馬とラバ！」

「乳鉢と乳棒！」

「あたしとうちのだんなだね！」

ニェニーはカッカッと笑う。「このなかに、この謎を解けるお人はいないのかい？」

「太陽と月」マリクは答えるともなしにつぶやいた。どうやってズィーラーンに入れるか、相変わらずそのことばかり考えていたのだ。マリクは昔からなぞなぞは得意だった。このなぞなぞなど、これまで聞いたなかでは簡単なほうだ。「昼間に月を見ることはあるけど、夜に太陽が見えることはない」

ナディアがパッと手をあげ、マリクが止めようとしたときにはすでに、大きな声でさけんでいた。「太陽と月！」

マリクがナディアの口をふさいだのと、ニェニーがこう言ったのは同時だった。「正解！」

マリクの全身に緊張が走る。しかし、語り部《グリオ》は物語のつづきを話しだしたので、マリクはほっとため息をついたが、まだ全身がドクドクと脈打っていた。

「ぼくの答えを盗んだな、ずるいぞ！」そう言うと、ナディアはベエッと舌を突き出し、マリクは首を振った。そして、レイラのほうを見やると、姉は疲れたように微笑《ほほえ》んだ。

「なんとかなるわよ」レイラは言った。マリクはようやくそれを信じた。

「これまでもそうだったもんね」

「……兄弟姉妹たちよ、これが最初のソルスタシアの物語！」

歓声と拍手が沸き起こる。物語があっという間に終わってしまったことにがっかりして、マリクは立ち上がり、自分とナディアの服から砂を払い落とした。レイラも立って、ぐっと伸びをする。三人がズィーラーンから出発しようとしている隊商たちのほうへむかおうとしたとき、ニェニーが大きな声で言った。「まだだよ！　まだいかないでおくれ！　今日のなぞなぞを解いた小さなご婦人に名乗り出てもらわないと。お嬢ちゃん、こちらへ！」

ナディアの瞳が星よりも明るく輝いた。マリクの手を振りほどいて、群衆のまえへ飛び出していく。語り部《グリオ》は満面の笑みを浮かべて、ナディアを迎えた。ニェニーがナディアの目線に合わせてしゃがむと、髪に編みこまれたビーズがぶつかり合ってカチンカチンと鳴った。

「今日のお話を手伝ってくれて、ありがとう。お礼に願いをひとつ、かなえてあげるよ。なんでもいいから言ってごらん」

「なんでもいいの？」ナディアは口をあんぐりと開けてきき返した。

「けっこうです――その、ありがたいですけど、あたしたちは大丈夫ですから」ナディアのもとに駆けつけたレイラが横から口をはさんだ。マリクもあとを追いかけながら、こちらをじろじろと見る視線を感じ、皮膚がぞわぞわするのを無視しようとした。この語り部《グリオ》にはどこか奇妙なところがある。色のついたガラスを通して見ているような。近くまできてみると、女の髪は数えきれないほどの細かいブレイドに編まれ、それぞれに虹色のひもが通してあった。体じゅうに彫られたタトゥは、七人の守護神たちのモチーフをくりかえしたものだ。

「なんでもいいよ」ニェニーは請け合った。

「ナディア、いくわよ」レイラがきっぱりと言い、きびすを返したとき、ナディアはあわてて言った。「ズィーラーンに入りたい！」

語り部《グリオ》の唇がクイッと持ちあがって笑みの形になり、多すぎる歯がのぞいた。「ならば、願いをかなえよう！」

ニェニーはマリクの目をまっすぐ見つめた。あっという間の出来事だったので気のせいかもしれないが、語り部《グリオ》の目が強烈なブルーに変わった。高温の炎の色に。

すると、吠《ほ》え声《ごえ》がとどろいた。

さっきまでうとうととまどろんでいたチッペクエがいきなりうしろ足で立ち上がり、おどろいた男の両手から手綱をもぎとった。兵士たちが駆けてきて、獣をなだめようとするが、アリのごとくあっさりと踏みつぶされる。

チッペクエは鎧《よろい》をつけた頭をさげ、再び大きな声で吠えると、まっすぐ西門へ突進した。濃い色の木板にクモの巣のようなひびが入り、下にいた人々が身を守ろうとかがみこむ。二度目の頭突きで、扉の真んなかに大きな穴が開き、だれにもどうにもできないうちに、チッペクエは新しく開いたズィーラーンへの入り口をくぐった。

張りつめた数秒のあいだ、だれひとり動かなかった。

そして、次の瞬間、みなが穴めがけて走りだした。

難民や旅人や追い返された人々が台風のような激しさで門に押し寄せる。門のむこう側の通りにとうてい収まりきれる数ではなく、人々はなかへ入ろうと押しあい、踏みつけあった。

考える間もなくマリクはナディアを抱きあげ、すさまじい勢いで前へ進む群衆といっしょに走りだした。横にいた男が転び、マリクの足首をつかむ。マリクとナディアももう少しで引きずり倒されそうになったが、マリクは男の顔を蹴りとばした。みるみる足元に広がる血を見て吐き気がこみ上げるが、それでも走りつづける。

「レイラ！」マリクはさけぶが、門へ殺到する人々のなかに姉の姿は見えない。「レイラ！」

せっぱつまった太鼓の音が鳴り響き、兵士たちを招集する。この狂乱状態が、旅に疲れたマリクの筋肉にエネルギーを注ぎこむ。怒りに満ちた太鼓の音から逃げるように、大きく右へ曲がり、ジェヒーザ広場へ飛びこむ。

というか、たぶんジェヒーザ広場だろう、とマリクは思う。祖母《ナナ》が話してくれたズィーラーンの話に出てくるなかで、今、飛びこんだこの場所のように無秩序なのはジェヒーザ広場だけだったからだ。

旅の一座が操る巨大なライオンの布人形が目の前でウオーと吠《ほ》え、はっとうしろに下がったひょうしに、危うくナツメグの香りのパンを揚げている屋台に突っこみかける。どこか左のほうでロバがいななき、踊り手の一団がたいまつを投げあげ、紫に染まりつつある空に赤々と軌跡を残した。

広場の真んなかには、ありとあらゆる日常品が山と積まれている。壊れた椅子、荷車の車輪、ひびの入った石、錆《さ》びた装身具、へこんだバケツ、まだまだいろいろある。それらがあたかも番兵のように広場の騒ぎをじっと見下ろしていた。そこいらじゅうに、クサール・アラハリの紋章である片翼のグリフィン（鷲の頭と翼、ライオンの胴体を持つ想像上の生き物）の今にも飛び立とうとしている姿の像が飾られ、くちばしを大きく開いて勝ち誇った声をあげていた。

「よう、兄弟、どこへいくんだ？」鎖につないだ猿を踊らせている男が、走っていくマリクに呼びかけた。「こっちにきて、遊んでけよ！」

マリクは振りむいたひょうしに、羊の囲いにぶつかりかけ、羊飼いから罵声を浴びせかけられた。あわてて囲いを離れたが、すぐそのまま大きな踊りの輪に引きこまれる。輪の真んなかで、石の仮面をかぶった男がしわがれ声で歌うように祈りを唱え、先祖と〈大いなる女神〉へ、これから始まる祭への感謝を捧《ささ》げている。

太鼓がとどろき、かん高い笛の音が響きわたる。汗と煙と焼いている肉と甘いサフランと熟れすぎた果物のにおいがあたりに充満し、マリクの五感をかき乱す。ランタンの光が人々の顔に影を投げかけ、もはやほとんど見分けがつかない。祝祭にのぼせた人の波が、マリクとナディアを巻きこみながら流れていく。

祖母《ナナ》が話していた通りだ。

悪夢。

そのときだれかに肩をつかまれ、マリクは悲鳴をあげそうになった。が、目の前に現れたのはレイラだった。髪はぼさぼさだが、顔は興奮したように上気している。

「やっと見つけた！　いくわよ！」

三人は狭い通りに入って喧騒《けんそう》から逃れ、かたむいた建物の前を通った。ドアに踊っているアザラシの絵が描かれている。マリクが、こちらへ歩いてくる少女に気づいたときはすでにおそく、ふたりは思いきり正面衝突してしまった。

倒れる寸前にマリクは体をひねって、ナディアが硬い敷石にぶつからないようかばった。衝撃で世界がかたむいたように感じたが、呆然《ぼうぜん》とする間もなく、マリクはナディアがけがをしていないかたしかめ、それから起きあがって妹を立たせてやった。

「ごめんなさい！」マリクは少女に言った。

少女はぱっと頭に手をやり、茶色の布をあごのところできつくしめなおした。あっさりしたジュラバを着ていることからただの召使いのようだが、琥珀色《こはくいろ》の目が凶暴な光をたたえたのを見て、マリクはたじろいだ。ライオンの目だ、と思う。濃い褐色の肌は、最初の春の雨が降ったあとの温かい土のようだ。幅の広い鼻、ふっくらとした唇。横にもうひとり少女が立っていて、そのうしろに近衛兵《センティネル》がいた。戦士の女にぞっとするようなまなざしをむけられ、マリクは凍りついた。幸いにも、すぐさまレイラに食堂の裏手へ引っぱりこまれ、三人は分厚い布に半分ほど隠された狭い通りへ飛びこんだ。マリクは心のなかで、少女に謝った。近衛兵《センティネル》のもとに置きざりにしてしまった。彼女の運命は〈大いなる女神〉の手に握られている。

自分たちがどこにいるのかも、どのくらい走ったのかもわからなかった。道はどんどん狭くなって、人ひとりがようやく通れるほどのくねくねとした通りが交差する迷路となった。角という角に亡霊が潜んでいる。影のように黒い顔のなかで、目だけがふたつの月のように光っている。マリクの足元の地面がかたむき、倒れかけて、ナディアが悲鳴をあげた。

「こっちだよ！」

ズィーラーンの都自体より古く見えるボロボロの家の入り口で、ニェニーが必死になって手招きしていた。マリクたちはそちらへ走った。どこか遠くで、チッペクエが大声で吠《ほ》えている。

ようやく気持ちが落ち着いてくると、マリクはまわりを見回した。何百という顔がこちらを見ている。悲鳴をあげようとしたそのとき……顔じゃない。というか、顔だが、本物ではない。

想像しうるありとあらゆる形や大きさの仮面が、壁にずらりと並んでいた。エシュラのものもいくつかある。ズィーラーンが守護神の信仰を持ちこむまえ、シャーマンたちが使っていた特別な木の仮面だ。だが、ぐるりと巻いた九本の角を持つ子羊のような、見たこともない生き物を模したものもある。それぞれの守護神を表わした黒い石製の仮面が七つ並んでいるのを見て、マリクは思わず女神アダンコにむかって敬意を示すしぐさをした。

「ありがとうございます」マリクは喘《あえ》ぎながら言った。

ニェニーは三人のほうをふりかえり、獣のように歯をむいた。

「お礼を言う相手は、あたしじゃないよ、人間の仔《こ》」

そして、パッと消えた。

マリクはあんぐりと口を開け、語り部《グリオ》が立っていた場所を見つめた。恐怖で声が出せず、ただただナディアを胸へ引き寄せる。三人が身を寄せ合っていると、壁の割れ目から黒い影が渦巻くように出てきて、ニェニーの瞳の強烈なブルーと同じ光が、世界の果てで脈打った。

「こっちよ！」レイラがさけび、今入ってきたドアへ突進した。

マリクも出口へむかおうとしたが、敷居に足をかけたところでハッと立ち止まった。目の前には、広々とした夜空以外なにもなかった。はるか下の地面を見やると、ズィーラーンを囲む砂漠のように不毛な荒れ地が広がっている。

今度こそ、逃げ場はなかった。

第4章　カリーナ

カリーナとアミナタがクサール・アラハリにもどってきたときには、夜も更け、宮殿は完全な混乱状態に陥っていた。

まあ、「混乱」という言葉はぴったりとは言えないかもしれない。クサール・アラハリは、混迷を極めているときですら、はたから見れば、じゅうぶん品位があって、高度に組織化されており、カリーナが学ぶ気もない秩序だった方式で運営されていた。

とはいえ、あたりにはピリピリした空気が漂っていた。ソルスタシアのもたらす興奮と、客人を迎える主なら身に覚えのある不安が、強烈に混じりあっている。カリーナが宮殿の曲がりくねった廊下を歩いていくと、そこいらじゅうを召使いたちが走り回り、あちらの大使の部屋に枕が足りないとか、こちらの厨房《ちゅうぼう》にまだ玉ねぎが届いていないなどと口々にさけんでいた。壁の凝ったゼリージュ（細かくカットしたタイルを幾何学模様にした装飾）を猛烈な勢いで磨いている者たちもいる。雪花石膏《アラバスター》（白色の鉱物）で造られた黒白のどっしりとしたアーチにすら、キョウチクトウの花綱が飾られ、期待に打ち震えているように見えた。

その最中でもなお、ファリードはカリーナをどなりつけた。

「なんて愚かで、見境のない、無責任な、愚かで――」

「『愚か』は二度目よ」

カリーナはいまだに人の顔が紫色になったところは見たことがなかったが、ファリードの顔はみるみるその色に近づいていった。宮廷の家令は、長すぎる四肢と優雅さに欠ける体つきのためか、怒っていても、どこかこっけいな雰囲気を醸した。きっちりと櫛《くし》の入った黒い髪や、面長の顔、しょっちゅう不安そうに眉根を寄せる癖のせいで、本来の二十七という年齢よりも十歳近く年上に見える。

ファリードは両手で顔を上から下へなぞると、カリーナを連れて、両側にバラの花びらを浮かべた水盤が並んだ廊下を歩きだした。そして、何度か深く息を吸いこんでから、ようやくこう言った。「〈大いなる女神〉よ、助けたまえ。よりにもよって群衆が殺到した河市場とは」

「まるでわたしがそうなるって知っていたみたいな口ぶりだけど、言っとくと、もちろん知らなかったから」

「踏みつぶされて死んでいたかもしれないんだぞ！　刺されていたかもしれない！　いつもの片頭痛が起こってたらどうなってたと思う？　近衛兵《センティネル》がくるまえにやられていたら？」ファリードは自分の胸をつかんだ。「ズィーラーンの次期王位継承者の王女がソルスタシアの数時間まえに死んだなんて噂《うわさ》が流れたら！　ああ、おかげでわたしの潰瘍が悪化しそうだ」

「潰瘍なんてないじゃない」

「この分じゃ、時間の問題だ！」

ファリードはなおもブツブツ言いつづけていたが、そんなことより、カリーナは、あの汚らしい少年がぶつかってきたせいで父《ババ》のウードにできた新しい傷のほうがよっぽど気になった。ありがたいことに、ウードについた傷はそれだけだったが、あとどれだけのひびに持ちこたえられるだろう。いつか弾けなくなってしまうかもしれない。父《ババ》がくれた最後の贈り物を失う恐怖に比べれば、ファリードがなにを言おうがやろうが、怖くもなんともない。

「それに、アミナタ、おまえももっと考えろ。いっしょになってこんな無謀なことをするとは」ファリードは侍女をしかりつけた。アミナタは目を伏せ、カリーナはあきれたように天井をあおいだ。ファリードは宮廷の家令の地位についてまだ五年だったけれど、度を超すほど真面目にこの役をこなしていた。だが、カリーナの目に映るファリードは、自分とハナーネと共に育った幼なじみのおとなしい男の子のままだ。それに、情にもろいファリードには本当の意味でカリーナを罰することなどできないのは、本人もカリーナもわかっていた。

それは、母であり女王《スルタナ》であるハヤブサの役目だ。

ハミードゥ司令官が、女王《スルタナ》にカリーナがもどったことを知らせるために出ていくと、カリーナはほっとした。司令官は、女王《スルタナ》のそばに常に控えている近衛兵《センティネル》のひとりだ。にもかかわらず、ハミードゥ司令官がそばにいると、カリーナはなんとなく落ち着かない気持ちになる。河市場からずっと、音もなくカリーナたちのあとについてきた司令官がいなくなると、空気がふっと軽くなって、息がしやすくなったように感じた。

アミナタが彗星《すいせい》鑑賞会の準備をしにいってしまうと、ファリードはまたあれこれうるさく言いはじめた。

「わたしなのか？　わたしのせいだということか？」ファリードは声に出して自問した。「わたしの人生にいっときの平和も与えないというのが、きみの人生の使命だとか？」

ファリードの説教が始まると、カリーナはいつものように別のことを考えはじめた。まわりに飾られた、千年に及ぶアラハリ家の支配の証である肖像画をひとつひとつ眺める。歴代の女王《スルタナ》たちはひとり残らずこの壁に並んでいる。いつかは、子孫たちもここに立って、一族の歴史に加えられたカリーナの肖像画を見上げることになるのだろう。

「わたしの話を聞いているのか？」ファリードが咎《とが》めるように言った。

カリーナはこめかみをもみたい衝動を抑えた。〈月〉に属する者は、冷静で穏やかなはずなのに、ファリードは、カリーナのこととなると、正反対になる。「ぜんぜん」

宮廷の家令の中心的な仕事は、王位継承者の日々の生活に注意深く目を配ることだ。この五年間で、ファリードがきっちりと練られた計画を示し、それをカリーナがことごとく無視するというお決まりのパターンがすっかり定着していた。今では、カリーナのお目付け役という役目のせいで寿命が縮んでいるとファリードが嘆かぬ日はない。

ファリードはため息をついた。そして、ふいにやさしい口調になって言った。「なにかあるのか、カリーナ？　この数週間のふるまいは、いくらきみだとしても、無分別この上ない。授業はさぼるし――」

「退屈なんだもの」

「――馬番たちとコソコソと――」

「もっとブサイクな馬番を雇えば？」

「――平時だとしてもじゅうぶんひどいのに、ソルスタシアのためにやることが山のようにあるときに、一日の半分をきみを追いかけるのに費やすんじゃ、お手上げだ」ファリードはカリーナの肩に手をかけた。「わかってるだろ？　なにかあるんだったら、わたしに話してくれ」

　またこちらを気遣うような言い方をして。カリーナはこの口調が大嫌いだった。それに実際、なにが問題なのか、ファリードに話すことはできない。なぜなら、カリーナ自身、本当はなにが問題なのか、わからないからだ。嵐の季節が近づいているせいではない。もちろん、毎年この時期には不安が増すが、それだけではない。それを言えば、カリーナの体内をむしばんでいるむなしさのせいでもない。だれよりもソルスタシアを楽しみにしていた父《ババ》とハナーネが、決してそれを見ることがかなわないという事実を思い出すたびに、胸をえぐられたが、そのせいだけでもないのだ。

「いろいろな行事に少しは参加させてよ。そうしたら、ファリードもソルスタシアの用意とわたしの見張りとをいっぺんにできるじゃない。ほら、ワカマとか！　わたし、ワカマは得意なのよ」

ワカマは、カリーナに許されている数少ない競技のひとつだった。ハヤブサは、火事のすぐあとに、カリーナに本物の武器の使い方を教えるのは危険だと判断した。これまでの王女は、ハナーネも含めみな、剣術を習っている。カリーナのように繭に守られた王女はいない。

ファリードは首を横に振ったが、声から気の毒に思っているのはわかった。「それは無理だと、きみも知ってるだろう」

どうせだめだとわかりつつ言ってみただけだが、実際にそう言われると、失望がこみあげた。カリーナは腕を組んで、プイと顔を背けた。

「じゃあ、わたしを追いかけまわす時間をスケジュールに追加しておくのね」

ハミードゥ司令官がハヤブサのところへ報告にいってからずいぶん経《た》っている。カリーナはちらりとドアのほうを見やり、今、習っている新しい曲に合わせるようにタンタンタンと脚を指で叩《たた》いた。

わたしと同じくらいの年齢の子にはたいてい家族がいる。いろいろなことを教えてくれる姉妹や、いっしょに育ついとこたち、お話をしてくれる祖父母。でも、カリーナにはハヤブサしかいない。そして、ふたりがおしゃべりをすることはない。母は、なにか話があるときも、ファリードか召使いを通してカリーナに伝えてくる。けれども、今回、女王《スルタナ》は直々に、カリーナを自分のもとへ連れてくるよう近衛兵《センティネル》に命じたのだ。母と直接顔を合わせて話す機会はほとんどなかったから、いったいなんの用だろうと、恐怖よりも好奇心が勝った。

「冗談抜きに、今夜は本当に心配したんだ」ファリードは言った。

カリーナはフンと鼻を鳴らして、面倒くさそうにウードのケースを調べた。「いなかったのは一時間かそこらでしょ。心配する時間もないじゃない」

「わたしはいつもカリーナのことを心配しているよ」ファリードはやさしく言った。

名前の付けられない感情が、カリーナののどをせりあがってきた。カリーナはゴホゴホと咳《せき》をして言った。「その気持ちはうれしいけど、だれもそんなことたのんじゃいないわ」

「だからって、止められるようなものじゃないだろ」ファリードはまたため息をついた。

「ハナーネだっていつも言ってたじゃないか――」

「やめて」一瞬、こみあげた感情がたちまち冷める。たしかにハナーネはファリードのいちばんの友だちだったかもしれないが、カリーナにとっては姉なのだ。どうしてみなが姉の話を持ち出すのは、思い出を武器として使おうとするときばかりなのだろう。

カリーナとファリードはにらみあった。今や、過去が越えがたい溝となってふたりのあいだに横たわっていた。ファリードはシーバーリー一族のムワレとムワーニだった両親の死後、クサール・アラハリに連れてこられた。カリーナが生まれる何年もまえだ。そして、ハナーネとのあいだに深い絆《きずな》が生まれた。カリーナのごく小さいころの記憶と言えば、ふたりのあとをよちよち追いかけては、置いていかれるたびに泣いていたことだ。

けれども、火事でファリードとカリーナの人生が大きく変わってから十年が経《た》ち、カリーナが知っていたひょろっとした少年の面影はほとんど失われていた。

年代物の板材のたてるギィーという音が沈黙を破り、ドアのむこうからハミードゥ司令官が顔を出した。

「殿下、ハイーザ・サラヘルがお待ちです」

ハヤブサの庭は、かつてはカリーナの世界一お気に入りの場所だった。カリーナとハナーネの遊び場であり、父《パパ》にとってはどこよりも好きなウードの練習場で、常に宮廷の好奇の目にさらされている一家にとって唯一の避難所でもあった。

庭はそれ自体が小さな森のようで、長い枝をゆらすヤナギや、甘やかな香りのするマツが生え、ほかにも、このような乾燥した土地では本来育たない草木が、ハヤブサの専門家にも劣らない手入れのおかげで生き生きと生い茂っている。でも、カリーナはもう、めったにここへはこない。今でもしょっちゅうきているのは、ハヤブサ本人と、女王《スルタナ》が忙しいときに手入れを任されている五人の召使いだけだ。あとは、いつもは大理石の間で開かれる評議会が女王《スルタナ》の居室で開かれる際、議員たちが訪れた。

カリーナとファリードが庭に入っていったとき、ハヤブサはちょうどそうした会議を開いている真っ最中だった。鋳鉄の塔《パゴダ》の下に設置された長テーブルを、評議会の面々が囲んでいる。塔《パゴダ》には、芳香豊かなユリの花輪が飾られていたが、一方のテーブルにはズィーラーンの地図が広げられ、激しい議論が戦わされていた。

「パレードの順路には大学を入れねばなりません。さもないと、シェラウィー家は新しい病院の建設資金を引きあげると脅してくるに決まっている！　病院が建たなければ、増えつづける需要に応えることができません」

「しかし、そうなると、大学町に配置する兵士の数を増やさなければならない。そうすると、西地区へむかう群衆を制御する人員が足りなくなる。しかも、今日の騒動で大勢の兵士が負傷したんですよ！」

カリーナとファリードは塔《パゴダ》の端で足をとめた。評議員たちは三本の指を唇にあて、それから胸の上にやって、王女であるカリーナへ敬意を示した。ハヤブサはカリーナのほうをちらりと見ただけで、すぐにまた議論のほうへ関心をもどした。

「シェラウィー家のバカげた要求のために、パレードを危険にさらすなど論外です」ジェネーバ・ベフリー大宰相が地図に指を突き立てた。外見からは、小柄でハート型の顔をしたこの女性が、ズィーラーンで二番目の権力者だとは想像しにくい。しかし、ジェネーバ・ベフリーが発言すると、その威厳のある声に大の男たちすら震えあがった。

「しかし、病院が――！」

「もうよい」

ハヤブサのひと言で、評議員たちは静まり返った。表情をピクリとも動かさずに、ハヤブサは地図の上に置いてある人形をひとつ動かした。

「太鼓の演奏を三日目に移し、パレードが大学の前を通る時間を長くしなさい。それに対応するため、南東駐屯地から追加で百人の兵士を調達し、派遣する。その見返りに、シェラウィー家には今度の病院への寄付額を倍にしてもらう。では、次の議題は？」

このあとの議論もハヤブサは同じように進めていった。ハヤブサは常に、評議会が持ちこむ問題に対する解決策を用意していた。あっという間に、その日計画されていた議題すべてに結論を出し、イーストウォーターの祭に使う土地を巡る二部族間のいざこざを収め、旅行者を収容しきれなくなっている宿泊施設へ資金配分を決めて、外国の使節団がズィーラーンの領土内を通過する特別許可の草案を作成した。名前やら数字やらが飛び交い、カリーナにはほとんど理解できなかった。

そのあいだ、母は一度もカリーナのほうを見なかった。

「……以上です」ハヤブサの視線がようやく娘のほうにむけられた。カリーナはその重圧に縮こまった。「今すぐ対処すべき緊急の事態がないなら、これで終わりにします。では、また今夜」

評議会の面々が庭から出ていくと、ファリードもあとにつづこうとしたが、ハヤブサが言った。「ファリード、ちょっと待って」

ファリードは凍りついたように、ハヤブサが自分のほうへくるのを待った。ファリードは決して小柄ではなかったが、それでも、見上げるようにして女王《スルタナ》と視線を合わせた。

「最近、ろくに眠ってないのでは」質問ではなかった。ファリードの不眠症は宮殿のみなの知るところだ。

「いつもとあまり変わりません」ファリードは認めた。

「よくないわね。今夜、どこかの時点でちゃんと休むように。疲れ果てるまで働いたところで、わたしのためにも自分のためにもなりませんよ」

ファリードは目を伏せた。「仰せの通りにいたします、陛下」

ハヤブサはファリードの肩に手をのせた。そのなんでもないしぐさを見ただけで、カリーナの心に醜い嫉妬の声が響いた。あなたの子どもはわたしよ！　彼じゃない！　そんなふうに思う自分が恥ずかしかったが、どうしようもなかった。ファリードの両親が死に、シーバーリーの一族には引き取り手がいないことがわかると、カリーナの両親はファリードを宮殿に連れてきた。だから、ファリードに母が愛情を注ぐのは当然と言えば当然だったが、ファリードがハヤブサに一礼して、カリーナに励ますような視線をむけてから庭を出ていったあとも、嫉妬を消し去ることはできなかった。

しばらく沈黙がつづき、カリーナは指を動かしたくなるのを必死でこらえた。言いたいことは山ほどあったが、女王《スルタナ》に話しかけられるまえにこちらから話すことはできない。今日のハヤブサはシンプルな装いで、くるりと丸まった花の赤い刺繍《ししゅう》が施された黒いカフタンを着て、装飾品は常にはめている、〈地〉の紋印のついた銀の印章指輪だけだった。にもかかわらず、王族の威厳がにじみ出ている。それは、カリーナが身に着けようとして、未《いま》だかなわぬものだった。

沈黙に耐えきれなくなったとき、ハヤブサは立ち上がって、すっとカリーナの横を通りすぎた。

「いらっしゃい」

カリーナは母のあとについて、庭の奥へと入っていった。ズィーラーンじゅうで行われているソルスタシア前夜の祭に浮かれ騒ぐ人々の声がかすかに聞こえてくるほかは、頭上のこずえで夜鷹《よたか》が「キョッ　キョッ　キョッ」と鳴いているだけだ。叱られるより沈黙のほうがよけいに不安になる。言葉なら言い返しもできるが、このようなおそろしい沈黙に対する心の準備はできていなかった。

日輪を模した大きな噴水の横で立ち止まると、穏やかな水面に、沈みはじめたばかりの夕陽《ゆうひ》が反射していた。ハヤブサは噴水の縁に腰かけると、横にすわるようカリーナに手招きした。

「〈踊るアザラシ亭〉にいったそうね」

カリーナは凍りつき、なにかしらの目論見があるのだろうかといぶかりながら答えた。

「はい」

驚いたことに、母は何年ものあいだ見せなかった笑みをちらりと浮かべた。「あいかわらず、あなたの父《パパ》がむかし演奏していたときのように汚いの?」

「すごく不潔よ」カリーナは驚きを隠しきれないまま答えた。母が父《パパ》のことをこんなふうに話すのは何年ぶりだろう。たった今、得た情報をどう消化していいのかわからないのはもちろん、いったい両親がなぜズィーラーンでももっとも貧しい地区などへ出かけたのか、想像もつかなかった。カリーナは、今の自分と同じ十七歳の父《パパ》の姿を思い浮かべた。黒い髪に、いつも笑っている琥珀色《こはくいろ》の生き生きとした目。同じ年ごろの母も想像しようとしたけど、できなかった。

「なぜ?」

「え?」

「なぜなの?」そのひと言の裏に、鋼のような厳しさが隠れているのがわかる。「わたしの聞いたところでは、ずいぶんな時間をその裏稼業に注いでいるみたいじゃないの。なぜ？」

「それは――」

それは、音楽に夢中になっているときだけが、自分らしくいられるから。クサール・アラハリが家というより墓場に思えるから。この塀の内側には、過去の傷から逃れる場所がないから。

でも、そんなことは言えなかった。代わりにカリーナはこう答えた。「本物の奏者と競える力があるかどうか、試してみたかったから」

母は面白くなさそうな顔をした。「そんな思い付きを試す暇があったら、勉強しなければとは思わなかったの？」

「それは――」

「歴史と経済の成績は平均以下だし、ほかの科目もそれにつづく勢いね。『本物の奏者と競える』というほうが、国の統治について学ぶよりも大切だと？」

カリーナが黙っていると、ハヤブサは手のひらを差し出した。「渡しなさい」

「なにを？」弱々しい声しか出ないことが嫌でたまらない。

「袋を渡しなさい」

カリーナは吟遊詩人から勝ち取った財布を渡した。カリーナが心底誇らしかったわずかなダイラを見て、ハヤブサは目をぎゅっと細めた。

「これはもらっておきます」

「だめよ！」

ハヤブサは片方の眉をあげた。ふたりともわかっていることを、いちいち口にする必要はなかった。母であり女王《スルタナ》であるハヤブサに「だめ」なことなどないのだ。

「あなたの持ち物はすべて、国民とこの都のもの」ハヤブサは数十枚のダイラを袋にもどしながら言った。「あなたが部屋に隠しているダイラも例外ではない。でも、この本は持っていていいわ。読書はためになるから」

「わたしがお金を隠していることを知ってるの？」

「この都に、わたしの知らないことなどないの」

母はいつもそうだ。ひとつ、またひとつと、カリーナから楽しみを取りあげていく。もはやカリーナの世界は砂漠のようにほとんどなにも残されていない。かつては、ハヤブサに厳しく規制されている分を、父《ババ》のやさしさが埋めてくれていたけれど、父《ババ》が死んでからは、カリーナに与えられるのは叱責か沈黙だけだった。そう、沈黙に次ぐ沈黙。カリーナは金をためてズィーラーンを出ようと密《ひそ》かに夢見ていたが、ひいき目に見ても現実離れしたその計画さえ、今、奪われてしまった。

カリーナが再び顔をあげると、ハヤブサは指にはめた印章指輪をじっと見つめていた。指輪の表面に彫られたグリフィンがカリーナを見あげているように感じる。その目は失望にあふれていた。

「カリーナ、わたしにもわかっているの。この数年は、わたしたちふたりにとって……つらい日々だったことは」

相手が母でなければ、カリーナは笑いだしていたかもしれない。火事のあと数年の記憶はぼんやりとしているが、それでもたったひとつ、はっきりと覚えているのは、決して与えられることのないやさしさを求めつづけたことだ。やがて、カリーナは悲しみを剣に変え、近づこうとする者へそれを振りかざすようになった。けれども、母は悲しみを壁に変えた。どんな剣だろうと、たとえどんなに鋭くても、それを打ち砕くことはできなかった。

もう何年もまえに、カリーナはその壁を乗り越えようとするのをやめていた。

ハヤブサはつづけた。「そうした道楽があなたの慰めになっているのはわかっていたから、本来の義務をなおざりにするのにも目をつぶってきた。でも、それもおしまい。もう十七歳なのだから、そうしたくだらない道楽をこれ以上許すわけにはいきません。あなたはズィーラーンの未来の女王《スルタナ》なのだから」

カリーナの呼吸が一瞬、止まった。くだらない。自分は実の母にくだらないと思われているのだ。

「国民は、これまでわたしが見てきたあなたよりも、もっとすぐれた人物を女王《スルタナ》として仰いでしかるべきでしょう。あなたはソルスタシアにすら、関心を示そうとしない。わたしたちにとってなにより大切な伝統だというのに」

「わたしがソルスタシアに関心を持とうが持つまいが、どうでもいいじゃない」カリーナは思わずさけんだ。「ただの祭でしょ」

「……ただの祭？」

カリーナにはなにかわからない感情が、ハヤブサの顔を覆うのがわかった。周囲の草木が、見上げるような体格の母のほうへゆらゆらと伸びてくるように思える。女王《スルタナ》は立ったまま、噴水の基礎部分に手をすべらせた。そして、アラハリ家のグリフィンが彫られた小さな凹《へこ》みまでくると、そこへ指輪を押しあてた。

「それでもなお、われわれは立ちつづける」

カリーナの足の下のタイルがすーっと動いて噴水の下に吸いこまれ、地下へ降りていく石の階段が現れた。「これって――！」

母が階段をおりはじめたので、カリーナもあとを追って、暗闇へと入っていった。通路に敷かれた石は、クサール・アラハリの砂岩のように磨かれてはおらず、湿った空気でカリーナの銀色の巻き毛がますます縮れる。ゴウゴウと流れる水の音がまわりじゅうに響いていた。

「祖母なるバイーアはなぜズィーラーンを築いたのか答えてごらんなさい」ハヤブサは壁からたいまつを一本取り、通路を照らした。世界にとって、バイーア・アラハリは伝説的な人物だが、その子孫にとっては一族の祖でもあり、常に「祖母なる」という敬称をつけて呼ばれている。

「ケヌア帝国の圧政から守られた安全な場所がほしかったから」

「では、祖母なるバイーアはどうやってズィーラーンを築いたのか、答えて」

「ケヌア帝国のファラオと〈顔なき王〉に勝ったから……よね？」

階段をいちばん下までおりると、ハヤブサはカリーナのほうにむき直った。母の顔にたいまつの影が躍り、どこか別人のように見える。

「これが、祖母なるバイーアがズィーラーンを築いた物語よ」

母がたいまつを掲げると、目の前の壁面いっぱいに埋めこまれた何千というタイルの破片が輝いた。二階建ての建物くらいの高さまでつづいている。ルビーの小鳥たちが鋭いさけび声をあげ、エメラルドの蛇たちがとぐろを巻いた図柄と、カリーナがこれまで目にしたこともないぎざぎざの線と複雑なシンボルとが、組み合わされている。たいまつの光がようやく届くあたりで、真っ黒い水が渦を巻いて闇へ吸いこまれていくのが見えた。

「ここはどういう場所？」カリーナはささやくようにたずねた。

「女王《スルタナ》の聖所よ」

ハヤブサは、精緻な造りの黄金の冠をかぶった男をかたどったモザイクの前で足を止めた。のばした両手にはそれぞれ太陽と月が握られている。彼を囲むように、黒装束の覆面をつけた者たちが十三人、ひざまずいていた。

「何千ものあいだ、オジョーバイとその住民は、ケヌア帝国のファラオに支配されてきた」ハヤブサは低い声で話していたが、それでもその声は、地面を走る震えよりも大きく女王《スルタナ》の聖所に響きわたった。「ケヌアの者たちは、〈大いなる女神〉の恵みを受け入れず、死をまぬがれえぬ人間たちのなかであたかも神であるように振る舞った。ファラオと並べば、各国の王など大海のとなりの水たまりにすぎなかった」

カリーナは母のかたわらへいって、覆面をつけた者たちを指さした。

「彼らは何者なの？」

「ユールラジー・テルラーの者たち。ファラオを唯一の神とあがめ、忠誠を誓った魔術師たちよ」たいまつを握るハヤブサの手に力が入った。

「魔術師？」カリーナは、母が伝説のたぐいだとつづけるのを待ったが、ハヤブサはうなずいた。

ズィーラーンで〈ファラオの戦い〉が語られるときは、バイーアが輝かしい勝利を収めた結末が中心になることが多い。だが、このモザイク画では、血塗られた歴史が最初から語られ、どの画もどこかしら暴力や殺戮《さつりく》と結びつけられていた。カリーナの左には、太陽の照りつける下で苦役にあえぐ奴隷たちのようすが、右には、血の海と化した戦場とその真んなかで泣くバイーアの姿が描かれている。

どの画でも、〈顔なき王〉の顔はえぐり取られ、永遠に失われていた。

「なぜこんなものを作ったの？」カリーナはささやいた。奴隷の首の傷から流れた血を表わす赤い石の破片に手をあて、それから自分の首の同じ場所に触れる。ズィーラーンは、ソーナンディの並みいる大国のなかでもっとも若い国だ。カリーナたちの先祖は、ケヌア帝国の支配が終わったのち、みなで力を合わせて新しい国を打ち立てた。砂漠のあちこちからやってきた人々が混在しつつも、まったく新しい国を作り上げていったのだ。しかし、この壁画は、多くの歴史が忘れ去られてしまったことを告げている。千年にもわたって発展を遂げてきたが、過去の歴史を消し去ることはできないのだ。

「過去を忘れるおめでたい者たちは、過去に破滅させられる」ハヤブサはたいまつを降ろし、カリーナのほうにむき直った。「でも、あなたに見せたいものはこれだけではない。ソルスタシアがきちんと行われるように計らうことがわが一族にとってなぜなによりも重要なのか、そろそろあなたも学ばなければならないから」

　ハヤブサが指輪をまた別の凹《へこ》みに押し当てると、壁画の一部が横に開いた。ほんのり土の香りのする風がカリーナの顔をなで、目の前にどこまでも広がる星の光と砂漠が現れた。外城壁はどこにも見当たらない。

　ハヤブサが前を指さした。「いってごらんなさい」

外城壁に近づいたときに襲われる引き返さねばという強迫観念と同じ衝動を感じたが、

どこまでも広がる自由を目の前にして、歩みを止めることはできなかった。

一歩前に出る。そして、また一歩。

どこへでもいけるのだ。オソダイアィへも、キシーモーコーへも、タラフリィにだって。そうした都が手の届くところにあるのだ。

ついに、父《パパ》がいつも言っていたように、海は青いかどうかをこの目でたしかめることができるのだ。

また一歩進む。

氷水を浴びせかけられたような感覚に襲われ、カリーナは足を止めた。全身の皮膚がぞわぞわし、いきなり強烈な吐き気がこみあげてきてえずく。どんなに進もうとしても、こちら側の黒い石とむこう側の白っぽい砂の境界から一歩たりとも踏み出せない。手を伸ばそうとする。目の前にこれまでずっと求めてきたものが、そう、すぐそこにあるのだ。なのに、あたかも壁に触れたかのように、伸ばした手は空中で止まった。恐怖に目を見開いて、カリーナはハヤブサのほうを振り返った。

「お母さまは一度もズィーラーンを出たことはない」ささやくように言う。

母は顔を背けた。「ええ、はるか昔に折り合いをつけたわ」

一族についてこれまで聞いた話が一気によみがえる。そして、ある共通点に気づく。バイーア・アラハリの物語以外はすべて、都のなかで起こったことだ。これまでカリーナは、先祖たちは自らの意思でズィーラーンに留まっているのだと思っていた。

でも、そうではない。

彼らは囚《とら》われの身だったのだ。

第5章 マリク

身を寄せ合うマリクたちの目の前で、壁の割れ目から影が身をよじるように出てきて、みるみる床に溜《た》まり、真っ黒い水たまりのごとく激しく渦巻いた。亡霊たちは三人のまわりでキィキィと声をあげ、マリクは目をギュッとつぶって、幻影が見えることに耐えきれなくなったときにいつもするように、自分に言い聞かせた。

息を吸って。現実に留まれ。ここに留まれ。

これは本物じゃない。本物のはずがない。

そして、目を開けた。すると、赤々と輝く石炭のような目が現れ、その真んなかから真っ黒い裂け目のような瞳孔《どうこう》が瘴気《しょうき》のむこうからマリクを見つめ返した。

「思っていたより小さいな」

その声は、採石場にいるかのようにこだました。すると、影は渦巻く風に舞いあげられ、くっつきあって巨大な大蛇の姿を取り、空へむかって鎌首をもたげた。いつの間にかあばら家の天井が消え、頭上に、これまで目にしたことがないような夜空が姿を現していた。星座は子どものころの記憶通りだが、割れた鏡に映しているかのようにバラバラになっている。空のぎざぎざした縁で、ニェニーの目の色と同じ、はっとするような青い光が脈打っていた。

真っ黒いうろこに玉虫色の光を躍らせながら、大蛇はずるずると這《は》ってきて、牝牛《めうし》ほどもある頭をマリクの目線までおろした。鼻の穴から腐ったような熱い息が放たれ、マリクは全身が張り裂けそうなほど激しく咳《せ》きこんだ。

「落ち着け。今夜はまだおまえが死ぬ日ではない」

レイラはガタガタ震えていたが、それでもマリクとナディアを守るように大蛇の前に立ちはだかった。マリクの脇腹を温かいものが伝い落ちた。ナディアが恐怖のあまりもらしたのだ。ナディアはマリクの皮膚に爪を食いこませ、肩に顔をうずめてすすり泣いていた。

大蛇は呆《あき》れたように天を仰いだ。「おまえたち人間にとってもう少し好ましい姿になったほうが、話が早そうだな」

大蛇の胴体に影がからみつき、やがてまたそれが晴れると、人間の姿をした者が立っていた。大蛇のうろこは深い褐色の肌に変わり、がっしりとしたあごに、薄い眉、雪のように白い髪が頭に巻いたターバンから幾房かこぼれ落ち、痩せた体に巻きつけるように濃いえんじ色の長いローブをまとっている。しかし、目だけはさっきと同じだ。大蛇の鋭い目。

「こちらのほうがよいか？」人間の姿をした者はたずねた。その声もまた、人間と同じ声域になっている。

ナディアが悲鳴をあげ、マリクはへなへなと膝をついた。頭の動きが鈍くなって完全に止まり、目の前の現実を受け入れようとしない。これまで見たなかでも最悪の幻覚だ。でも、いつものように意識が暴走しているにすぎないんだ。今にも悪夢から覚め、まだ荷車のなかにいるとわかるはず。もしくは、チッペクエに踏みつぶされて死んだとか。とにかく、ここ以外の場所に決まってる。

「まずは自己紹介をするのがいいのだろうな。わたしの真の名は土よりも古く、空よりも長い。だが、おまえたちはイディアと呼ぶがよい。おまえたちがいま目にしている者すべての王だ。わがつつましき領土へようこそ」

イディアのうしろに亡霊たちが半円を描くように控え、赤い心臓がまったく同時に脈打っていた。マリクは、いつものようにレイラにどなりつけられるのを待った。頭のなかの想像にひどい目に合わされることなんてないのよ、と。こんなことが本当に起こっているはずはないと、わからせてほしかった。しかし、レイラの目もまたイディアに注がれていた。腕はまだ弟妹たちを守るように突き出されている。

「お、お、お目にかかれて光栄です、陛下」レイラは声を絞り出した。姉が武器も盾も持たずに怪物を見つめ返すのを見て、マリクもようやく顔をあげた。

「あなたは何者？」ナディアが唇を震わせてたずねた。イディアはぐっと目を細めた。

「子どもよ、おまえはなんだと思う？」

「怪物」

イディアはフンと鼻息を吐いた。「なかなか鋭い観察力だな。わたしは、おまえたち人間が神霊《オボソム》と呼ぶ者だ」

「どうか陛下、あたしたちは陛下の領土に入るつもりはありませんでした」レイラが言う。

マリクは神霊《オボソム》について知っていることをすべて思い出そうとする。川や山などある特定の場所に縛りつけられた精霊の一種だ。守護神よりは弱いが、それでも、ふつうの霊よりは力を持っている。昔の物語では、自分たちの住まいの近くに住む人間から敬意を払われることを求め、もしそれが得られないと、命をも奪いかねない破壊に及ぶ存在として描かれている。しかし、イディアという名は聞いたことがなかった。

　レイラがなおも言う。「どうかこのままあたしたちをいかせてください」

「本当なら、そうするところだったがな、その子さえいなければ」そう言って、イディアは鉄の色をしたかぎ爪をまっすぐナディアにむけた。ナディアはすすり泣いて、マリクの肩にますます深く顔をうずめた。「その子は、わが領土にいるときに魔法の贈り物を手に入れた。よって、その分を支払ってもらわねばならぬ」

　めちゃくちゃだ。ナディアは魔法なんて使っ……マリクはハッと息を呑《の》んだ。語り部《グリオ》の物語。チッペクエ。ナディアがニェニーに願いを言うまでは、おとなしかった……胃がむかむかする。恐怖でなく、怒りのせいだ。

「あの語り部《グリオ》に言われて、願いごとをしただけよ！」レイラがさけんだ。

「理由は関係ない。重要なのは、願いがかなえられたことだ。〈太古の掟《おきて》〉にも書かれている通り、わが領土で魔法の願いがかなえられた者は、わたしに貢物をせねばならぬ。娘は望みの物を手に入れた。ゆえに、今度はわたしが娘をいただく」神霊《オボソム》はマリクとレイラに視線を走らせた。「おまえたちふたりは好きに出ていくがよい」

「ナディアの願いを取りさげてください」レイラが懇願し、マリクはますますきつくナディアを抱きしめた。「元どおり、城壁の外へもどりますから」

霊は面白そうに目を光らせた。「そんなふうには、いかぬのだ」

イディアが手でつかむようなしぐさをすると、マリクの腕に痛みが走り、ナディアがかん高い悲鳴をあげた。まるで見えない糸が結びつけられているようにナディアはもぎ取られ、マリクは全力でしがみついたが、激しい痛みに手を放してしまった。ナディアは人形のように軽々と宙へ持ちあげられ、レイラが飛びつこうとしたが、亡霊たちに押しもどされた。

ナディアは宙に浮かび、黒い髪が大きく広がった。泣きさけぶ声が夜気を貫く。その悲鳴を聞いて、これは嘘《うそ》やまやかしではないのだと、マリクは悟った。幻のせいで妹があんな声をあげるわけがない。必死で涙をこらえ、雑多な知識が散らかっている頭のなかを探す。なにか、なんでもいいから、ナディアを救える方法はないのか？

怪物について知っていることは？　昔の物語でなにか語られていなかったか？

昔の物語では、怪物はかならず退治される。

「待て！」イディアがまさにナディアに手を伸ばしたとき、マリクはさけんだ。

神霊《オボソム》は手を止めた。「なんだ?」

「取引を……」声がかすれる。マリクは咳払《せきばら》いをして、つづけた。「あなたと取引するというのは、どうですか?」

「おまえたちに、わたしが望むものを差し出せるのか?」

「なんだっていい。言ってくだされば、かならず探してみせます」頭のなかで、気味が悪いほど父《ババ》さんに似た声が、もっとひどいことになるまえにやめろとどなっている。だが、マリクはつづけた。「もし成功すれば、ナディアを返し、ぼくたちのことは放っておいてください」

「面白いな。それで、もし失敗したら?」

「もし失敗したら、ナディアだけでなくぼくも、あなたのものになります」声と体が震える。「あなたが損することはない。もしぼくたちが成功すれば、望みのものが手に入るし、失敗すれば、なにもせずしてぼくたちふたりを手に入れられるのだから」

レイラの眉間にしわが寄った。姉が今の提案を気に入ってないことは明らかだ。だが、今回ばかりはマリクを叱りつけたりせず、黙ったまま、大きな目で彼とイディアを見比べている。

マリクは両手を握って、また開いた。かばんの肩ひもをねじりたくてたまらない。頭上の星がわななき、イディアは、宙に浮いているナディアの体を避けるようにして、マリクのすぐ目の前まできた。

「わたしの要求がなんであろうと飲むということか？　自分がなにに同意したかもわからぬままで？」

マリクは、ぐっと頭を下げるようにしてこちらを見ている神霊《オボソム》を見あげた。獲物をしとめる直前に狩る者と狩られる者のあいだに生まれるもろい絆《きずな》が、ふたりをつなぐ。恐怖と戸惑いの下から別の感情が湧きあがってきて、ニェニーの客寄せの声を聞いたときよりも強烈な力でマリクを揺さぶった。その強い感情にマリクは慄《おのの》きながらも、神霊《オボソム》の目をまっすぐ見返した。

「なんだってする」

イディアはかぎ爪のついた手を伸ばした。マリクは一瞬、間をおいてから、握手を求められているのだと気づいた。「約束を守ると、血の誓いをせよ」

血の誓いは、もっとも高貴な誓いだ。誓いを破れば、心臓の鼓動は止まる。心も体もすべてがそんな取引はやめろとさけんでいるのを感じたが、マリクは妹のきゃしゃな姿を見やり、イディアの手を取った。その皮膚は不自然に温かく、長いあいだ日向に置きっぱなしになっていた肉片を思わせた。

「あなたにたのまれた仕事をやり遂げることを約束する。たとえそれがどんなものであっても」

イディアの目が暗くなった。「ひとつ、助言をしてやろう。内容を知るまえに、取引に応じるな」

神霊《オボソム》のかぎ爪がマリクの皮膚を貫き、痛みが腕を駆けあがった。ぽたぽたと垂れた血が神霊《オボソム》の手のひらに染みこんでいく。神霊《オボソム》が触れたところには、亡霊のタトゥがくっきりと刻まれていた。インクのように黒く、握りこぶしくらいの大きさだ。マリクはハッと息を呑《の》んだ。タトゥが浮きあがって、カーブした刃の短剣に姿を変えたのだ。どっしりとした金の柄がついている。すると、短剣はまた皮膚のなかにもぐりこみ、タトゥとなってするすると袖の下へ消えた。

「わたしのために、やってもらいたいことがある」イディアは、どこか心ここにあらずといったようすで、指のあいだからマリクの血を滴らせながら言った。「何世紀も昔のことだ。おまえの祖父だか、祖父の祖父だかが世界をうろつくようになるよりはるかまえ、わたしはまちがいを犯した。バイーア・アラハリを信用してしまったのだ」

「バイーアって、太古の女王《スルタナ》の？」マリクは目を見開いた。

「そうじゃない、ボロボロの靴をはいたバイーアだ。だが、そうだ、その後、女王《スルタナ》になった！　ほかにバイーア・アラハリという女がいるとでも？」イディアは噛《か》みつくように言った。「わたしは女に力を貸し、女はご立派な都市国家を築き、地下水を見つけて、ズィーラーンの井戸を満たした。そのお礼に、あの女はなにをしたと思う？　わたしをこの〈大いなる女神〉の呪われた王国に追放したのだ！」

　イディアの言葉の力に、まわりの空気が震えた。

「バイーアの子孫が代々玉座にすわっているのも、わたしのおかげなのだ。やつらがわたしの犠牲のおかげで大いに繁栄している一方で、当のわたしは生者の王国へ足を踏み入れることすらできぬ。やつらが、このわたしの魔法を使って築いた〈防壁〉のせいでな。わたしはすべてをやったというのに、あの女は裏切ったのだ！」

　怒りの響きが増すにつれ、イディアの姿が揺らいだ。人間から蛇になったかと思えば、次の瞬間ワシになり、さけび声をあげる亡霊に、そして、血塗られた悪鬼となる。唯一、目だけが変わらなかった。その目に浮かぶ感情はどこか……哀《かな》しみに似ていた。マリクには、神霊《オボソム》にどんな嘆くようなことがあるのかはわからなかったが。

「おまえにやってほしいことを言おう、マリク・ヒラーリー。サラヘル・アラハリの娘を殺せ。それを果たせば、おまえの妹を傷ひとつないまま、返してやろう」

マリクの息が止まった。サラヘル・アラハリの娘を殺す？

イディアはマリクに、カリーナ王女を殺せと言っているのだ。

マリクにとっては、王族のアラハリ家など、大好きな物語に登場する空想上の存在と同じようなものだった。あまりにも強大で、あまりにも伝説的な人々であり、マリクの人生と彼らの人生が交わることなどありえない。イディアの要求は、太陽を殺してくれと言っているようなものだった。

「やります。だから、ぼくたちをここから出してください」マリクは答えた。

イディアはフンと鼻を鳴らした。「『ぼくたち』とはなんだ？　これはおまえひとりの仕事だ。おまえよりまえに、ほかのだれかがカリーナ王女を手にかければ、この取引は無効だ。おまえがこの役を果たすまで、妹は預かっておく」マリクは異を唱えようとしたが、イディアはもう話は終わりだというように言った。「おまえの妹は預かる。それが嫌なら、この取引はなしだ」

マリクは、ナディアのよるべない姿を見上げた。ナディアは、赤ん坊のころよくしていたように兄にむかって手を伸ばした。

「お願い、置いていかないで」ナディアがすがりつくように言うのを聞いて、マリクは、こんなに何度も打ち砕かれても、心がまだ形をとどめていることが信じられなかった。

「ほんの少しのあいだだから。約束するよ」ありもしない自信を振り絞って、マリクは力強く言った。「あっという間にもどってくるから。それまで、がんばって待てるかい？」

「うん、待てる」ナディアはしゃくりあげながら言う。

「もういい、じゅうぶんだろう」

イディアがパンと手を叩《たた》くと、影がナディアの体にからみついた。マリクが思わず伸ばした手を、魔法が焼いた。

「ナディア！　待って！」

「マリク！　レイラ！」ナディアのさけび声が響いたが、影は少女を丸ごとのみこんだ。

マリクががっくりと膝をつく。レイラは押し殺した嗚咽《おえつ》を漏らした。

「王女には、〈霊剣〉を使え。果たせばわたしはすぐさま、おまえのもとへいく」イディアはマリクをじっと見下ろした。「ソルスタシアが終わるまでに、あの娘を殺せ」

マリクはハッと顔をあげた。いつの間にか、マリクとレイラはまた、元のあばら家にもどっていた。壁という壁に仮面が飾られている。ナディアの姿はなかった。

イディアの声だけがまだ、響いている。「今夜の出来事をだれかに話せば、〈しるし〉がおまえの心臓に穴をあけるだろう。願わくば、魔法がおまえに従うようになることを祈ろう」

そう言い残すと、イディアは消えた。マリクとレイラは顔を見合わせたが、言葉は出てこなかった。外では、ソルスタシア前夜の祝祭が最高潮に達し、煙がふたりの目を焼いた。

第6章
カリーナ

千年前に、バイーア・アラハリはまだ建国間もないズィーラーンを守るため、〈ファラオの戦い〉を始めた。そして、最後の戦いの際に五十年彗星《すいせい》の魔法を利用し、ユールラジー・テルラーの魔術師たちと、自分の夫、そしてそのほかファラオに味方する者たち全員を滅ぼして、ケヌア帝国の息の根を止めたのだった。

バイーアは、脅威になりうるあらゆる人間たちから新しい都を守るために外城壁を築いた。しかし、人ならざる者たちが再びズィーラーンを襲えば、石の壁など役に立たないことはわかっている。そこで、バイーアはそうした者たちが入ってくるのを防ぐため、〈防壁〉を作り、それを守る魔法を手に入れる代わりに自らと子孫たちの人生すべてを捧《ささ》げた。

つまり、いつかズィーラーンを出るというカリーナの夢は、まだ生まれてもいないうちに、バイーアに打ち砕かれていたことになる。

「それで殿下、どう思われますか?」

カリーナはハッとわれに返った。ガーガーとうるさい廷臣たちが、聞いてもいなかった話に対して意見を求めている。カリーナの心はまだ〈女王の聖所《スルタナ》〉にあり、ハヤブサに告げられた人生を一変するような事実を飲みこもうとしている最中だったが、現実にはクサール・アラハリの中央にある中庭で、星屑《ほしくず》を混ぜたワインのようにちらちらと光る薄い生地でできた深紅の天幕の下にすわっていた。真夜中まであと二時間となり、いつバイーアの彗星が現れてもおかしくない。

「素晴らしいと思います、どうぞつづけて」カリーナは嘘《うそ》をついた。

テーブルのむかいでは、ムワレ・オマル・ベンシェクルーンがチキンの足を剣のように振り回しながら、つづきを話しはじめた。ムワレ・オマルは評議会でも最古参の議員で、本来なら頭にあるはずの毛の代わりに、腹まで届くみごとな真っ白いひげを生やしている。カリーナが知るかぎり、彼が評議会ですることと言えば、一族が所有しているブドウ畑か、かつて〈火〉の勇者であった時代について、長弁舌をふるうことだけだった。

「そこで、ハリマーとわしはライオンとむかい合った。わしの槍《やり》は真っぷたつになっていたが、額から汗ひとつ垂らすことなく――」

カリーナたちは中庭でいちばん大きなテーブルを囲んでいた。ほかにも、ふかふかの座椅子に囲まれた低いテーブルが渦巻き型に配置され、宮廷の重鎮たちがすわっている。しわだらけの学者たちが、賢そうな顔をした芸術家や、ブクブクと太り宝石で飾り立てた商人たちとおしゃべりしていた。

今夜のごちそうは目を瞠《みは》る素晴らしさだった。チキンの丸焼きとオレンジ風味の牛肉がクスクスの山の上に盛られ、美しい模様の描かれた数えきれないほどのタジン鍋で野菜や肉が煮えている。ラム肉は黒々として見えるほどスパイスがまぶされ、山と積み重ねられたパンは、召使いたちが焼きあがった横からテーブルへと運び、まだ湯気が立っている。目の前に並んでいる料理に、ズィーラーンを形作っているさまざまな文化や歴史を一望することができた。

何年にもわたる礼儀作法のレッスンのたまもので、カリーナはなんとか笑みだけは絶やさずにいたが、心のなかでは嵐が吹き荒れていた。

魔法は実在する。魔法はあらゆるところに存在し、ズィーラーンの土台に浸みこんでいる。だが、そこに暮らしている人々は、そんなことは知りもしないのだ。その魔法が、千年のあいだ彼らを守っていたというのに、知っているのは、カリーナの一族だけなのだ。

「これをあなたに見せたのは、自分が将来果たすことになる役割の真の重要性を理解してほしかったからよ」〈女王の聖所《スルタナ》〉を出ると、ハヤブサはそう言い、過去の血塗られた物語を再び地下の闇に封じこめた。「ソルスタシアは単なる祭ではない。大切な儀式なの。きちんと行わなければ、〈防壁〉は崩れ去る。わたしたち一族は、魔法の力に対抗する唯一の防衛線なのよ。〈防壁〉がなくなれば、わたしたちが大切にしているものすべてが滅ぼされる」

「だが、最後の瞬間に、わしの槍《やり》が折れたのだ！」ムワレ・オマルがチキンで宙を突いたひょうしに、油が跳ね飛んだ。「〈大いなる女神〉がわが証人だ。槍さえ折れていなければ、ハリマーより先にライオンの首を突き、勝者となっていたのはこのわしだったのだ」ムワレ・オマルは横にすわっている若者に申し訳なさそうな視線をむけた。「きみのおばあさまの勝利が不当だったと言っているわけではないぞ」

「そんな意味でおっしゃっていないのは、わかっております」ドリス・ロザーリが抑揚のない声で答えた。ロザーリ家は代々つづく名家で、名家の例にたがわず、一族がみな同じ守護神のもとに生まれる。ロザーリ家の場合は、〈太陽〉だ。そうした一族は非常にまれで、純粋なる運と高度な調整のたまものだ。その上、ドリスの亡くなった祖母ハリマーは、前回のソルスタシアの勝者であり、現在の〈太陽〉の時代をもたらした人物でもある。そのふたつの事実から、〈太陽〉の神殿で行われる〈選びの儀〉は形式的なものにすぎず、今年の〈太陽〉の勇者がすでにドリスに決まっていることは、周知の事実だった。彼の一族は当然、鼻高々であった。

ドリスとカリーナは、互いに嫌悪の表情を浮かべて相手を見やった。ドリスが一族のコネで〈太陽〉の勇者の地位を手に入れるのは、許容できる。許せないのは、彼が常に突撃寸前の雄牛のような人間であるのに、そうした暴力的な振る舞いも、ロザーリ家の一員だというただそれだけの理由で、見て見ぬふりをされていることだ。

アデトゥーンデイがこの場にいないのが、せめてもの救いだ。彼がきていれば、今夜の集いはもっと楽しくなっていただろうが、前回顔を合わせたときに、「自分のケツに頭を突っこんで、耳から太陽でも見れば?」と言ってしまった手前、今夜は彼が一族と共に〈水〉の神殿で過ごしていることに、感謝すべきだろう。

ムワレ・オマルが、七回目のソルスタシアの話を始めると、カリーナはまた〈防壁〉のことを考えはじめた。空を見上げたが、いつも通りの夜空が広がっているだけだ。ヤシの木に吊《つ》るされた球形のランタンが暖かな黄色の輝きで中庭を照らしていたが、この程度の明るさなら、バイーアの彗星《すいせい》がくれれば、すぐにそれとわかるはずだった。

「殿下、祭のあいだは、殿下は舞台の上にいらっしゃるのですか？　それとも、競技場のほうへ？」ムワーニ・ゾーラ・ロザーリが、菓子に手をのばしたドリスの手をぴしゃりとはたきつつ、たずねた。ドリスと母親はそっくりだ。母親がウェーヴのかかった髪を切れば、息子と見分けがつかなくなるだろう。

「あいにく、わたしはどの行事にも参加しないのです」カリーナは答えた。

数か月まえにファリードから、ソルスタシアのあいだの役目については説明されていた。席にすわって、サイドラインからズィーラーン出身の選手を応援する、それだけだ。それだけしかできないし、これからもそれしかできない。なぜなら、自分は一生ズィーラーンで暮らし、ズィーラーンで死ぬのだから。姉と同じように――。

頭がずきんと痛み、思わずビクッとしたひょうしにテーブルを揺らしてしまった。みなの視線が一斉にこちらへ注がれる。しかし、なにか言うまえに、ファリードがやってきて、彼女の肩に手を置いた。

「お話が盛りあがっている最中に申し訳ありませんが、今すぐ殿下とご相談しなければならないことがありまして。失礼させていただきます」

ファリードに連れられ、声の届かないところまでいくと、カリーナはほっとしてうめき声を漏らした。

「ああ、ラクダのクソみたい！　もう逃げだせないかと思ったわよ！　ムワレ・オマルったら、二十二歳のままでいられないからって、時間が自分だけに意地悪しているとでも言いたいわけ？」

「まあ、そうかもしれないな。人前で『ラクダのクソ』とは言うなよ。下品だ」

「なら、ネズミのクソでもいいわよ。それで、なんの用？」

「ああ、用はないよ。きみがソワソワしだしたから、なにか言うまえに連れ出したほうがいいと思ってね。あとで、われわれふたりが後悔するはめにならないように」

ファリードがめずらしく共犯者めいた笑みを浮かべたので、お返しにカリーナも顔をしかめてみせた。とはいえ、いつものように助けにきてくれたことは、ありがたかった。でも、ハナーネがまだ生きていたら——。

また頭がずきんと痛み、カリーナは顔をしかめた。ファリードが心配そうにこちらを見やる。父《ババ》とハナーネのことを考えるといつも頭痛がひどくなるが、それでも、ふたりのことを思い出さないようにするなんて、考えるのすら嫌だった。母はそちらの選択をしたように見えるが。

　去年から、片頭痛はひどくなっていた。以前は、数か月に一度しか起こらなかったのが、週に一度になり、今では、最低でも一日に一度は頭を押さえずにはいられないほどの痛みに襲われる。癒し手たちは途方に暮れていた。調べるかぎり、体には異常はない。彼らの処方する薬は、アルコールを飲むのと同じで、痛みを和らげはしたが、効果はたかが知れていたし、長続きしなかった。

　筋肉に広がっていたこわばりが、ファリードに連れられて中庭を歩いているうちに少し和らいできた。すれ違いざまに頭を下げてくる人々に、軽く会釈を返す。しかし、ファリードは一人ひとりに丁寧にあいさつしていた。家庭教師たちが何年もかけてカリーナに教えこんだ礼儀作法の模範的な実践者だ。

　しばらくして、ふたりはアークェイシーからきた大使と側近たちに会い、足を止めた。彼らが祭の地を訪れ、胸を躍らせているようすを見て、その夜初めて、カリーナは心の底からの笑みを浮かべた。アークェイシーの民は守護神を崇拝しているが、ソルスタシアの祝いは行わない。そのため、今回の祭は、部外者として興味津々らしい。しかし、すぐにカリーナの笑みは消えた。〈防壁〉のせいで自分がアークェイシーを目にすることは一生ないことを思い出したからだ。でも自分の一族の者はみな同じで、ハヤブサさえ、かの地を訪れたことはないのだと気づく。なのに、文句を言う筋合いはあるのだろうか？

大使はカリーナをできるだけ引き止めようとした。今はどこかをうろついている彼の幼い娘が、カリーナに会いたがっていたという。しかし、ファリードが、もういかなければとカリーナを急《せ》かした。

「みんなが楽しんでいるようで、よかった」中庭を一回りすると、ファリードは言った。そして、なにかを考えこんだような顔でカリーナを見下ろした。「今回の祭は最大の行事だからな。次回は、きみの結婚式を開くときだろうから」

カリーナはむせた。「え、なんて？」

「そんな顔をしてわたしを見られても困る。早晩、そういうことになるだろ？」ファリードはカリーナを肘でつついた。「だれか結婚したい相手がいるのなら、そろそろ公にしたほうがいいぞ。でないと、母上が、きみの意見は聞かずに決めるだろうからね」

夜空でポツンと月だけが輝いている。カリーナは焦がれるような気持ちで月を仰ぎ見た。アークェイシーでも月は同じように見えるのだろうか？　エドラフー海からはどうなんだろう？　結婚するということは、相手のことも一生ズィーラーンに閉じこめることになるのだろうか？

「結婚してもいいと思えるのは、素手で月を捕まえることができる人だけよ」カリーナは、バカバカしいのを承知で宣言した。

カリーナのふざけた口調に、ファリードは眉をひそめた。「きみ自身のためにも、相手を早く見つけたほうがいい。自分の将来は自分で決めるのがいい。自分に優位になるようないい政略結婚だって可能なのだから」

よりにもよって、あまたの結婚話を断っているファリードにこんな説教をされるなんてと、皮肉が舌の先まで出かかったが、かろうじてそれをひっこめた。そうでなくても、今日はじゅうぶん古傷をえぐられるようなことがあったのだ。そこへさらに、ファリードの過去の悲しみを持ち出す必要はない。

ふたりは中庭を一周すると、王家のテーブルの、さっきとは反対側へもどった。ハヤブサは銀行の要職についている者たちと話しこんでいる。母は、深紅のまばゆいばかりのタクシータ（主にモロッコで、お祝いや結婚式に着る民族衣装）に着替えていた。ネックラインには銀の花の刺繡《ししゅう》がほどこされ、装身具も、いつもの印章指輪のほかに、小さな星のように輝く宝石が編みこまれたネックレスと、動くたびに鈴の音を響かせる銀の腕輪、そして編んだ髪に映えるエメラルドの耳飾りをつけていた。カリーナのタクシータも同じ形をしていたが、母のようにまわりの目を惹《ひ》きつけることはないとわかっていた。

「どうか、陛下、もう今夜は仕事の話はやめにいたしませんか?」銀行家のひとりが言った。「この老女の願いをお聞きくださいませ。ソルスタシアの勝者に与えられる褒美は、なんなのでしょう? 賭ける先をまちがえたくはありませんもの」

ハヤブサは取り澄ました笑みを浮かべてみせた。「その答えは、開会の儀までお待ちいただくしかなさそうですね」

女王《スルタナ》は、〈勇者の試練〉では儀礼的な役割を果たすのみだ。だから、ハヤブサがどこかの守護神殿をひいきしたところで、責められることはない。しかし、最後の試合で勝利した勇者が手に入れる褒美を決めるのは、女王《スルタナ》だった。女王《スルタナ》にしか用意できないような特別なものになるのが、慣例だ。評議会の議席が与えられたり、国を治める側の一員として迎え入れられることもある。だが、その内容は極秘事項であり、開会の儀の際に初めて公にされることになっており、それ以前に明かされることは決してなかった。

廷臣たちはがっかりしたようなつぶやきを漏らしたが、ハヤブサはすかさず気の利いたひと言で一同を笑わせた。母の一挙一動やタイミングを計ったような間の取り方すべてが、その力を暗に示している。みなはどう思っているのだろう、とカリーナは思った。母とカリーナが――女王《スルタナ》と支配者の器を持たぬ娘が、並んでいるのを見て。

カリーナは、母の横に並ばなければならない。みなが期待しているような跡継ぎにならなければならない。

本来ならハナーネが果たすはずだった役割を引き受けなければならないのだ。

焼けつくような痛みが頭を引き裂き、うめき声が漏れた。何人かの廷臣たちが心配そうにこちらを見たが、思い切り魅力的な笑みを浮かべてみせる。

「失礼します、ちょっと洗面所に」カリーナはほとんど逃げ出すように中庭を飛び出した。洗面所へいくと、数年前からゆるめておいた窓格子を外して、外へ這《は》い出《だ》し、中庭のとなりにある小さな庭の壁に背をあずけてすわりこんだ。こんなふうに痛みに体を折り曲げているさまを、廷臣たちに見せるわけにはいかない。やはり王女は弱いのだと、彼らに確信させてしまうだけだ。

こめかみに手のひらを押しつけ生け垣のむこうから漂ってくる音楽に耳を澄ませる。父《ババ》が愛していた曲だ。息を吸うたびに、自分が今、生きている世界を、父《ババ》とハナーネは決して見ることができないのだと思い知らされる。未来へ一歩進むごとに、父《パパ》とハナーネが知っていた自分から遠ざかっていくのだと、思わずにはいられない。

ふたりの姿を思い浮かべようとするが、思い出があるはずのところにはぼやけた空白しかない。いくつか特定のことは覚えている。ハナーネの目が紫に近いブラウンで、母そっくりだったこと。父《パパ》のほうが母よりわずかに背が低かったこと。けれども、父《パパ》と姉の声や、手をつないだときの感触は、思い出せない。しがみつこうとすればするほど、記憶はするりと逃げていく。広げた指のあいだからこぼれ落ちていく砂粒のように。火事のことすら、よく思い出せない。あたりに立ちこめていた煙と、目の前で燃えていた炎の記憶だけだ。忘れまいとすればするほど、頭の痛みはひどくなる。

ハナーネは、自分がズィーラーンから一生出られないことを知っていたのだろうか。

「あの、すみません、殿下？　大丈夫ですか？」

声の主は、小さな女の子だった。十二歳より上には見えない。紫と緑と黒の柄の厚手の布を体に巻きつけて色とりどりのビーズがびっしりついた腰帯で留め、耳と首元では金の飾りが輝いている。本来なら堂々たるようすだろうと言いたいところだが、実際には、生け垣から前半分だけ突き出したかっこうで身動きが取れなくなっているらしい。

「どなたかしら？」カリーナはたずねた。彗星《すいせい》の鑑賞会でお客には全員あいさつしたはずだが、この女の子は見た覚えがない。

「あ！　失礼をお許しください！」女の子はちょこんとお辞儀をした。というより、実際は生け垣にはまっているので、お辞儀したように見えただけだったが。「わたしの名前はエファ。アークェイシー大使クワァベナ・ボーアテンの娘です。お目にかかれて光栄です」

じゃあ、この子がさっきアークェイシー大使が探していた娘なんだ。「どうしてわたしの生け垣にはまりこむはめになったわけ？」

「中庭からネコを追いかけてきて、そのまま生け垣を飛び越えられると思ったんですけど」エファは絶望的といったようすでため息をついた。「でも、失敗したんです。ご面倒をおかけして申し訳ないのですが、殿下、お手を貸していただけます？」

こっぴどく叱ってやろうかと思ったが、それから、自分も同じような理由でしょっちゅう怒られていたことを思い出した。エファの手首をつかんで引っぱると、エファは顔からドサッと地面に落ちたが、めげずにすぐさま立ち上がった。

「ありがとうございます！」

カリーナが口を開こうとすると、エファが眉をひそめ、カリーナの額に指をあてた。

「殿下のンクラ、もつれてる」エファはケンシャー語でつぶやき、腰に吊《つ》るした袋からヤギ皮の小袋を出すと、ズィーラーン語に切り替えて言った。「これ、オソダイアィにあるオーセイばあさま《ナナ》のブドウ畑から直接持ってきたものなんです。ネコにあげようと思ってたんだけれど、よろしければ、ひと口ふた口お飲みになりませんか。楽になると思いますから」

カリーナは息を呑《の》んだ。最後に、許しもなく触れられたのはいつだっただろう。もう一度口を開こうとしたが、エファはうしろをちらっと見て、顔をしかめた。

「そろそろもどらないと、母さま《ママ》に殺されちゃう。さようなら、殿下！　お具合がよくなりますように！」

エファはカリーナの腕のなかにヤギ皮の袋を押しこむと、もぞもぞと生け垣の下をくぐっていってしまった。ンクラとはなにか、ききそびれてしまった。ヤギ皮の袋を見下ろすと、また頭がずきんとして眉間にしわが寄った。

まあ、たしかに、ワインを飲むと、片頭痛も少しよくなるし……。

十分後、カリーナはグラグラしながら中庭へもどっていった。タクシータのすそが足首のあたりでひらひらするのがおかしくてたまらない。エファのくれたヤギ皮の袋はもう空っぽだった。ワインをぜんぶ飲まれたからって、あの子があんまり怒らないといいけど。

みなは、バイーア彗星《すいせい》を探すのに夢中だったので、カリーナがやってきたことに気づかなかった。別にどうでもいい。どうせ、いずれは、わたしのことを相手にせざるを得なくなる。わたしは、まさに文字通り、ほかにどこへもいけないんだから。

「ファリード！」カリーナは大声で呼んだ。思ったよりも、かん高い声が出てしまった。たちまち家令はかたわらにきて、ふらふらするカリーナの肘をグイとつかみ、まっすぐ立たせようとした。

「洗面所へいくって言ってなかったか？」ファリードは小声で言った。

「いったわよ！」カリーナは大きなしゃっくりをした。「わたし、彗星を見逃しちゃった？」

「殿下をお部屋へお連れしろ」ファリードはすぐ近くにいた兵士に命じた。カリーナは首を振った。世界がぐるぐる回る。

「ちょっと、今までずっと帰りたくても帰らせてくれなかったのに――」カリーナはまたしゃっくりをした。「彗星《すいせい》がくるまさに直前になって、帰れって言うわけ？」

「もう退出したほうがいい。恥をかくことになるぞ」

「わたしがハナーネじゃないから？」

ファリードは殴られたみたいにうしろに下がった。「そんなことはひと言も――」

「でも、あなたはそう思ってる！　みんな、そう思ってるのよ！」カリーナはファリードの顔にむかって指を突き立てた。「特にあんたよ！　わたしのやることなすこと、すべてハナーネと比べてる。なぜなら、あんたはまだハナーネが好きだから！　ハナーネにふられたくせにね！」

ミュージシャンたちは演奏をやめていたが、カリーナは気づかなかったし、気にしてもいなかった。何年分ものいらだちが体の内からあふれ出す。こうなった今、もはやせき止めることはできない。

「これだけは言っとくわ、ファリード、もしハナーネが生きていて、今、わたしたちの目の前に生身の人間として立っていたとしても、あんたのことを求めることだけはあり得ないから」

ファリードは呆然《ぼうぜん》とカリーナを見つめた。彼の心の傷口が開いたのが、あたかも目に見えるようだった。カリーナははっと息を呑《の》んだ。言い過ぎた。謝罪の言葉を舌先でもてあそんだが、実際に口にするまえに、カリーナは体を折り曲げ、胃の中身を地面にぶちまけた。

まわりにいた人々が、吐しゃ物を避けてぱっとうしろに下がる。ハヤブサの命令を受けて、兵士がカリーナの腰を抱え、半分引きずるようにして中庭から連れ出した。カリーナは暴れつづけ、しまいには兵士の顔をひっかいたが、彼女はひるむようすもなくカリーナを寝室より近いハヤブサの私室まで連れていくと、複雑な錠を解除してドアを開け、カリーナをなかへ放りこんだ。それから、そっけなくお辞儀をすると、部屋を出て、侮辱的な言葉をさけびつづけるカリーナを無視してドアの錠をおろした。

カリーナは立ち上がろうとしたが、足元から世界は崩れ落ち、床に倒れ伏して両手に顔をうずめた。頭がズキズキと痛み、鈍い轟音《ごうおん》が耳を聾《ろう》する。口には苦い胆汁の味が残っていた。人生を二回生きたように感じるほどの時間が経《た》ったころ、ようやく居間とのあいだのドアが開いた。カリーナは立ち上がってどなりちらしてやろうとしたが、自分を見下ろしていたのはファリードではなくハヤブサだった。

しばらくのあいだ、娘と母は黙って見つめあった。

「さっきのはどういうこと?」ハヤブサはたずねた。

「謝ってきます」カリーナはぼそぼそと言った。ファリードの傷ついた表情が浮かび、再び恥ずかしさがこみあげる。どうしてあんなことを言ってしまったんだろう。なによりも彼を傷つけるとわかっているのに。

「そんなことをしたって、意味はありません。あなたはたった今、一族の名に泥を塗ったのよ。あんなふるまいをするなんて、恥ずかしい」

このいかめしい公の顔のうしろにいたはずの女性はどこへいってしまったんだろう、とカリーナは思わずにいられなかった。そう思うのは、これが初めてではない。父《ババ》とハナーネが死んだあの夜に、カリーナは母もまた失ってしまったのだ。さっきファリードと言い争ったときに抱いた憎悪が、何倍にもなって、再び湧きあがる。

「なら、わたしを追放すればいいじゃない、そんなにわたしのことが恥ずかしいなら。ああ、そうだった。できないのよね。わたしたちふたりとも、一生ここから出られないんだから。お母さまはさぞうれしいでしょうね、自分がいかに完璧で、娘よりすぐれているか、毎日じかに確認できるんだもの」

「完璧になれなんて、一度だって言ったことはないでしょう? わたしはただ、女王《スルタナ》の地位に伴う責任に、もっと敬意を払えと言っているだけ。だから今日、あなたに〈防壁〉のことを話したの。なのに、あなたはまた、その地位に着く準備ができていないことをさらしてしまった」

「お母さまがハナーネにしていたようにちゃんとわたしに教えてくれれば、準備はできたはずよ。お母さまとハナーネはいつも、ふたりだけでレッスンをしていたじゃない。今はお母さまとわたししかいないのに、一度もレッスンなんかしていない」

ハヤブサの顔のしわが深くなった。父《ババ》やハナーネの名前が出ると、いつもそうだ。「わたしは……ハナーネには厳しくしすぎてしまった。それに、あなたはハナーネではない。だれも、ハナーネのようになってほしいなんて思っていない」

その言葉は、胃で波打っているワインよりも激しくカリーナを動揺させた。でも、今を逃せば、本当の気持ちを母に告げる機会は二度と巡ってこないかもしれない。

「わたしには無理なの。わたしはお母さまにはなれない。一生、ズィーラーンで暮らすなんて無理。別の跡継ぎを探して。お母さまが憎まずにすむ娘を。わたしはそれでかまわない。だからお願い、わたしに跡を継がせるのはやめて」

ハヤブサの顔に、名づけることのできない感情がよぎった。

「わたしがあなたのことを憎んでいると思っているの？」

怒りは覚悟していた。嫌悪も。でも、母の声に心底傷ついた響きを感じ取って、カリーナのなかでなにかが砕けた。母の顔が見られずに、まわりへ目をやる。ふたりのあいだで壊れてしまったものすべてを、元にもどす方法を探すかのように。

そして、悲鳴をあげた。

部屋の隅の暗がりから、仮面をつけた男が躍り出てきた。金の柄のついた短剣を握っている。夜の闇のように黒く丸みを帯びた刃が閃《ひらめ》き、男は目に憎しみをたぎらせ、凍りついたように立ち尽くしているカリーナに襲いかかった。

ハヤブサがとっさにカリーナを引き寄せ、大声で近衛兵《センティネル》を呼んだのと同時に、暗殺者の短剣が、直前までカリーナの頭があった空《くう》で弧を描いた。男ははずみで一瞬、体勢を崩したが、すかさず向きを変え、庭へ飛び出したカリーナと母を追ってきた。

からみあった草木のあいだを駆け抜け、枝が皮膚を引き裂く。庭は真っ暗だったが、それでもハヤブサは迷わず走っていく。が、カリーナは暗殺者が追いついてくるのを感じた。母が再び近衛兵《センティネル》を呼ぶ。だが、ひとりも現れない。兵士たちはどこにいるの？　この男はどうやって宮殿の警備を潜り抜けたの？

暗殺者がカリーナの襟をつかんだ。息ができない。ハヤブサがうなり声をあげ、袖のなかから小さな短剣を取り出すと、暗殺者の手に突き立てた。男は吠《ほ》えて手を放し、ハヤブサはカリーナをやぶのなかへ突き飛ばし、同時に半回転して男が再び繰り出した短剣をよけた。

カリーナは地面に叩《たた》きつけられ、耳の上で激しい痛みがさく裂した。ぱっと顔を上げると、母が左へ動くと見せかけ、それにつられた暗殺者の顔に切りつけるのが見えた。

「助けて！」カリーナはさけんだ。両手をついた地面が揺れ、母と暗殺者のほうへかたむいたように思えた。なにかハヤブサに加勢するのに使えそうなものがないかと、見回す。だが、耳もとで風が吠えているだけだ。「衛兵！　衛兵はどこ⁉」

そもそも母がハヤブサと呼ばれるのは、その敏捷《びんしょう》な戦いぶりのためだ。だが、目の前で見るのは初めてだった。恐怖と戸惑いの最中《さなか》であっても、母が風に舞う木の葉のように暗殺者の攻撃をかわす姿に、カリーナは息を呑《の》んだ。

母は自分を憎んでなどいない。今、目にしているものこそ、母の憎しみの姿だ。血の凍るような恐ろしさ。

獣のようなさけび声をあげ、ハヤブサは暗殺者の顔に力いっぱい切りつけた。木々が揺れ、大地から根が浮き上がって、男の足首に巻きつく。カリーナは驚愕《きょうがく》のあまり口を開いた。これは、母がやったの？

ハヤブサがスッと手を動かすと、木の根がぐっと沈み、男を引きずり倒した。次に空いているほうの手を動かすと、木の根は、女王《スルタナ》の聖所の入り口を隠していた噴水の上で男の足を放した。ハヤブサはすかさず男の頭をつかみ、すべすべした大理石に打ちつけ、もう一度腹を蹴り上げた。

男の体はピクピクとけいれんし、それから動かなくなった。噴水の澄んだ水に、幾筋もの血が交じり合う。ハヤブサはハアハアと喘《あえ》ぎながら、血まみれの体を起こした。生きている。母の体から発せられていたこれまで感じたことのないエネルギーが波のように引いていく。そして、庭の木々が彼女を守るように、一斉に幹を傾けた。

カリーナは泣き声とも歓声ともつかない声を漏らした。ハヤブサがこちらを振り返る。その顔は疲れていたが、勝利感に満ちていた。それを見て、これまでふたりのあいだにあったことなど、なんの意味も持たなくなったのを、カリーナは悟った。ふたりは生きている。それがすべてだ。

「カリーナ、大丈夫――」

最後まで言うまえに、ハヤブサはばったりと前に倒れた。その背中には、暗殺者の短剣が突き刺さっていた。

世界が停止した。カリーナの悲鳴は声にならずに消えた。

母のかたわらへ駆け寄るのと同時に、うしろからさけび声が響いた。ようやく近衛兵《センティネル》たちがきたのだ。だが、もう遅かった。暗殺者はひと言も発さずにもう一本の短剣を抜くと、それを自分の心臓に突き立てた。ドサッと音がして、男は倒れた。

カリーナは母の横に膝をつき、まだ温かい褐色の皮膚に金属の刃が深々と突き刺さっている場所を見つめた。短剣を抜いたほうがいいだろうか？　それとも、このままのほうが？〈大いなる女神〉よ、どうか助けてください。目の前で母が死にかけているというのに、なにもできることがないなんて。

「お母さま、きっと大丈夫だから」カリーナは泣きながら言う。でも、自分でも自分の言葉を信じてはいない。

ハヤブサは弱々しい手つきで印章指輪を抜き取り、カリーナのほうに掲げようとしたが、その腕からガクッと力が抜けた。指輪が地面に転がり落ちる。母の体が動かなくなったとき、最後に目に入ったのは、真夜中の空の隅で残酷な輝きを放つバイーア彗星《すいせい》の姿だった。

第7章 マリク

マリクは、目の前に転がっているぬいぐるみのゲゲをじっと見つめていた。彼の頭には、たったひとつの考えが渦を巻いていた。

まちがっているのは、みんなのほうだった。自分が知っている人たちはみんな、まちがっていた。

それは六歳のときから始まった。マリクと祖母《ナナ》は、川熱にかかったティティばあさんのところへ見舞いにいった。大人たちが暗い声で話し合っているあいだ、マリクは小屋の外の庭で遊んで待っていた。すると、草むらに住んでいる花の精霊が、ばあさんは明日の日の出は見られないだろうと教えてくれた。よかれと思ってそれを伝えると、ばあさんの家族は幼いマリクが悲しみに暮れているだけだと考えて、耳を貸さなかった。

ティティばあさんは、朝がくるまえに死んだ。

そのあとは悲鳴の嵐だった。ティティばあさんの家族は悲鳴をあげてマリクを責め、マリクの家族は彼を叱責し、慄《おのの》いた村人たちはわめきたてて、マリクが魔術を使ってばあさんの命を奪ったと噂《うわさ》した。そして、マリク自身も、長老たちに「悪魔を追い出す」と言われて、血が出るまで足を鞭打《むちう》たれ、泣きさけぶはめになった。無理やり飲まされた調合薬は胃に収めておくことはできず、家に帰ったら帰ったで、また幻覚を見て、悲鳴をあげた。

そう、今見ているものも、これまで見てきたものも、霊などすべて幻覚だったのだ。みんながそうだと言うのだから。しかし、幻覚は消えず、マリクは頭がおかしいままだった。

だれもが、そう、長老たちも、村人も、家族ですら、霊など存在しないと言った。みなが、マリクは頭がおかしいと、病気だと、呪われていると、言った。マリクはそれをただ受け入れた。もう少しがんばればいい、そう、本来の自分をもう少し目立たぬようにすればいいだけだ、そうすればみんなが楽になる、と言われれば耳を傾けた。

みんなの言葉を信じていたのだ。でも、彼らが言ったことはまちがっていた。

イディアの影が消えていくあいだ、その事実だけがマリクの頭で鳴りひびいていた。ニェニーの姿も、イディアの姿も、〈陰の民〉の姿も見えない。仮面のうつろな目だけがじっとこちらを見下ろしている。マリクはもう少しでヒステリックに笑いだしそうだった。ああ、やっぱり。マリクの子ども時代をあんなふうにしたみんなの言葉は嘘《うそ》だったという証拠を手にしたとたん、当の〈陰の民〉は彼を悩ますのをやめたのだから。

「ナディアを連れていってしまった。あの男が――あの男がナディアを連れていってしまった！」レイラが言った。くりかえせば、それが本当でなくなるとでもいうように。

さっきまでナディアをこの腕に抱いていた。なのに、あの怪物が――イディアが、ナディアを奪い取ったのだ。マリクが毎晩ゆすって寝かしつけてやり、歩き方を教えてやった赤ん坊を、なんでもない物みたいに。気まぐれでそのへんに放り出される人形かなにかのように。

「こんなこと――嘘よ！」レイラはすぐそばにかけてあった仮面を引っぺがし、その下を探した。割れ目という割れ目に手をすべらせ、手足をついて、床のひびまで調べる。「どこかに落とし戸があるはずよね？　なにか――よくわからないけど、取っ手みたいなものが。人間がただパッと消えるなんて、ありえない！」

言葉を発することができれば、自分たちが相手にしているのは人間ではないと、姉に言いたかった。人間は、家ほどもある動物になったり、人形遣いのように影を操ったりはできないのだから。マリクの背筋を震えが走った。名乗りもしなかったのに、神霊《オボソム》は彼の名を知っていた。いったいいつから、マリクたちのことを見ていたのだろう？　ほかになにを知っているのだろう？

レイラが死に物狂いで家のなかを探し回っているあいだ、マリクはゲゲのほうへ這《は》っていって、ぬいぐるみをそっと胸に抱いた。ナディアはどこへいくにも、かならずゲゲを連れていた。遊ぶときも、食べるときも、寝るときでさえも。ゲゲはいつも、ナディアの腕のなかで丸まっているか、服の胸のなかに押しこまれていた。ぬいぐるみをナディアに返してやらきゃ。じゃないと、ナディアは今夜眠れない……。

そう思ったとたん、涙が流れだした。いつもにぎりしめていたかばんの肩ひもはもうない。マリクは体を震わせながら、すでにボロボロになっていたチュニックの胸をつかんだ。吐こうとするが、なにも出てこない。最後に食事をしてから、数日が経《た》っている。胃液され残っていなかった。

ぜんぶぼくのせいだ。ぼくがあの語り部《グリオ》に誘われたりしなければ。あの少年を助けたりしなければ。目立たぬよう口を閉じていろといつも言われていたとおりにしていれば。イディアに囚《とら》われ、朽ちていくべきなのは、自分なのだ。ナディアじゃない。ほかに祈る相手もいないまま、マリクは守護神アダンコに祈り、〈大いなる女神〉に祈り、この世界に存在するあらゆる神々に祈った。ナディアの命を救ってください。妹が死なずにすむなら、代わりに千回死んだっていい。

神々が聞いていたとしても、返事はなかった。

マリクの頭にさまざまな疑問が浮かぶ。〈陰の民〉が実在するなら、神々も本当にいるはずじゃないのか？　イディアはバイーア・アラハリとなにかしらの因縁があるのはたしかだ。千年ものあいだ、バイーアに囚《とら》われていたなんて、いったいなにをしたのだろう。バイーアの子孫に復讐《ふくしゅう》をしたいと願っているのなら、なぜカリーナ王女だけを殺したいんだ？　女王《スルタナ》は？

ソーナンディにいる何百万という人のなかで、なぜよりにもよってマリクがカリーナ王女を殺せると考えたんだ？

ぼくにカリーナ王女を殺せるのか？

頭がぐるぐる回っている。すると、〈しるし〉がマリクの胸の上から左腕まで移動した。油が皮膚の上をしたたっていくのに似ている。そのせいで、また体の奥から吐き気がこみあげる。今夜、起こったことを口にしようものなら、たちまち〈しるし〉が炎となって燃えあがり、胸に穴をあけるさまが目に浮かんだ。

イディアは彼の武器のことを〈霊剣〉と言っていた。これも、聞いたことのない言葉だ。

イディアが彼の体に残した痕跡を掻きむしりたくて手がうずうずしたが、その代わりに、マリクはゲゲをきつく抱きしめた。〈しるし〉に自分のあらゆる境界を破られる気がしても、それを損なう危険は冒せない。これこそが、王女を殺す鍵なのだから。

しかし、恐怖と疲労と嫌悪感に埋もれた体の奥底で、まだ名付けたことのない力が触手を伸ばし、脈打つのを感じた。同じ力が、今日、マリクをニェニーの呼び声へ引きよせ、血の誓いを通してイディアと結びついたのだ。

魔法。イディアは、マリクの体のなかにある、この名前のない不安定な力をそう呼んだ。そうだったのだという実感が体のすみずみへ広がり、これまであることも知らなかったひびというひびを満たしていく。

ぼくは頭がおかしくなんかなかった。ぼくのほうが、正しかったんだ。

頭がぐるぐる回り、のどが焼ける。顔をあげると、レイラが目の前に立っていた。

「ここから――」レイラの声がかすれた。目を閉じ、深く息を吸いこむ。「ここから出なきゃ。ここにいたら危険かもしれない」

「だけど、ナディアがぼくたちのことを探しにくるかもしれないじゃないか」ナディアがイディアから逃げ出すことができたら、そうじゃなくても、イディアが気を変えてナディアを解放したら？　ここで待つのがいちばんだ。

「そんなことはありえないって、あたしたちふたりともわかってるはず」

レイラが手を差し伸べたが、マリクは思わず避けた。ふいにふたりは子どもにもどり、なんの理由もないのに、ただできるからというだけでけんかをしていた。マリクには、レイラがどうしてこんなに冷静でいられるかわからなかった。どうしてこんなに薄情でいられるんだ？　姉が感情を押しやり、なにも感じないことができたとしても、マリクにはできなかった。

「今すぐここから出なきゃ！」

「もうちょっとだけ！」マリクはさけんだ。「もしかしたらもどってくるかもしれない！」

そのとき、背筋を冷たいものが走り、耳のなかでかん高い音がこだました。重い足音がこちらへむかってくる。

「こっちの通りからなにか聞こえたぞ」太い声が聞こえた。

マリクとレイラは凍りついた。兵士たちだ。

レイラが先にわれに返り、マリクを引っぱって立たせた。今回はマリクも抵抗せず、レイラに引っぱられて、ぼろぼろのドアをくぐって台所から表へ出る。通りに飛びだしたとたん、光の洪水に飲みこまれた。

バイーア彗星《すいせい》が、空の西端で燃えるような光を発していた。小さな太陽ほどもある強烈な光に、直接見ることができずに、目をぐっと細める。一見、骨のように白く見えたが、さらに見ていると、青と紫と緑の尾が細くたなびいているのがわかった。先端は、星のちりばめられた夜空に消えている。通りの人々はみな天空をあおぎ、彼らの体に波打つような光が躍っている。その瞬間、ズィーラーンじゅうの人々がひとつにつながっていた。自分たちが生まれるはるかまえから気の遠くなるほど長いあいだ存在していたものによって。マリクはまた涙がこみあげるのを感じた。いっしょに見るはずだったナディアはここにいないのだ。

ナディアを助けなければ。〈大いなる女神〉の名に、そしてはるか頭上で輝く彗星にむかって、マリクは誓いを立てた。

でも、どうやって？

目が明るさに慣れるとようやく、ここが、さっきまでいたあばら家の近くではないことに気づいた。あばら家のあった通りとはちがい、このあたりの家はどれも贅沢《ぜいたく》な造りで、花の咲きみだれる庭があり、四方を頑丈な塀で囲まれている。意のままに現れたり消えたりできる家など、今日あったことに比べればそこまでふしぎではないが、それでも、マリクはあっけにとられた。

クサール・アラハリのきらめく輪郭のほうへむき直る。今も、カリーナ王女はあの宮殿にいて、なんだか知らないが王女がやるようなことをしているんだろう。片や、苦しんでいる者たちがいるというのに。すると、〈しるし〉がすっと手のひらに移動し、短剣となって、使われるのを待つようにずしりと重くなった。

「どこにいくつもり？」レイラが言って、歩き出そうとするマリクの腕をつかんだ。

「王女を探さないと」クサール・アラハリならすぐそこだ。今、いけば、夜明けまでにはたどり着ける。

「宮殿までのこのこ歩いていくつもり？　ナイフを握って？　門にもつかないうちに、体じゅうに矢を突き立てられるわよ」

「だけど、なにもしないわけにはいかないよ！」

「殺されちゃったら、なにもできないでしょ！」レイラはマリクを脇道へ引っぱりこむと、積み上げられている薪のうしろにしゃがんだ。「ほかの方法が必要よ。どんな方法がある?」
「クサール・アラハリへいく」マリクは言った。
「ただクサール・アラハリにいくなんてことは、できないのよ、マリク」
「わかったよ。じゃあ、毒は?」
「そもそも宮殿のなかにも入れないのに、どうやって毒を盛るのよ?」レイラにぴしゃり
と言われ、マリクは、ならほかに計画はあるのかとなじりたい衝動を必死で抑えた。ただ
ぼくの計画をこき下ろしたいだけか?
「開会の儀で待ち伏せするとか」
「でも、山のような人がいるのよ。そのなかで、どうやって捕まらずにやってのけるの?」
〈霊剣〉が手のひらの皮膚の下に沈み、マリクは頭を抱えた。ここに答えがある。あるは
ずだ。イディアが、できもしない仕事をわざわざたのむはずがない……だろ?
紫の服を着た一団が歩いていくのを見て、マリクは彼らの手のひらに目をやった。全員
〈生命〉に属している。マリクと同じだ。ここは、〈生命〉の神殿へつづく道なのだろう。
つまり、あの人たちは〈選びの儀〉へむかっているにちがいない。マリクの世界がぼろぼ

ろに崩れて灰と化そうとしているときも、ズィーラーンの人々はだれが選ばれるかを見にいこうとしているのだ。これから一週間クサール・アラハリですごし、自分たちの守護神のために戦う名誉を手にする勇者を。

マリクはハッと体を起こした。そうだ、勇者に選ばれた者は、ソルスタシアのあいだ、クサール・アラハリで暮らすのだ。

カリーナ王女といっしょに。

自分の手のひらに刻まれた〈生命〉の紋印を目でなぞる。ズィーラーンでは勇者の地位は神聖なもので、女王《スルタナ》ですら一度授けられたこの称号を取り消すことはできない。もしマリクが勇者になれれば、ソルスタシアのあいだじゅうカリーナ王女と、石を投げれば届く距離で暮らすことができる。王女に近づくのに、これ以上手っ取り早い方法はない。

カリーナ王女に近づくことさえできれば、〈霊剣〉を呼び出して目的を果たす機会を見つけられるはずだ。

いや、とマリクは首を振った。バカバカしい。自分が勇者に選ばれることなどありえない。ズィーラーンには何千という人がいる上に、数百年のあいだエシュラの民が選ばれたことなどないのだから。

でも、ほかに方法はあるか？　考えれば考えるほど、これ以上明快な方法はないように思える。

どうにかして、〈生命〉の大神官に自分を選んでもらわなければならない。だったらまず、〈生命〉の神殿へいかなければ。

「どこへいくの？」マリクに路地から引っぱり出されると、レイラはさけんだ。ふしぎな気持ちだ。自分のほうが、姉を引っぱっていくなんて。

「いいから、ついてきて！」

マリクとレイラは群衆に紛れこんだ。レイラが〈生命〉に属する者ではないことに気づいたとしても、興奮している人々に気にするようすはなかった。人の波に乗って〈生命〉の神殿前の広場に入っていく。姉はあいかわらずマリクの腕をがっちりとつかんでいる。

祭壇という祭壇、戸口の石段という石段に、女神アダンコの像が飾られている。アダンコの射貫《いぬ》くような目がマリクを見つめているような気がする。彼の心に芽生えたささやかな計画を知って、非難するかのように。

頭上からカサカサという音がした。〈陰の民〉が再び姿を現したのだ。ひとりやふたりじゃない。何十人といる。一度にこんなたくさんの〈陰の民〉を見るのは初めてだ。地上の行列に合わせるように、空をぞろぞろと列になって進んでいく。マリクは畏怖の念を呼び起こされ、初めて恐怖を忘れた。物語には、超自然の存在と接触したために並外れた能力を得た者たちが登場する。イディアと遭遇したことで、マリクの〈陰の民〉を見る力が強くなったのだろうか？

「あれ、見える？」マリクはレイラにたずねた。はかない希望に胸が膨らんだが、次の瞬間、またしぼんだ。「なにが？」とききかえされたからだ。

口のなかに失望の苦い味が残った。姉に伝える方法さえあれば、常にまわりは魔法に満ちあふれていることを。マリクの見ている世界を垣間見《かいまみ》させることができれば。そう思ったとたん、体のなかで彼の力がのたうち、ほかのすべての感覚を押し流した。体がムズムズし、解き放てと要求してくる。だが、マリクにはどうすればこの焼けるような感覚から楽になれるのか、わからなかった。なにか起こらないかと、指を曲げたり伸ばしたりしてみる。だが、なにも起こりはしなかった。

〈生命〉の神殿にはすぐについた。大きなホールは、彼らの属性を象徴するらせんを模して造られ、そのらせん部分に人々がずらりと並んでいる。見上げるようなアダンコの石像が、長い耳をバイーア彗星《すいせい》のほうへむけて立っていた。

儀式はすでに始まっていた。何千という人々が声を合わせ、歌を歌っている。マリクもよく知っている、毎週の礼拝で〈生命〉の者たちが歌う歌だ。聴き慣れた曲を耳にして、今日一日さまざまな恐怖にさらされたマリクは、癒されるような心地になった。神殿の前の演壇に立っていた〈生命〉の大神官が前へ進み出て、きれいに剃《そ》られた頭をさげた。深い紫色のローブを身にまとい、真っ白い大きな野ウサギを、あたかもショールのように肩に背負っている。ウサギの目は興味深げに観客を見つめていた。

〈生命〉の大神官はくっと頭をそらし、両手を空へむかって掲げた。

「おお、聖なるアダンコよ、生命のもとに生まれ、生者と正義の道を歩むわれらの守護神であられる女神よ。あなたの神聖なる御前に、今宵集まれることを感謝いたします！　親愛なる守護神よ、どうかあなたの英知でわれらを祝福し、世にあなたの名誉を示すことのできる者が勇者に選ばれ、われらを新時代に導くよう、お計らいください！」

歌声がうねる波のように大きくなり、それに合わせて、〈生命〉の大神官が踊りはじめた。アダンコの像の台座からもうもうとあがる煙に見え隠れしながら身をくねらせる。

「女神よ、お言葉を！　あなたの選ばれた勇者をわたしにお示しください！」

マリクは、女神の石像を正面からひたと見据えた。大神官を説得したり、挑発したり、わいろを渡したり、交渉したりすることまではできるだろう。だが、思い通りに勇者を選ばせることはできない。

それができるのは、女神だけだ。

勇者になるのがカリーナ王女に近づく唯一の手段だとしたら、マリクはなんとしてでも勇者にならねばならない。

ずっと否定しつづけてきた魔力が、体の奥底からせりあがってきて、全身を焼き焦がす。ぐっと手を口に押し当てるが、抑えきれない涙が顔を伝い落ちる。何年ものあいだ、魔法の力をもっとも暗い場所に押しこんできたのだ。それが今、手を伸ばせば届くところにあるというのに、どうすればいいのかわからない。

「マリク？　どうしたの？」レイラがかたわらにしゃがみこんだ。「大丈夫？」

「ぼくなんだ」マリクはささやく。〈選びの儀〉は佳境を迎えているが、マリクのまわりの空気はどんどん濃く、実在を増してくる。

「え？」

「ぼくだ。勇者は。ぼくが――アダンコがぼくをえらぶ」ニェニーを、そしてイディアを包んでいたのと同じこの世のものとは思えない青い光が、マリクを照らす。だが、見えているのはマリクだけだ。

「アダンコよ、お言葉を！　どうかお言葉を与えたまえ！」〈生命〉の大神官の声は、まわりの合唱とともに一段と大きく響く。

「ぼくだ。勇者はぼくだ！　アダンコはぼくを勇者として選んだんだ！」

レイラは驚愕《きょうがく》して、弟の体がヒクヒクとけいれんするのを見る。魔法が皮膚の下を駆け巡るのを、マリクは必死で制御しようとする。これまでずっと、その力は折りたたんで体の奥底に押しこんでおくようにと言われてきた。そして、みながよってたかって彼の体から追い出そうとしていた者――即《すなわ》ち本物のマリクは、はるか遠くにいってしまったのだ。〈生命〉の大神官の声はますます大きく、強くなり、格調高い歌となってマリクの頭上に響きわたる。マリクはチュニックの胸をギュッとつかんで、悲鳴をあげる。

その瞬間、マリクはソルスタシアのことを忘れる。イディアのことも〈陰の民〉のことも、ナディアのことすら忘れる。意識にあるのは、自分だけだ。というより、ずっと忘れていた記憶のなかにいる子どもの自分だ。レモンの木の上で眼下に広がる信じられないほど広大な世界を眺めながら、ひとりぼっちの寂しさを埋めるために次から次へと幻覚を生み出していたころの自分。

魔法は一度たりとも彼を見捨てなかった。魔法は生まれたときから彼のものだった。それが魔法と呼ばれるものだと知るまえから、彼と共にあったのだ。なのに、彼は、世界がそれを否定することを許してしまった。

いつもとはちがう落ち着いた声で、マリクは最後にもう一度言った。「アダンコはぼくを勇者として選んだ」

歓声をあげていた人々がはっと息を呑《の》んだ。アダンコの石像のなかから白いものがすうっと立ちのぼった。細くたなびく煙のようにぼんやりとかすんでいる。すると、それはひょいと体をひねり、長い耳を生やして、背中を優雅に丸め、野ウサギの姿をした女神像そっくりな姿になった。この世のものとは思えぬほど真っ白い毛の上を、優美なしるしが渦巻いている。そのしるしが表すものはただひとつ。

アダンコだ。〈生命〉の女神。

ホールにいた人々は一斉に膝をついた。だが、マリクだけはすっくと立っている。ほかの人々は女神だと思っているが、マリクはその幻から自分の魔法の力が発せられているのを感じる。幻と自分がつながっているのを感じる。すると、幻は女神像の上からぴょんと飛んで、まっすぐマリクのほうへ駆けてきた。マリクは思わず腕をあげて顔をかばったが、アダンコの幻はマリクのまわりを一回、二回、三回と回った。そのうしろで、煙のような前足が残した白い跡がたなびく。

と、次の瞬間、現れたときと同じようにあっという間に、アダンコの幻は消えた。マリクは腕を降ろし、がっくりと膝をついた。マリクのなかの魔法が消え、皮膚の上を暴れまわっていた〈しるし〉の動きもゆっくりになる。

レイラは、まるで初めて見るかのように弟を見つめていた。

「今、なにをしたの？」ささやくようにたずねる。

マリクがこれまで聞いたどんな音よりも重たい沈黙が、ホールを満たした。

そして次の瞬間、〈生命〉の大神官が口を開いた。その声は畏れに波打っていた。「われらが女神が、勇者をお選びになった！」

「われらが女神が、勇者をお選びになった！　われらが女神が勇者をお選びになった！」

マリクは人々に担ぎあげられるままに身をゆだね、〈生命〉の大神官のところへ運ばれていった。レイラが必死になってあとを追う。人々がマリクを大神官の横に立たせると、大神官は彼の腕をつかんで高々と掲げ、手のひらに刻まれている〈生命〉のしるしをみなに見せた。

「兄弟姉妹よ、今夜、アダンコ自らがわれわれを祝福なさったのだ！　声をあげよ、感謝を捧《ささ》げよ。そして、ソルスタシアのわれらが新しき勇者に愛を！」

そのあとにつづいた人々の声はいまだかつてないほどの大歓声となって、都をわたり、クサール・アラハリへ、そしてその先までも響きわたった。マリクは目を丸くして観衆を見つめた。まるで全世界が自分にむかって喝采を送っているかのようだった。

やったのだ。マリクはアダンコの幻を創り出したのだ。そして、その幻が彼を勇者に選んだ。魔法は彼の呼びかけに応えたのだ、無理やり引き放されたことなどなかったかのように。

そして、マリクはこの力を使ってカリーナ王女を殺し、ナディアを救うのだ。たとえ、そのためにズィーラーンじゅうの人々に嘘《うそ》をつくことになったとしても。

第8章　カリーナ

襲撃後の記憶は、すべてぼやけている。

覚えているのは、のどが焼けるまで悲鳴をあげたことだけ。それから、母親から引き離そうとする手に抗《あらが》ったこと、アミナタにドロッとした苦い飲み物を飲むように説得されたこと、そのあと、世界が真っ暗になったこと。

最初に目が覚めたとき、自分の両手を何度も引っかいて、血だらけにした。召使いがそれを見て悲鳴をあげ、カリーナを押さえつけて、またあのドロッとした飲み物を飲ませた。カリーナはわめきつづけたが、再び無に呑《の》みこまれた。

次に目が覚めたとき、自分の吐しゃ物のなかに横たわっていた。すぐそばで何人かの声がしていたが、内容は理解できなかった。起きあがる代わりに、カリーナはまた眠りに落ちるままに任せた。

三度目に目が覚めたとき、カリーナはひとりだった。

自分の寝室で、ねまきを着て、幾重もの毛布にくるまれていた。窓の暗い輪郭を見て、早朝か夜更けだろうと思った。彗星《すいせい》の鑑賞会から数時間経《た》ったころだろう、母が――。

吐き気がこみ上げ、のどが焼けた。これが現実のはずがない。母が、世に知られたクサール・アラハリのハヤブサが、どこにでもいるような暗殺者の刃《やいば》に倒れるなんて。

耳鳴りも、ショックによる混乱や無感覚も、いつものことだ。きっと夢を見ているのだろう。すぐに目が覚めて、この悪夢も終わるにちがいない。アミナタが慌ただしく入ってきて、開会の儀の準備を手伝ってくれるはずだ。ファリードにいつものようにあれこれ小言を言われ、ハヤブサは眉をひそめて待っているにちがいない。だって、お母さまは――お母さまが死んだなんてこと――。

足音が近づいてくるのが聞こえ、衛兵がファリードがきたと伝えた。カリーナはなにも言わずに、ファリードが墓に入るようなようすで枕元に近づいてくるのを待った。ファリードはベッドの横の吐しゃ物に目をやり、それから、幾筋もの傷のついたカリーナの手を見やった。ふたりは十年前の同じ日に、同じことをした。白い喪服を着て、大神官たちが父《パパ》とハナーネを〈大いなる女神〉のもとへ送りだすのを見ていた。子どものときの喪服はまだ体に合うだろうか？　それとも、だれかがこういう日がくるのを予感して、新しい喪服を仕立てておいたとか？

「評議会が大理石の間で開かれている。体を休めなければならないのはわかっているが、もし参加できればそちらのほうがいい。というのも……」

ファリードが自分に話しかけているのは感じたけれど、風にむかってどなっているのと同じだった。内容が頭に入ってこない。ひと言ひと言が泥のようにのろのろと流れこんでくるだけで、なにひとつつながらず、意味を成さない。母は死んだ――それ以上、言うことなどなにもない。

「お願いだ、カリーナ」ファリードの声はかすれ、必死になって懇願した。服はしわくちゃで、服のまま寝たみたいだ。そもそも寝たのかどうかもわからない。いつもはしわひとつない服を着ているファリードがこんなだらしない格好をしているのを見て、カリーナの意識にようやくかすかな光が差した。昨日、家族を亡くしたのは、自分だけではないのだ。

ファリードが手を差し伸べた。仲直りの合図だ。昨日ひどいことを言ってしまったいたたまれなさはまだ生々しかったけれど、カリーナはその手を取って、ゆっくりとベッドから起き上がった。

ふたりは黙ったままクサール・アラハリの王家の居住棟を出た。近衛兵《センティネル》がふたりの到着を知らせ、大理石の間へ通されたときも、まだ黙っていた。その名の通り、評議会の開かれる部屋の壁はほとんどすべて大理石でできており、床はチェス盤のように白と黒の大理石が敷かれている。家具はオニキス色の木製だった。カリーナが入っていくと、十二人の評議員たちは立ち上がり、唇と胸に手をやり、最後に左の手のひらをかかげた。部屋の隅に立っているハミードゥ司令官は手に布の包みを持っていた。

女王《スルタナ》の席にすわると思われているのに気づいたが、カリーナはその左の席についた。ファリードはカリーナの左にすわった。

部屋を沈黙が支配した。最初に勇を鼓して口を開いたのは、大宰相のジェネーバだった。

「ご気分はいかがですか、陛下」

カリーナは一瞬混乱し、それから大宰相が自分にむかって言っているのだと気づいた。

「陛下」は今や、彼女の称号なのだ。なぜなら、母は亡く――。

再び世界が凍りついた。カリーナはひと言も発さずに目の前の壁を見つめた。大理石はつるつるに磨きあげられ、微動だにしない硬い石でできた水盤のように、カリーナの姿を映していた。

カリーナが答えないとわかると、ファリードが代わりに言った。「癒し手によれば、昨夜、陛下は大きな外傷は受けていらっしゃらないとのことです」

ジェネーバ大宰相はうなずいた。「ありがとう、ムワレ・ファリード、そして陛下」

ハヤブサが彼女を副官にした理由はよくわかった。混乱と恐怖のさなかで、大宰相はこの部屋にいるだれよりも落ち着いていた。

「暗殺者について、なにかわかったことは？」ムワレ・オマルがたずねた。次に襲われるのは自分かもしれないと言わんばかりに、小さな目をきょろきょろさせている。

「あいにくまだ、なにもわかっておりません」ジェネーバ大宰相は首を横に振った。「今回の調査には優秀な近衛兵《センティネル》をあてておりますが、まだ暗殺者の正体も、どこからきたのかも、わからないままです。しかしながら、ひとつ手がかりがあります。ハミードゥ司令官、こちらへ」

近衛兵《センティネル》の長がテーブルの上に包みを置き、布をひらいた。中身は、暗殺者がカリーナの母を殺すのに使った剣だった。昼の光で見ると、夜に見たときよりも刃がいっそう黒く見える。幸い、ハヤブサの血はふき取られていたが、それでもなお、カリーナには母の血が刃を伝い、両手を決して褪《あ》せることのない深紅に染めるのが見えた。

「ズィーラーンで使われている武器ではありませんね」ファリードが顔をゆがめた。「アクラフェナと呼ばれる剣で、もともとはアークェイシーの身分の高い戦士が使うものです」司令官の声はぞっとするほど冷ややかで超然としており、カリーナはまたもや、近衛兵《センティネル》はいったいどれほどの訓練に耐えてきたのだろうと考えずにはいられなかった。これほどの暴力を前にしても、顔色ひとつ変えることはない。「ここが見えますか？」ハミードゥ司令官は、刀の金の柄を指さした。二本の横線のあいだに縦線が二本描かれたしるしが、まるくなった後端に刻まれている。「これは、〈大いなる王座〉、アークェイシー王のしるしです。この短剣と、もうひとつ暗殺者が所持していた別の剣の両方に同じしるしがつけられていました」

ひとつひとつの言葉が、合わさるのを拒むパズルの駒のようだった、アクラフェナ。アークェイシー王。昨夜の彗星《すいせい》鑑賞会で、あのエファという少女はアークェイシーからきたと言っていた。あの子が今回のことに関わっているのだろうか？　あの子はわかっていてわたしに話しかけたの？　数時間後にお母さまが……。

カリーナは会話に集中しようとした。

「でも、なぜ?」位の低い評議員が口を挟んだ。「アークェイシーとはまだ同盟関係のはず。オーセイ・ナナは陛下と——陛下が安らかに眠らんことを——親しかったではありませんか」

「ズィーラーンは少しまえから、さまざまな問題を抱えているのです。人口は増え、この干ばつも十年間つづいています。こちらの国力が弱っているのを見て、アークェイシー王はソルスタシアを攻撃の好機と見たのかもしれません」

大理石の間にかすかなざわめきが広がった。カリーナは、アークェイシー王には一度しか会ったことがなかった。ハナーネの十六歳の誕生日の祝いでズィーラーンを訪問したときだ。アークェイシーの最高権力者は陽気でにぎやかな男で、大宰相が言うような抜け目ない殺人者のイメージとは程遠かった。それに、今の説はどこか引っかかる。

「だが、アークェイシー王が関わっているとして、なぜ暗殺者に自らのしるしのついた剣など渡したのだ?」ファリードが、カリーナの考えていたことを言葉にした。

「おそらくわれわれのなかに、彼らのしるしの意味がわかる者などいないと考えたのだろう」ムワレ・オマルが腹立たしげに言って、首を振った。「ジャングル暮らしどもは、とてもかしこい民とは言えぬからな」

ムワレ・オマルの軽蔑を滴らせる物言いに、皮膚がぞわっとした。知的なアークェイシーの民なら、いくらでも会ったことがあるし、そのほとんどがオマルなどよりよほど感じがいい。

「では、これからどうします?」顧問のひとりがたずねた。

部屋にもどりたい、とカリーナは思った。目など覚ますんじゃなかった。

ジェネーバ大宰相はいったん間を置いてから、口を開いた。「暗殺のことを知っているのは、今ここにいる者と、調査に当たっている近衛兵《センティネル》だけです。彼らはみな、秘密を守ると血の誓いをしている。ゆえに、次にすべきことは、各神殿に連絡し、開会の儀と関連するソルスタシアの行儀はすべて延期、追って通知を待つよう——」

「ソルスタシアを中止するの?」カリーナは思わずさえぎった。

部屋じゅうの目がこちらへむけられ、少なからぬ議員があきれた顔をしたが、すぐに心配そうな表情を取り繕い、それを押し隠した。

ジェネーバ大宰相はうなずいた。「そうするしかありません。今回のような事件が起こったときの手続きについて、わざわざ確認する必要はないと思われますが」

「そうね、大宰相。あなたにわざわざ母が死んだことを確認してもらう必要はないわ」

初めてこの事実を口にしたとたん、カリーナの胸は鋭い痛みに貫かれた。

母は死んだのだ。娘が自分を憎んでいると思ったまま。

だが、自分の悲しみより重要なのは、女王《スルタナ》の聖所でハヤブサに教わったことだ。ソルスタシアが行われなければ、〈防壁〉は崩れ去る。カリーナ自身はなににも遮られることなく外城壁の外へ出たくてたまらないが、〈防壁〉が消えれば、ズィーラーンは敵のあらゆる魔法の攻撃にさらされることになる。

どんな犠牲を払ってでも、ソルスタシアは行わなければ。

「ソルスタシアは五十年に一度しか行われないのよ」カリーナは反論した。「すでに数万人の人が集まってきている。なのに、これで中止にしたら、敵の思うつぼよ」

すると、評議員のひとりが言った。「ソルスタシアの祭と女王《スルタナ》の正式な葬儀――陛下が安らかに眠らんことを――を同時にすることはできません。ソルスタシアの準備に注いだ労力を思えば、わたしとて断腸の思いですが、ほかにどうしようもありません」

するとまた別の議員が言った。「それに、この憎むべき罪を犯した連中を捜す時間も必要です」

評議員たちの断じる口調には、どこかまえもって練習していたような雰囲気があり、カリーナは黙りこんだ。議員たちは、先にカリーナ抜きで話し合ったのにちがいない。いらだちが増す。

「カリーナさまが、ここにいるだれよりも悲しんでおられるのはわかっています」ジェネーバ大宰相は言った。これまでで、いちばんやさしげな口調だった。「その上、ソルスタシアを開催するような物理的、精神的負担をおかけするわけにはいきません」

女王《スルタナ》の聖所の壁画と、先祖たちがバイーア・アラハリの夢を実現するために払ってきた大きな犠牲について、もう一度考える。アラハリ家の者として、そうした努力が無に帰すままに放っておくわけにはいかない。

「やります」自分で自分の言葉の力強さに驚く。「わたしがソルスタシアを開催します」心のなかで、ハヤブサがうなずいているところを思い浮かべる。これこそ、新しい女王《スルタナ》としてズィーラーンのためにすべきことだ。

ところが、評議員たちの浮かべた表情を見れば、彼らがそう思ってはいないことは明らかだった。長すぎる間のあと、ジェネーバ大宰相が前へ身を乗り出した。「陛下、正直に申し上げて、いいお考えとはとても思えません」

「陛下は想像しがたいような悲しみを経験なされたのですから」そう言った評議員のあわ

れみに満ちたまなざしを見て、カリーナはさけび声をあげそうになった。「しかも、陛下はまだお若い。どうかご自分のことを大切になさってください。わたしたちがズィーラーンのことはやりますから」

評議員たちは再びうなずいた。すると、ファリードが椅子にすわり直して、口を開いた。「陛下のおっしゃったことは、一考すべきだと思います。ハイーザ・サラヘルは――〈大いなる女神〉が陛下に平安を与えたまわんことを――ご自分のせいで祭が中止になるのは望まないはず。カリーナさまが回復なさるまで、ソルスタシアを仕切る代役を立てるというのは？」

行事に王族本人が出席するのが危険な場合、代わりに囮《おとり》を使うことは、まったくないわけではない。しかし、ハヤブサは、〈防壁〉を新しくするのは、アラハリの血を引く者にしかできないと、はっきり言っていた。現時点で生きているアラハリはカリーナしかいない。つまり、ソルスタシアを取り仕切るのは、カリーナでなければならない。

カリーナは一度たりとも女王《スルタナ》になりたいと思ったことはなかった。ハナーネが生きていたときはもちろんのこと、姉が死んだあとの激動の十年間も、それは変わらなかった。十七年の人生で、有能な統治者になれると証明してみせたことなどあっただろうか？　カリーナは母のような生まれながらの指揮官ではない。姉のように魅力的で愛されるタイプでもない。評議員たちの立場だとしたら、自分だってそんな後継者の言葉を信じることができるかわからない。

しかし、ソルスタシアはカリーナのものだ。それを奪われたら、今度こそなにひとつ残らない。

「どうしてもやりたいんです」カリーナは握ったこぶしをドレスの生地に埋《うず》め、震えを止めようとした。「ソルスタシアの開催はわたしの義務です。それを他人の手に預けることはできません」

そして、ファリードのほうをむいた。「ファリード、わたしならできると、みなに言って」目に浮かんだ懇願の表情を隠そうと、強い口調で命じる。

ファリードの唇が一文字に結ばれた。彗星《すいせい》の鑑賞会でカリーナの放った辛辣な言葉が、ふたりのあいだに重く垂れこめている。取り消せるものなら、取り消したい。窓から朝日が差しこんできた。大理石の間の緊張をはらんだ空気には、あまりに明るすぎる。そして、その光はそろそろ開会の儀と〈第一の試練〉が始まることを告げてもいた。もうこれ以上、議論している時間はない。

「ファリード、お願い」

ファリードはカリーナを見た。これまでのふたりの過去と思い出が、いいものも悪いものもいっしょくたになってあたりを満たす。ファリードはようやく口を開いた。

「たしかに絶対に大丈夫とは、わたしにも言い切れません。しかし、ここ数年の陛下の成長を間近で見てきた者として、王家の伝統を引き継ぎ、ソルスタシアをつづけられるよう挑戦なさるだけの資格はお持ちだと思います」

場所が場所なら、ファリードに抱きついていただろう。評議員の面々にとって、カリーナの言葉はたいした重みはもたないが、ファリードには家令見習いだったころからの信用がある。ファリードが支持を表明すると、何人かの議員たちの浮かべた不安の表情が和らいだ。

「だが、褒美の件はどうする?」議員のひとりがたずねた。「ハイーザ・サラヘル――〈大いなる女神〉が平安を与えたまわんことを――はどうするおつもりか、われわれにお話しにならぬまま、お亡くなりになられてしまった」

「実を言うと、そのことは聞いているの」カリーナは思わず口走った。「今年の褒美については、話してくださったのです」嘘《うそ》だが、ソルスタシアの勝者に与えるのにふさわしい栄誉を考えることなどたやすいだろう。宮殿に転がっている石でも、たいていの人間は満足するのだ。ポニーくらいやればじゅうぶんかもしれない。

「ならば、これで決まりということですね」ジェネーバ大宰相は言って、窓の外をちらりと見た。朝を告げる最初の鐘が鳴りはじめていた。五十年間待ちつづけた日を迎え、ズィーラーンが目覚めようとしている。「ハイーザ・サラヘルがお亡くなりになられたことは、この部屋の外では一切口にされぬよう。祭をつづけるために、陛下には以前の称号をそのまま名乗っていただきます。ムワレ・ファリード、殿下が必要な援助を受けられるよう、あなたが万事手配するように」

「もちろんです」ファリードは答えた。

「正直申し上げて、こうなってとてもうれしく思いますわ」ムワーニ・ゾーラがいつもの歌うような口調で言った。「ドリスはまだおむつをつけているときから、〈太陽〉の勇者になりたがっていたんですもの」

ああクソ、〈勇者の試練〉のことをすっかり忘れていた、とカリーナは思った。ハヤブサの役割を引き受けるということは、今やカリーナがクサール・アラハリの正式な主として、客人たちをもてなさなければならない。アジュール庭園棟は、王家が所有する数々の邸宅《リアド》のうちのひとつで、祭のあいだ、勇者たちはそこで生活するのが伝統だ。アデトゥーた。ンデイとドリスが自分のすぐ近くで暮らすと思うと、カリーナはつい顔をゆがめてしまった。

「開会の儀のまえに勇者たちについて知っておいたほうがいいことはありますか?」カリーナはたずねた。

「勇者のうち六人は、予想通りの者たちです」ジェネーバ大宰相が答え、一瞬、口を閉じた。その顔に不安げな表情がよぎる。「しかし、七番目の者が……報告によれば、どうやらアダンコご自身が〈生命〉の神殿にお姿を現し、〈生命〉の勇者を選ばれたと。タラフリィ出身の少年のようです」

「フン、どうせ酔っぱらいか狂信者どもの幻覚だろう。わしはそんなものは信じないね」ムワレ・オマルはくだらないというように手を振った。

「とはいえ、女王《スルタナ》が殺されたのと同じ夜に、〈生命〉の女神の神殿で集団幻覚とは……」ファリードがつぶやいた。身を乗り出したファリードの顔には、カリーナがよく見知った表情が浮かんでいた。未解決の問題が現れたときの表情だ。「どうも気に入りませんね」

「わたしもです。しかしながら、陛下——失礼いたしました、殿下——のおっしゃる通りです。ソルスタシアを延期するよりも開催したほうが、得るものは大きい」大宰相が言った。カリーナの胸に勝利感が湧き上がった。評議会に立ち向かい、勝ったのだ。〈防壁〉を新たにし、ズィーラーンの安全を守るのだ。彼女の先祖たちが千年にわたってやってきたように。

それでも、勝利は空虚に感じられた。勝ったところで、お母さまがそれを目にすることはない。

お母さま、わたしがすべてを正すから。カリーナは心のなかで言い、立ち上がると、ソルスタシアの準備をするために部屋を出た。誓うわ。

第9章 マリク

〈生命〉の神殿の外は興奮が渦巻き、大神官の質問もろくに聞こえなかった。「そなたの名前はなんという？」

マリクの足元がふらついた。ほとばしる魔法の力がなくなり、そこには疲労感だけが残って、彼の五感を圧倒していた。

名前。〈生命〉の大神官は彼の名前を知りたがっている。

「マ……」マリクは言いかけて、口を閉じた。川熱の流行と部族間の武力衝突の激化のせいで、エシュラの民は当面のあいだズィーラーンに入ることは禁じられていた。本当の名前を言えば、この下手な芝居は始まりもしないうちから終わることになる。そんなことになったら、だれがナディアを救う？

「ア、アディル」マリクは、偽造した書類にある名前を舌をもつらせながら言った。「アディル・アスフォーです」

〈生命〉の大神官は顔を輝かせ、こちらに崇拝のまなざしをむけている群衆のほうにむき直った。「兄弟姉妹よ、女神アダンコの選ばれた〈勇者〉アディル・アスフォーへ最大の称賛を！」

　この最後の歓声はいちばん大きく、アダンコの石像を台座もろとも揺るがした。〈生命〉の大神官が〈生命〉の象徴色《シンボルカラー》である濃い紫色を身にまとった兵士たちを壇上に呼ぶと、人々はなおさら声を張りあげた。マリクは思わずたじろいだが、〈生命〉の大神官に「さあ、こちらへ、勇者アディルよ」と招かれた。

　レイラはどこにいるんだ？　レイラを置いていけない。壇上から群衆を見回したけれど、彼を守るためさっとまわりを囲んだ兵士たちに視線を遮られた。兵士たちはそのままきびきびとした動作で壇上から降りはじめ、マリクは自分の傷だらけの足につまずきそうになりながら、ついていくほかなかった。

「道を開けろ！」兵士たちはどなったが、たとえ世界じゅうの人間がさけんだとしても、人々を鎮めることはできなかっただろう。興奮した群衆は通り沿いに設けられた木の柵を、まるで羊皮紙でできているかのように乗り越えてくる。

「ソルスタシア、アーフィーシャ、〈生命〉の勇者、アーフィーシャ！」

「アダンコご自身の選ばれた勇者に恵みあれ！」

「勇者アディル！　勇者アディル！　どうかこちらへ！」

ひとりの女性がマリクに赤ん坊を抱かせようとし、兵士の先を鈍らせた槍《やり》に勢いよく突かれた。空いた場所に、すぐさま人々が殺到し、女性はその波に飲みこまれる。人々の顔には信仰的な情熱がたぎり、目に畏怖《いふ》の念が、唇からは祝福と称賛の言葉がこぼれ落ちる。マリクのみぞおちで恐怖が膨らむ。もはや圧倒などという状態は通り越し、片方の足をもう片方の前に出すことだけで頭はいっぱいで、わきに下ろした両手は、いつもつないでいたはずの姉妹たちの手を求めてひくついていた。

ようやくむかう先が見えてきたとき、マリクはうれしさのあまり泣きだしそうになった。紫と銀の輿《こし》にはアダンコのしるしであるらせんが彫られている。兵士たちがマリクに敬礼し、輿の扉を開けると、黒檀《こくたん》で造られた内装と紫色のふかふかの座椅子が現れた。

「どうぞお乗りください、勇者アディル」

「でも、姉が！」輿《こし》はひとりが乗れる広さしかない。このままこれで運ばれていったら、レイラはどうやってマリクを探せばいいのか。

「さあ、早くお乗りください、勇者アディル」

マリクのいかにも弱々しい訴えなど無視して、兵士たちは彼を輿に乗せ、扉をぴしゃりと閉めた。自分がどこにいるか把握する間もないまま、数人の兵士たちが輿をかついで、進みはじめる。その速さといったら驚くほどで、オジョーバイで見かけた砂船や荷車とほとんど変わらなかった。

最後にこうした狭い場所に押しこめられたのは、あの荷車の床下で姉妹たちといっしょに砂漠を旅してきたときだった。輿の内部は贅《ぜい》を尽くしたもので、荷車の腐りかけたぼろぼろの板とは比べ物にならないけれど、四方の壁が迫ってくる感じは同じだ。マリクは両膝を胸に引き寄せ、目をギュッと閉じた。

「息を吸って。今に留まるんだ、ここに」自分にむかって言う。「息を吸って。現実に留まれ。ここに留まれ」

必死であのレモンの木のことを考えようとするが、胸のしめつけられる感覚はどんどん強くなっていく。唯一、亡霊や〈陰の民〉の姿が見えないことだけがささやかな慰めだった。〈大いなる女神〉よ、感謝します。

輿についているたったひとつの窓から外を見ようとしたが、太い格子がついていていてすき間が狭く、ぼんやりとした色と石しか見えない。宮殿についたら、ハイーザ・サラヘルとカリーナ王女が迎えてくれるのだろうか？　そう思ったとたん、背筋に震えが走った。この狂騒の収拾がつかなくなるまえに、その場で王女を殺せるのか？

でも、そもそも連れていかれる先が宮殿じゃなかったら？　彼がアディル・アスフォーなどでないことが〈生命〉の大神官にばれて、嘘《うそ》をついた罪で処刑場に送られるところだとしたら？　だとしたら、ナディアは今度こそ終わりだ。

ナディアの怯《おび》えた顔を思い出したとたん、瞬間的に力がわいて、扉の掛け金をガチャガチャと揺らしたが、無駄だった。それがだめだとわかると、マリクは魔法の力を呼び出そうとした。

アダンコの幻が現れるまえの感覚を思い出そうとする。ふだんは騒がしく混乱している意識が、ひとつにまとまって、完全に制御できているという感覚。だが、冷静になるどころか、いろいろな思いが駆け巡り、魔法の力に手が届かない。歯を食いしばり、もう一度意識を集中させる。冷静にならなければならない。制御しなければ――だめだ。輿が止まったときには、流れ落ちる汗で額がてらてらと光り、吐き気に襲われただけで、魔法のまの字も現れぬままだった。

兵士たちが扉を開けたとき、マリクは目も当てられない状態だった。怯《おび》え切って目を見開き、罠《わな》にかかった野ウサギのように隅っこに縮こまっている。しかし、たとえ勇者に対し疑念がわいたとしても、兵士たちはおくびにも出さず、黙って頭を下げて、輿《こし》を降りるようにうながした。

「勇者アディル、到着いたしました」

心のなかで怯えた声がこのままここにいろとさけんでいたが、マリクはなんとか立ち上がった。やっとのことで輿から降りたマリクは、目の前の光景に息を呑《の》んだ。

その邸宅《リアド》は伝統的なズィーラーン式で建てられ、四階まである壁は青の濃淡で塗り分けられてちらちらと輝き、あたかも海そのものに包まれているようだった。西には、さまざまな色の渦巻くズィーラーンの都が広がっている。祖母《ナナ》が孫たちのために織ってくれた毛布のようだ。東には、クサール・アラハリが、ちょうど昇ってきた太陽の光を浴びてきらめいていた。輿には四、五時間あまり乗っていたのだろう。

そう、今、マリクは、飛ぶ鳥たちより高いところに立ち、足元に広がるズィーラーンの都を見下ろしていた。その瞬間、彼は悟った。昨日の朝までは、彼はエシュラからきたただの難民であり、希望もなく、世界に忘れられた存在だった。でも今は、何千人という支持者がいて、彼が新時代の使者となることを期待しているのだ。

そして、この銀と石でできた迷宮のどこかに、カリーナ王女がいる。彼に殺されるのを待っている。

またもやめまいが襲ってきて、マリクはギュッと腕をつかんで、気を鎮めた。

アラハリ家の象徴色である銀と赤の仕着せ姿の召使いたちが、タイルを敷いた道にずらりと並んで膝をついている。その先に、アジュール庭園棟へ入る蹄鉄《ていてつ》型のドアがあり、柱のまえに同じ銀と赤の服を着た男が立っていた。しかし、はるかに上等な仕立てで、彼が単なる召使いでないのは明らかだ。マリクと兵士たちがそちらへ歩いていくと、男は深々と頭を下げた。

「ソルスタシア、アーフィーシャ！」男は顔をあげると、体の前で両手を握った。「わたしはファリード・シーバーリーと申します。クサール・アラハリの家令であり、ハイーザ・サラヘル陛下の相談役を務めております。本日、あいにく女王《スルタナ》陛下とカリーナ王女はこの場にいらっしゃることができないのですが、代わりにわたしがこのアジュール庭園棟にあなたさまをお迎えすることを、お許しくださいませ」

召使いたちが一斉に平伏し、地面に額をこすりつけた。マリクは驚きのあまり言葉を返せなかった。この数時間だけで、それまでの人生でお辞儀をされた回数をぜんぶ合わせたよりも多く、頭を下げられたのだ。ファリードはマリクの沈黙を同意と取ったらしく、にっこりと微笑《ほほえ》んだ。

「勇者アディル、わたしどもは何年もかけて、アジュール庭園棟に勇者をお迎えする準備を整えてきました。この敷地にあるものはなんでも自由にお使いください。わたしどもがまだご用意できていないものがあったり、なにか問題などがありましたら、すぐに遠慮なくお申し出ください。至らぬところは多々あるとは思いますが、アジュール庭園棟を第二の家と思っていただければ幸いです」

家令の口調は温かいものだったが、目の下の深いクマや、今しがた慌てて着たのか、服がわずかに乱れているのは隠しようがなかった。マリクは昨夜、おそろしい目に遭ったが、ファリード・シーバーリーにとっても、それに輪をかけておそろしい夜だったのではないか。そう思わせるものがあったせいか、マリクはなんとか自分自身の恐怖から一時、立ち直り、返事をした。「あなたのもてなしを謹んでお受けいたします。感謝いたします」

「こちらこそ、ありがとうございます。お時間をお取りして、申し訳ありません。どうぞなかへ入って……おくつろぎください」

ファリードにそう言われて、マリクは自分と自分のぼろぼろの服が贅《ぜい》を尽くしたクサール・アラハリのなかでひどく場違いであることに気づいた。頰をカアッとほてらせながらマリクがうなずくと、ファリードは召使いたちのほうへ合図した。すると、列の前にいた若者がさっと立ち上がり、マリクに駆け寄って、倒れるんじゃないかと思うほど低く頭を下げた。

「この者はヒシャムと申しまして、アジュール庭園棟でのあなたさまの従者頭となります」ファリードが説明した。

「ソルスタシア、アーフィーシヤ、勇者アディル。〈大いなる女神〉の恵みとアダンコの導きによって、一週間、この身を捧《ささ》げてあなたさまに尽くしたいと思います。どうぞ、こちらへ」

外から見たアジュール庭園棟が驚くほどの美しさだとすれば、内側はまさに息を呑《の》む見事さだった。上の階の手すりには、小さな青い花をつけた蔓《つる》が巻きつき、その下の中庭の真んなかで小さな池がきらめいている。白いカーテンが風に揺らめいて、アラハリ家のグリフィンの像が吠《ほ》え、この贅《ぜい》を享受できるのはだれのおかげなのかを知らしめていた。

しかし、それほどの美しさをたたえているにもかかわらず、ここにはどこかおかしなところがある。中庭で鳴き声をはりあげるアルビノのクジャクのせいだけでない。そして、マリクはハッと気づいた。〈陰の民〉がいないのだ。悪鬼《グール》も、鬼神《イフリート》（コーランに登場する精霊（ジン）の一種）も、梁《はり》のあいだからのぞく木の精すらいない。どうしてか、霊たちはこの場所を避けているのだ。本来ならほっとするところだが、なぜかマリクは不安を感じた。

ヒシャムがマリクを案内したのは、故郷のオーボアにあった執政官の家ほどもある浴場《ハンマーム》だった。壁は分厚い漆喰《タデラクト》（モロッコの塗り壁材）で造られ、一分隊をまるまる洗えそうな石鹸《せっけん》が用意されている。立ち昇る湯気はバラの香りがして、マリクはぼーっとなり、ヒシャムたち従者が服を脱がせるまえに〈しるし〉を足の裏まで移動させるのを忘れかけたほどだった。ヒシャムたちはマリクを、火傷《やけど》しそうなほど熱い湯に沈め、作業に取りかかった。

ずしりと重い黒色の石鹸で肌をこすり、髪は粘土《ガスール》（モロッコでは石鹸としても使う）で洗う。清潔に保とうと心がけてもなお頭皮に溜《た》まった数か月分の汚れが落とされていくのは心地よかった。数分のうちに旅の垢《あか》と汚れは、黒い雲のようにお湯に溶けこんだ。何人もの人に触れられるのは、気詰まりなことこの上なかったが、耐えるほかない。一度ならず、カリーナ王女が蛇口から飛び出してきてもおかしくないとでもいうようにまわりを見回したが、もちろんそんなことは起こらなかった。

「これはどうしましょう?」ひとりの従者がマリクの着ていた服を、なるべく体から離すようにして掲げた。

そのまま捨てたほうがいいのだろう。だが、マリクはこう言っていた。「洗って、アイロンをかけてもらえますか? 右のポケットに入っているぬいぐるみは気を付けて扱ってください」

従者はうなずいて、外へ駆けだしていった。別の従者がマリクの腰と首にタオルをかけ、低い椅子にすわらせると、ヒシャムがすっとうしろに立った、その手には大きなはさみが握られていた。

「どんなふうに切りましょうか?」ヒシャムは軽く慄《おのの》いたようにマリクの髪を見た。

ソーナンディの人はもともと髪がきつくカールし、下というよりは外へむかって生えていたが、マリクの髪ときたら、どんな髪型にしようともひとところに留めることは不可能だった。毎日必ず整えていたときでさえ、うしろになでつけておくのは一苦労だったのに、何か月も旅をつづけたあとでは、もはやどうしようもないほどからみあっていて、マリク自身、とうにもつれをほぐすのは諦めていた。

「いちばんいいと思うようにしてください」マリクがネズミの鳴くような声で言うと、ヒシャムは数分のあいだひとりでブツブツとつぶやいていたが、それからはさみを入れはじめた。黒い髪の束が目のまえをふわふわと舞い落ちていく。ぜんぶ切り終えると、ヒシャムが鏡を掲げたので、マリクは鏡に映った自分の顔を見つめた。あいかわらず欠点だらけで、大きすぎる上に黒すぎる目も変わらなかったが、こちらを見つめ返す少年は、軽くカールした髪が額にかかり、うすい褐色の肌は、なんだかわからないけれどお風呂に入れてくれたもののおかげで輝いて見えた。

「お気に召しましたか、勇者どの？」そうたずねるヒシャムの声には恐怖が混じっていた。

マリクは瞬《まばた》きをした。

まるで王子さまみたいだ。

自分じゃないみたいだ。

「気に入りました」マリクはそう言って、自分でもびっくりした。ヒシャムはほっとしたように息を吐いた。

従者たちはマリクにシルクのように柔らかな紫色のローブを着せ、広々とした食堂へ連れていった。いくつもあるテーブルには、新鮮な果物や、ぐつぐつと煮えているシチュー、そして、大きなパンが並べられていた。

「もうすぐ〈生命〉の大神官がいらして、開会の儀と第一の試練の準備をしてくださいます」ヒシャムは説明しながら、マリクを上座にすわらせた。「つつましき食事ですが、お待ちになるあいだにどうぞお召し上がりください」

食べ物を見たとたん、あらゆる疑問が消え去った。マリクはパンを取り、口が火傷《やけど》するのもかまわずがぶりとかじりついた。涙がじわっとわきあがったが、火傷の痛みのせいではない。マリクはそのままガツガツと食べ物を口に押しこんだ。従者たちは目を丸くして見ている。だが、こんなたくさんの食べ物を目にしたのはほとんど一年ぶりだ。それに、とてもおいしい。これなら、好き嫌いの激しいナディアだって――。

吐き気がこみあげ、マリクは体を折り曲げた。ヒシャムが心配して駆けよったが、マリクは払いのけた。

「大丈夫だ！」マリクは咳《せ》きこんだ。「ただちょっと……早く食べすぎただけで。すみません」

空腹で胃がキリキリと痛んだが、これ以上、食べる気にはなれなかった。ナディアが怪物に囚《とら》われ、レイラがどこにいるかもわからないというのに、自分だけここにすわって食べることなんてできない。母《マ》さん《マ》が知ったら、どんなにがっかりするだろう。

それに、アジュール庭園棟を見れば、いやでもカリーナ王女のことを考えずにはいられなかった。王女は殺されても仕方がないのだ。王女がこんな豪勢な暮らしを送れるのは、マリクの家族のような人々の苦しみがあるからだ。人々が汗水たらして畑を耕していようが、王家の課す税のせいで子どもたちが飢えに苦しんでいようが、彼女は気にも留めないだろう。自分がここにいる理由はただひとつ、カリーナ王女を殺す方法を見つけるためだ。それと関係ないことに、気を取られるような贅沢《ぜいたく》は許されない。たとえどんなに食べ物がおいしくても、どんなに贈り物がすばらしくても。

頭のなかで自分の状況を整理する。自分には〈霊剣〉があり、〈生命〉の勇者になったおかげで、ソルスタシアが終わるまでは、頭の上には屋根があり、食べ物がもらえる。あとは、王女を見つけるだけだ。

ファリードは、カリーナ王女は今、アジュール庭園棟にはいないと言っていた。開会の儀までは、王女には会えそうもない。チャンスが訪れたら、こっそり抜け出して、この邸宅《リアド》が宮殿の別の場所とどうつながっているのか、調べるのがいいだろう。

それに、ほかの勇者たちのことも頭に置いておかねばならない。今のところはまだ、だれの姿も見ていない。同じように、それぞれの従者たちの手によって開会の儀のために身支度を整えているのだろう。なにが障害になるかわからない。そんなものがあちこちに待ち構えていることを考えると、この束の間の住まいが宝石のちりばめられた蝮《まむし》の巣のように思えてくる。

マリクは落ち着かない気持ちでパンを見やった。良心の問題は別として、腹を空《す》かせていたところでナディアは救えない。

そこで、マリクはもう一度、パンを手に取った。ただし今回は、さっきよりもゆっくりと食べる。そこへ、〈生命〉の大神官が入ってきた。常にいっしょにいる野ウサギは、今は腕に抱えられていた。

「勇者アディルよ、さっぱりとされたようで安心しました。食事の最中に申し訳ないのですが、開会の儀までにやることが山のようにあるのです。こちらにいらしてください」

〈しるし〉が腰のあたりで不安げにくるくる回っているのを無視して、マリクは大神官のあとについて円形の部屋に入っていった。真んなかに台があり、神殿の侍者たちがまわりを取り囲むようにすわっている。そのうしろには、さまざまな糸に巻き尺、あらゆる生地を持った召使いたちが控えていた。

「台にお乗りください。腕を伸ばして」〈生命〉の大神官が言った。

マリクが言われたとおりにすると、ヒシャムがローブを脱がせたので、知らない人たちでいっぱいの部屋に下着姿で立つ格好になった。こうした悪夢なら少なからず見たことがあったが、努めて表情を変えまいとする。大神官は目をぎゅっと細めてマリクのまわりをぐるりと一周した。マリクはぎりぎりで〈しるし〉をまた足の裏に隠した。

「もう一度名前を」大神官が言った。

いつもの人見知りのせいでのどが詰まり、返事をするのが、一瞬遅れる。〈生命〉の大神官の目がますますぐっと細くなり、マリクの唇に玉のような汗が浮きあがる。体を丸めて隠したい衝動に駆られたが、ナディアの命がかかっているのだ。この人たちに、女神が本当に彼を選んだのだと納得させなければならない。自分のためには無理でも、妹のために恐怖を乗り越えなければならないのだ。

「アディル・アスフォーです、伯母上」

「両親の名は?」

「アジャ・アスフォーとマンサ・アスフォーです」この名前も偽造した書類に載っていたものだ。書類をマリクに売った密入国業者は、どんなに経歴を調べられても大丈夫だと太鼓判を押した。

「出身は？」

「タラフリィです、伯母上。両親は香辛料を売って暮らしています」

「両親もここに？」

「三年前に亡くなりました。いっしょにきたのは、姉だけです」

マリクの両腕が震えはじめた。あとどのくらい質問はつづくのだろう？　マリクに答えられない質問をされたら最後、他人になりすましていることがばれ、首をはねられるか、もっとひどいことになるだろう。

しかし、それ以上の質問はせず、〈生命〉の大神官は、そわそわしたようすでうしろに控えている侍者たちのほうへむき直った。

「新しい勇者の第一印象はどう？」

十本以上の手がさっとあがった。

「しなやかな体つきと力強い脚の筋肉から、走ることに関わる競技が得意と思われます。第六回ソルスタシアのときの徒競走のような！」

「簡潔にはっきりと話されるので、今回、知力を使う試練があれば、役に立つでしょう」

「しかし、総合的な筋力の欠如はどういたしましょう？　われわれの予想では、最初の試練は身体活動に関わるものではないかと考えられています。勇者アディルにはその分野の力が欠けているように思えますが」

結局、どのくらい立ったまま、侍者たちが彼の潜在能力と弱点を挙げていくのを聞いていたのだろう。マリクは投げかけられた質問には、できるかぎり正直に答えた。いいえ、勇者としての務めを果たすのに妨げになるような病気はありません。はい、〈大いなる女神〉の敬虔《けいけん》な信者であり、子どものときに受けるべき祝福はすべて受けました。いいえ、神殿の人々やどんな役人に対しても、嘘《うそ》をついたことはありません。

そのあいだじゅう、召使いたちはマリクのあちこちをつつきまわして、腕と脚の長さを計り、しまいには歯まで調べた。父さん《ババ》がむかし市で売っていた貴重な馬にでもなった気分だ。ただし、シアバターと花の香りをさせているけど。マリクはずっと、レモンの木を思い浮かべていた。そうでもしないと、大勢の人に触られるのに耐え切れずに、発作を起こしてしまいそうだった。

ナディア。また別の召使いに腕を引っぱられ、心のなかでつぶやく。これはナディアのためなんだ。

ついに〈生命〉の大神官がうなずき、マリクはほっとして腕をおろした。大神官は野ウサギのあごの下を掻《か》きながら言った。「われらが女神はよい勇者を選んでくださったようですね。女神のご決断をうれしく思います」

部屋にいた人々が同意の声をあげた。しかし、何人かはまだ不安そうな表情を浮かべている。

「わざわざ言う必要はないとは思いますが、それを伝えるのがわたしの役目なので、申し上げます。われらが女神アダンコはあなたを勇者に選ばれました。つまり、ソルスタシアのあいだもその先も、この大いなる栄誉にふさわしい振る舞いを求められるということです。その座にふさわしくないと思われることがなにかひとつでも、おありですか？」

マリクはすぐに、皮膚の下に隠した武器のことを思い浮かべた。「いいえ、ありません」

〈生命〉の大神官はうなずいた。「〈生命〉の勇者としての務めの中心となるのは、稀有《けう》なるお方女王《スルタナ》が課される三つの試練に立ち向かうことです。第一の試練は今夜、開会の儀のすぐあとで行われます。第二の試練は三日目の夜、第三の試練は五日目の夜になります。一回の試練で、ふたりの勇者が脱落します。そして、最後に残った者が、次なる時代を統べる守護神がだれであるかを示すのです。

ソルスタシアについてこれまで聞いたことや、どんな試練が課されることになるのか、あれこれ考えたことも、すべて忘れなさい。三つの試練は、あなたを試すためにだけあるのではありません――あなたという人間をバラバラにし、心の奥底にひそむ嘘《うそ》を暴くためにあるのです」〈生命〉の大神官の目が、短剣の切っ先よりも鋭く光った。「そのために闘う準備はできていますか？　そして、〈大いなる女神〉とアダンコ、そして、ズィーラーンの人々全員の名において闘えますか？」

何十もの視線の重みが、千トンの石を首にぶら下げたかのようにのしかかる。なかでも、〈生命〉の大神官の貫くような視線に、一瞬、なにもかも見通すようなその黒い瞳を通してアダンコ自身に見つめられているような気がして、マリクはゾクッとした。

この下手な芝居から手を引くなら、これが最後のチャンスだ。上等な服や温かい風呂を、それに値する人物に、そう、人々が望む、人々にふさわしい勇者に譲るなら、今しかない。

マリクは口を開いた。

そして、閉じた。

タオルの上に、ぬいぐるみのゲゲがポツンと転がっていた。だれよりも愛してくれる持ち主との再会を待って。

「闘えます」マリクは答えた。ドアがぴしゃりと閉じられ、別のドアが大きく開け放たれたような、ふしぎな感覚に襲われる。部屋の張りつめていた空気が一気にはじけ、侍者たちが興奮したようすで一斉にしゃべりはじめる。〈生命〉の大神官は一歩うしろに下がり、胸の前で両手を組むと、あごの尖《とが》った顔に小さな笑みを浮かべた。野ウサギが耳をぴくぴくさせる。

「そう言ってくれると思っていましたよ」

「待ってください、伯母上！」また勇気がしぼむまえに、マリクはさけんだ。彼は〈生命〉の勇者なのだ、そう、どんなことがあろうと。だとしたら、ひとつくらい頼みごとをしてもいいはずだ。

「ぼくと姉は、ソルスタシアのために宿を探そうとしていたんです。その、アダンコがぼくを……選ばれたときに。姉もアジュール庭園棟に呼ぶことはできるでしょうか？」

〈生命〉の大神官は顔をしかめた。「残念ながら、ソルスタシアのあいだは、勇者とその従者しかアジュール庭園棟には住めないことになっているのです。あなたに例外を認めれば、ほかの勇者の家族がここに住むことも許さざるを得なくなる」大神官は考えこんだ。

「しかし、このわたしが勇者の家族をもてなすのなら、それを禁止するとはどこにも書いてありません。お姉さまの名前は？　わたしの兵士に命じて、お姉さまを神殿にお連れしましょう。わたしのお客として、ソルスタシアが終わるまで神殿で暮らせばいいでしょう」

「イスハールです、姉の名前はイスハール・アスフォーです」レイラが偽名に反応するのを忘れていないことを祈る。「ありがとうございます」

〈生命〉の大神官はちいさな笑い声を立てた。「これくらい、ささいなことですよ。われらが女神が天から降りられて指名された勇者のためなのですから。さあ、これ以上質問がないなら、これからあとは、お楽しみですよ。開会の儀まであまり時間はありませんからね。そのまえに、あなたの服を一式そろえないと。わたしの勇者の装いが〈風〉の勇者に劣るとなれば、〈風〉の大神官に一生言われるでしょうからね」

〈生命〉の大神官がパンと手を叩《たた》くと、召使いたちが一斉に駆け寄って、何十枚という服を捧《ささ》げ持った。大神官はそのうち一枚をさっと取って、マリクの前に掲げた。

「このケープなんてどうかしら？」

第10章 カリーナ

開会の儀は、たったひとつの太鼓の音で幕を開けた。

ひとりの語り部《グリオ》が〈話し太鼓〉の音を響かせながらズィーラーンの町を練り歩き、だれもかれもあまねくジェヒーザ広場に呼び集める。語り部《グリオ》の姿を見た者はじきに顔や着ていた服を忘れるだろうが、彼女の笑い声はいつまでも覚えているだろう。体を震わせながらカッカッと笑うその声には、喜びがあふれているようでいて同時に骨まで凍りつかせるなにかがあった。

語り部《グリオ》のあとに笛吹きたちがつづき、腕ほどもある長い象牙の笛を吹き鳴らした。その調べを聴いて、老いた者たちは涙を浮かべた。二回目のソルスタシアを生きて迎えられたことを神々に感謝する人々がいる一方で、それがかなわなかった者たちを悼む人々もいた。

その次にきたのは、踊り手たちだ。くるくると回りながら、声を震わせて〈大いなる女神〉へ捧《ささ》げる歌を歌っている。そのうしろには、巫女《みこ》たちが列を作り、幸運を祈ってトウモロコシのひきわり粉とハチミツと乳を混ぜたものを地面に撒《ま》いている。召使いたちは木の杖《つえ》を持って、器に入った香を燃やし、広場をラベンダーとジャスミンの甘い香りで満たした。

すると、子どもたちの歓声があがった。動物園の動物たちが行進してきたのだ。優雅なキリン、つややかなヒョウ、跳ねまわるシマウマ、虹の色すべてを映す羽を持つクジャクたち。さらにそのあとには、千人の騎兵隊と千人の歩兵がつづき、武器を高々と掲げて鬨《とき》の声をあげた。

そして、頭上では、天翔《あまか》けるバイーア彗星《すいせい》が光っていた。昼間は光が少し弱くなるが、それでもはっきりと見える。今日は週の一日目で〈太陽〉の日であり、ライオン神のギヤタが支配している。太陽自体もふだんより明るく見え、彗星ごときに引けを取るまいとするように、あらゆる反射面を無数の小さな星のように輝かせていた。

クサール・アラハリの外にある練兵場からパレードを眺めていたカリーナは、そのすばらしさに口をぽかんと開けて見入っていた。あの列のなかにいるところを想像する——いや、あのかん高い声で笑っている語り部の代わりに、列の先頭に立っているところを思い浮かべる。子どもたちと笑い、兵士たちなどひとりも目に入らないところでくるくると踊る。胸をえぐるような憧れが湧きあがり、それがあまりに激しかったので、アミナタがこういったときはむしろありがたいと思ったほどだった。「さあ、準備ができましたよ」

評議会との緊張したやりとりのあとで、せめて一時間か二時間休んでから、母の代わりの仕事に臨みたかった。しかし、実際はすぐに兵士たちに連れられて、イーストウォーターからきた外交団と接見し、またすぐに、第一の試練の詳細を最終的に承認、さらに、厨房《ちゅうぼう》へいって晩《ばん》さん会《かい》の用意を確認し、その後もやることは山積みだった。

こうしたこまごまとしたことが新たな〈防壁〉を作るのにどう関係するのかわからなかったが、魔法になにか問題が起こるようなことになったら困る。だから、質問にはすべて答えるようにしたし、みなに対して礼儀正しくにこやかに応対したから、まさかまえの晩、カリーナが地獄を潜り抜けてきたなどと、だれひとり想像もしなかっただろう。

しかし、やってきたのがハヤブサではなくカリーナだと知ると、人々の目に失望の色が浮かぶのに、気づかないわけにはいかなかった。あからさまに口に出す者はいなかったが、カリーナにはみなが自分と同じことを考えているのがわかった。仮面をつけた暗殺者がハヤブサの背に剣を突き立てたときからずっと、頭を離れない疑問を。

なぜ母でもなく、姉でもなく、自分がここに立っているのだろう。

こめかみが脈打つ。これ以上、こんなことを考えていたら、文字通りバラバラになってしまう。ソルスタシアは計画通り行うと宣言したあとで、評議会の面々にそんな姿を見せるわけにはいかない。

幸い、もうすぐソルスタシアの第一日目の最後にしていちばん大切な儀式が始まる。開会の儀だ。この行列が終われば、各神殿がそれぞれの勇者をみなの前で発表する。そのあと、点火式となり、カリーナは牡馬《おうま》を一頭生贄《いけにえ》として〈大いなる女神〉に捧《ささ》げ、その血を使って大篝火《おおかがりび》に火をつける。カリーナは儀式のこの部分がなにより不安だった。これまで生き物を殺したことなどない。ましてや、牡馬ほど大きなものを殺した経験など一度もないのだ。だが、ファリードには、しかるべく適切に刃を突き立てればうまくいくからと言われた。

点火については……炎のそばにあまり長くいないですむことを祈るしかない。

だから、アミナタが頭飾りなんて流行おくれだとかなんだとかブツブツ言いながら、カリーナのつける宝石や髪飾りを準備しているあいだ、カリーナは広げてあったドレスを調べていた。王室付きの仕立て屋はソルスタシアのためにすばらしい仕事をしていた。手に持った生地は空気のように軽く、ドレスを縁取るビーズは、厳格な目でもって通常の半分の長さの針を使って縫いつけられたにちがいない。

しかし、なにかが引っかかった。

「アミナタ、このドレスはちがうでしょう。このあいだ、選んだドレスじゃないもの」

カリーナが選んだドレスはどれも、濃淡はあれどすべて黄色だったはずだ。カリーナの守護神である〈風〉の神サントロフィに敬意を示すためだ。

しかし、今ここにあるドレスは透けるような白色だった。白は〈大いなる女神〉の色であり、生まれたばかりの赤ん坊を最初にくるむ布の色だ。そして、愛する者が死んだときの埋葬布の色でもある。近衛兵《センティネル》のほかは、守護神に関わらず白を日常的に着る権利を持つのは女王《スルタナ》だけであり、そうすることで、神々のなかでもっとも偉大な〈大いなる女神〉への忠誠心を示すのだ。

アミナタは唇を噛《か》み、それからゆっくりと説明した。「評議会は、カリーナさまがお母さまの服を着るのがいいだろうと言うんです。そうでないと、王族の少なくともひとりが白を着るという伝統が守られなくなってしまうから。大丈夫です。すでにドレスのサイズは直してありますし、宮殿にもどったら、ほかのドレスも直しますから」

カリーナは手に持ったドレスを見つめた。そして、アミナタの心配そうな顔を見て、またドレスに目を落とした。

最終的にカリーナの致命傷となったのは、それだった。心を押しつぶすような疲労感や、こめかみのうずきや、それを言うなら、母が倒れたときのドサッという音がくりかえし頭のなかで再生されるせいですらない。アミナタが、ドレスをカリーナのサイズに合わせるために、母のために縫われたステッチを細心の注意を払ってほどいたという、ただそれだけのことが、とどめを刺したのだ。

「出ていって」カリーナはささやくような声で言った。ザーッという音が鼓膜を突き破る。

「え？」

「出ていってって言ったのよ！」

ふだんなら、アミナタは言い返しただろう。しかし、カリーナの口調に容赦ない響きを感じ取ったアミナタは、振り返りもせずにテントを出ていった。それでよかったのだ。なぜなら、次の瞬間、カリーナは声をかぎりにさけんで、素手でドレスを引き裂いたのだから。床に落ちたドレスを足で踏みにじり、テーブルの上の宝石類をすべて払い落とす。いくつかが粉々に砕け散った。異常なまでのエネルギーと悲しみが、標的のない矢のように放たれる。父《パパ》とハナーネの死で心にできた傷は決して癒えることはなかったが、今そこに、母の死の傷も加わり、心臓からどっと悲しみがあふれ出した。血を流すがごとく悲しみはどんどんあふれ、なおあふれ出し、ひとりの人間が体内にとどめているとは思えぬほどの量が流れつづけた。

こんなことして、どうなるの？　開会の儀もソルスタシアも、〈防壁〉だって――見てくれるお母さまはもういないのに？　どうしてほかのみんなは楽しんでるわけ？　王家のわたしたちが自由を犠牲にして国を守っているのに？　それを知りもしないだなんて。

ファリードがテントに入ってきたのがぼんやりと感じられた。ファリードはカリーナを自分のほうへ引き寄せようとしたけれど、カリーナは押しのけた。どうしてこの人は朝、目を覚ましたわけ？　お母さまは二度と目を覚ますことはないのに？　どうして息をしてるのよ！

〈防壁〉なんて消えるままに放っておいて、ズィーラーンを運命の手にゆだねてしまえばいいのかもしれない。別に、頼んでアラハリの家に生まれたわけじゃない。一生を壁のなかで過ごしたいなんて、思ったこともない。ズィーラーンが滅びたところで、残念に思うのは、国を引き裂くのが嵐であって、自分じゃなかったってことくらい。

「カリーナ、こっちを見て」

ファリードはカリーナの顔をはさんで、やさしく、でも、きっぱりと自分のほうへむかせた。たちまち怒りが吸い取られ、ぼんやりとした痺《しび》れるような感覚だけが残る。荒れ狂ったあとの残骸を見つめる。宝石箱は床に叩《たた》きつけられ、椅子は脚が一本折れている。テントの入り口に立っている衛兵たちは、不安げになかをのぞいている人々に、殿下は無事だ、問題ないと伝えていた。

そして、ドレスはビリビリに裂けていた。

痺たような感覚の代わりに新しい感情が湧きあがってきた——罪の意識、さらに、自分を恥じる気持ちがそれに取って代わる。「ファリード、わたし——」カリーナは言いかけたが、ファリードは同情するように微笑《ほほえ》んだ。

「今は時間がない」ファリードは唇をカリーナの髪に押し当て、またすぐに出ていくと、新しいドレスを持ってくるようにと大きな声で命じた。召使いたちが手早くカリーナの壊したものを片づけはじめる。カリーナはがっくりと膝をついた。目がヒリヒリしている。苦しみは吠《ほ》え、荒れ狂い、たったひとつの動かしがたい事実へと集約された。わたしにはできない。

わたしは女王《スルタナ》にはなれないし、一生をズィーラーンに捧《ささ》げることもできない。五分と耐えられずに、世界を引き裂きたくなってしまうのだから。

けれども、カリーナの代わりに国を治めることができる人間は、文字通りひとりもいない。カリーナは、アラハリ家の唯一の生き残りなのだ。逃げるなどという選択肢はそもそもない。物理的に都を出られないというだけではない。そんなことをすれば、王位継承は危機にさらされ、ズィーラーンは真っぷたつに割れてしまう。

カリーナは女王《スルタナ》にはなれない。でも、女王《スルタナ》にならないこともできない。この矛盾する事実が頭のなかで回りつづける。なんとかこの窮地から脱する方法を考えようとする。

使い慣れたウードに触れたくて、袋に手を入れる。と、指に触れたのは『死者の書』だった。本を取り出し、表紙に浮き彫りになった文字に手をすべらせる。その指先が副題の「死」の文字で止まった。まえの日の記憶がゆっくりとよみがえってくる。カリーナは猛烈な勢いでページをめくり、〈踊るアザラシ亭〉の外でさっと目を通した項目のページを開いた。

よみがえりの儀式はもっとも神聖かつ高度な術である。儀式を行うことができるのは、メイラート彗星《すいせい》が空に現れている週のみであり……。

カリーナの血が凍った。

まさか。無理に決まってる。

でも、もしこの本に書いてあることが本当だったら？　死者をよみがえらせる方法があるとしたら……。

「カリーナさま、もどりました」アミナタの声がして、カリーナはあわてて本を袋にもどした。バカバカしいにもほどがある。それはわかっている。心の奥の奥の奥底では。

けれども、ズィーラーンじゅうの人々が待ち受けている儀式のために身支度をしながらも、カリーナの頭から本のことが離れなかった。

死霊魔術など実在しない。母を生き返らせることは、不可能だ。

一方で、つい昨日までは、ズィーラーンから出られないのは、母の期待を裏切れないと思っているせいだと信じこんでいたのだ。でも、千年ものあいだ都を守る強い魔法が存在したのだ。だとしたら、死者を生き返らせることのできる魔法があったっておかしくないはずだ。

馬車がズィーラーンの街のあちこちを巡っているあいだじゅう、カリーナの頭のなかにはそんな考えが渦巻いていた。イマン砦《とりで》の金ぴかの通りから、大学地区の質素な歩道、そして暴動のあった河市場も一部を通り、そのあいだじゅうカリーナはファリードの計画通りに豪華な馬車からヘナで染めた手を振って、アラハリ家の者が乗っていることを人々に知らしめた。本来、王族は馬に乗って行列に加わるのが伝統だが、カリーナはもちろん、だれも、暗殺があった翌日にそんな危険を冒すつもりはなかった。

カリーナが通ると、老若男女問わずみなが歓声をあげた。カリーナはせいいっぱい興奮を分かち合おうとしたし、ときどきは「ソルスタシア、アーフィーシヤ！」と声を張りあげもしたが、テントでファリードの目に浮かんだ失望の色が頭から離れなかった。

母やハナーネが今の彼女を見たらどう思うだろう。ふたりが楽々とこなせたことを、カリーナができないでいるのを見たら？

それどころか、さっき激情に駆られてドレスを破ったとき、カリーナが解放された気分を味わったのを知ったら、なんて言うだろう。素手で世界を引き裂くのがどれだけあたりまえのことに思えたかを知ったら？

そのとき、馬車の扉を強く叩《たた》く音がして、カリーナははっとわれに返った。「殿下、到着いたしました」

カリーナは深く息を吸いこんだ。今から、勇者に選ばれし者たちの名が公表される。パレードに加わってから初めて、カリーナは暗い考えに背をむけ、祝いの場のほうを見やった。

ジェヒーザ広場は、「広場」と名についているものの、実際はズィーラーンの三つの大通りが交差し、大まかな星の形を成している場所だった。広場からのびる三本の通りには、人々がひしめき合っている。老人も若者も家族連れも、旅人に大道芸人、学者など、あらゆる人々がいる。みながそれぞれの守護神を表わす色を身につけていたので、火をつけられるのを待っている篝火台《かがりびだい》のまわりを、虹色の人間の波がうごめいているように見えた。

カリーナは首を伸ばして、大篝火を見ようとした。これが、〈防壁〉を新たにする魔法を始動させるのだ。今は、いらなくなったガラクタを積み重ねているようにしか見えないが、先祖たちが万事心得ていたことを信じるしかない。

馬車が停《と》まっているところから真んなかの舞台はよく見えたが、観客の近くにある低いほうの舞台のようすは見えなかった。だが、音は聞こえる。もう一度外をのぞくと、七人の大神官たちがこちらに背をむけ、人々とともに祈っているのが見えた。カリーナはそれには参加せず、『死者の書』をまた開いた。

よみがえりの儀式を完成させるには、次の四つのものが必要になる。紅血月花《ブラッドムーン》の花びらをすりつぶしたもの、まだ温かい王の心臓、失われし者の体、そして、ンクラを完全に制御する力である。

カリーナは女王《スルタナ》になりたいと思ったことはない。だとしたら、望んでそうなった人物をよみがえらせることこそ、だれにとってもいちばんいいはずだ。

けれども、太古の掟《おきて》ははっきりしている。死者は死者であり、どこまでも死者なのだ。死者を生き返らせることは、自然のあらゆる掟に反するし、たとえ魔法の掟だとしても（魔法に掟があるとすればだが）、それは同じだろう。それに、そもそもンクラというのがなにかもわからないし、紅血月花《ブラッドムーン》なる花がどこにあるのかも知らない。だいたい王の心臓など、どうやって手に入れろと言うのだろう。ズィーラーンには、父《ババ》が死んで以来、王はいない。王がそのへんをうろうろしているなんて、ありえない。

また扉を叩《たた》く音がした。「あと十分です」

バカバカしいにもほどがある。知りもしない人間から手に入れた本に死者をよみがえらせる秘密が書いてあったからと言って、そのために人を殺せるわけがない。

カリーナは本を置くと、ウードのケースを胸に抱え、ボロボロになった革の上に頬をのせた。父《パパ》がいてくれたら。一分間だけでいいから、父《パパ》といっしょにいられるなら、どんなことでもする。父《パパ》が、大丈夫、うまくいくよ、と言ってくれるなら。本当はうまくいきっこないとわかっていても。

「さあ、では、〈大いなる女神〉のお恵みにより、勇者たちをご紹介しよう！」大神官たちの声が響いた。「〈太陽〉のもとに生まれ、ギヤタの名において闘う――ドリス・ロザーリ！」

鼓膜が破れんばかりの歓声が沸き起こった。〈太陽〉の神殿の人びとは、本物のライオンの群れを引き連れていた。ライオンたちが吠《ほ》え声《ごえ》をとどろかせるなか、〈太陽〉の大神官はドリスが名高い戦士であることを紹介した。カリーナのところからドリスの顔は見えなかったが、どうせしかめっ面をしているにちがいない。

「〈月〉のもとに生まれ、ペトゥオの名において闘う――ビントゥ・コンテ！」

ほっそりとした体つきに長い黒髪をドレッドにした少女が舞台にあがった。肩にフクロウが止まっている。ビントゥは、ズィーラーン大学でも一、二を争う優秀な学生らしい。ドリスと肉弾戦で勝負となれば、持ちこたえられないだろうが、頭脳勝負となれば、勝つチャンスはじゅうぶんある。

「〈風〉のもとに生まれ、サントロフィの名において闘う――カリール・アルターイブ！」

同じ〈風〉に属する者として近しさを感じるべきなのだろうが、どうがんばってみても、関心を燃え立たせることはできなかった。サントロフィの象徴である夜鷹《よたか》が飛びまわるなか、カリールが観客に投げキスを送っているようすからして、カリーナが無関心だろうと気にもしていないそうだ。

「〈地〉のもとに生まれ、コトコの名において闘う――ジャマル・トラオレイ！」

ジャマルだけがドリスより体が大きかった。年齢もドリスの二倍だ。観客にむかって礼儀正しく頭を下げると、またすぐに列にもどった。その横に控えているヤマアラシがあくびをした。

「〈水〉のもとに生まれ、スソノの名において闘う――アデトゥーンデイ・ディアキテイ！」

　トゥーンデの一族は、〈水〉の神殿へ高額な寄付を行っているから、〈水〉の大神官が彼を勇者に指名するだろうというのは、数か月まえから公然の秘密だった。カリーナもそれは知っていたから、再び彼と会うことになるのは覚悟していた。それでも、以前、恋人になる一歩手前までいったトゥーンデが軽やかに前へ走り出たとたん、言うことを聞いてくれない心臓がドクンと鳴った。

　トゥーンデが観客の前でお辞儀をするのを遠くから見ただけなのに、思い出したくない記憶が次々とあふれ出した。ふたりで庭で体を丸め、のんびりと過ごした午後、すき間のあいた歯を見せて微笑《ほほえ》みかけるトゥーンデの顔。でも、そんなときはとうに過ぎてしまった。バラ色の思い出がいくつかあるからといって、彼との関係を終わらせたのはまちがいだったと認めるつもりはない。

「〈火〉のもとに生まれ、オセボの名において闘う――デデレイ・ボチエ！」

　大またで前へ出てきたのは、肩幅の広い少女だった。コーンロウ（髪型の一種。髪を頭皮から細かく何本もにあみこむ）にした髪はひとつに束ねられ、腕の筋肉は盛りあがっている。ボチエ家は貿易業で名を成した一族で、毎年、砂船団で砂漠を旅しているというのは、カリーナも知っていた。

あと、もうひとり勇者が紹介されたら、カリーナの出番になる。

「そして最後、〈生命〉のもとに生まれ、アダンコの名において闘う――アディル・アスフォー！」

アダンコ自らが選んだという少年に、特別目を引くところはなかった。特に背が高いわけでもなく、人を従わせるような威厳もない。少年は列からわずかに前へ出ただけで、またすぐにもどってしまった。顔はよく見えなかったが、震えているのがわかった。カリーナは首を振った。あれでは、あっという間にほかの勇者たちの餌食になるだろう。

すると、どっと歓声があがり、兵士が合図を送ってきた。

出番だ。

カリーナは頭を高くあげ、馬車を降りた。ジェヒーザ広場に集まった人々が一斉に息を呑《の》むのが、肌で感じられた。みな、カリーナのうしろからハヤブサが現れるのを待っているのだ。しかし、銀髪の女王《スルタナ》が降りてくることはなく、たちまちざわめきが広がった。

女王《スルタナ》はどこにいるんだ？　なぜカリーナ王女が白い服を着ているのだ？

カリーナは落ち着いて、舞台の真んなかに進み出た。右側に評議員たちが、左側に大神官たちがずらりと並ぶ。勇者たちは、一段低い舞台に並んでいるため、あいかわらずカリーナのところからは顔は見えない。

群衆のほうへ顔をむけたとたん、頭のなかが真っ白になる。何万という顔がこちらを見ている。彼らすべての安全が、彼女の肩にかかっているのだ。なんて言えばいい？　次はなにをすれば？

取り乱しかけたとき、ふいに父《パパ》の声が聞こえる。この人たちはショーを見にきたんだ。きてよかったと思えるようなものを見せてあげなさい。

父《パパ》がそう言ったのは、カリーナの初めての演奏会の日だった。あのときと今は同じだ。

カリーナが片手をあげると、ざわめきは収まった。三本指を唇にあて、次に胸にやり、左の手のひらを広げ、そこに刻まれた紋印を人々のほうへむける。群衆も同じ動作をする。

「ソルスタシア、アーフィーシヤ！」カリーナは大きな声で言う。

「ソルスタシア、アーフィーシヤ！」ズィーラーンがあたりをゆるがすような声でそれに応える。

観客をこちらへ引きつけたという、あの、ぞくぞくするような感覚が体を突き抜ける。代々のアラハリ家の者たちのように生まれ持って人の上に立つ素質はないかもしれないが、演じる方法は心得ている。

カリーナの声が広場に響きわたった。「この美しき日を与えたもう〈大いなる女神〉に感謝を捧《ささ》げよ。この〈大いなる女神〉からの贈り物に、感謝を」

群衆が祈りの言葉をくりかえす。

カリーナはつづける。「千年前、今、われわれが立っているところには、ケヌア帝国があった。卑劣で残酷なファラオ、アークメンキーに支配されていたのだ。ファラオの貪欲さは、空のようにかぎりなく、海のように尽きることがなかったという。いまだかつてソーナンディが目にしたことのないほど広大な帝国を支配してもなお飽き足らず、ケヌア人でない者はみな奴隷にし、村という村を残らず略奪し、われわれの祖先が築きあげてきたものすべてを手に入れようとしたのだ」

ファラオへの愚弄がさざ波のように広がる。

「ケヌアによる恐怖の支配の時代は千年のあいだつづいた。この残酷な暴君からの解放を、われらが民は〈大いなる女神〉に祈った。そして、英雄が遣わされたのだ――わが先祖のバイーア・アラハリが！」

敬愛すべき建国の母の名に、人々は歓声をあげる。カリーナはもう片方の手をあげ、群衆を静める。

「望みがあると考える者はほとんどいなかった。だが、祖母なるバイーアはファラオに戦いを挑んだのだ。われわれの先祖は、まだ若き都が持てる力すべてを尽くし、戦った。〈顔なき王〉のような、かつての同盟相手の裏切りもあった。だが、数年にわたる戦いと流血の末、先祖は勝利したのだ！」

今度あがったとどろくような歓声は、もはや静めることはできなかった。歓声がやむのを待ち、カリーナはつづける。「今日は、現在の平和と繁栄のために先祖が払った犠牲を思い出す日だ。今日は、どんな嵐がこようと、どんな悲劇に見舞われようと、ズィーラーンは決して滅びることはないと、確認する日なのだ！」

「ズィーラーンは決して滅びることはない！　ズィーラーンは永遠につづく！」

カリーナの肺で空気が渦巻いた。群衆の声が広場じゅうにこだまする。祖母なるバイーアの夢が現実になったのだ。これこそ、カリーナの一族の払った犠牲は無駄ではなかったという証だ。この瞬間を何度も味わえるのなら、ズィーラーンから一生出ることはないまま、生きることができる。

人々の声がまだつづくなか、真夜中よりも黒い美しい牡馬《おうま》が召使いに引かれて、舞台にあがってきた。カリーナは手招きした。

「これから、篝火《かがりび》に火をつける。これは、最後の戦いのとき、〈大いなる女神〉がわれわれの民を勝利に導くために送りたもうた光を表わすものだ。だが、そのまえに、敬愛する女神に生贄《いけにえ》を捧《ささ》げよう。女神の祝福がこれからもつづくように」

召使いが、カリーナの上腕ほどもある長さのナイフを手渡す。カリーナは牡馬のほうへ足を踏み出し、つやつやした毛並みと、おだやかな表情をたたえた大きな茶色の目を見つめる。この馬は、王家の厩舎《きゅうしゃ》でも一、二を争うほどみなに愛されている馬だった。カリーナの心臓が激しく打ちはじめる。このあと、馬の肉と皮はあますところなく使われる。宮殿で飼っている家畜となんら変わりはない。ためらう理由はない。

一度、すっぱりと切りつければいい。それだけでいいのだ。

カリーナはナイフを掲げた。ぎこちない弧を描いて、振り下ろす。

牡馬はこの世のものとは思えない声をあげ、ばったりと倒れた。ガクガクと馬体が震えている。恐怖で体が凍りつく。だが、逃げるわけにはいかない。もう一度、切りつける。だが、それでも傷はまだ浅く、大動脈を断ち切ることができない。ドレスの前に血糊《ちのり》がべったりとつく。だが、それよりも恐ろしいのは、牡馬の訴えるような鳴き声だ。のどにせりあがる吐き気を懸命にこらえる。そのとき、ハミードゥ司令官が前へ進み出て、剣のひと振りで馬の頭を切り落とした。

カリーナはショック状態で、大神官たちが馬の血を集め、篝火《かがりび》に注ぐさまを呆然《ぼうぜん》と見つめた。生贄《いけにえ》を捧《ささ》げるのはズィーラーンを清めるためであり、生贄の苦痛が最小限になるよう殺さなければならない。罪のない獣に不必要な苦しみを与えれば、〈大いなる女神〉の怒りを買うからだ。

だが、牡馬《おうま》は苦しみながら死ぬことになった。王座について一日目だというのに、人々を納得させるどころか、むしろ忌まわしい予兆を与えるような真似をしてしまったのだ。こんなにもすぐに、こんなにもひどい失敗をしでかした女王《スルタナ》など、いなかったにちがいない。

大神官たちが七本のたいまつで篝火に火をつけたことにも気づかなかったが、いきなり熱波が顔に押しよせ、炎が生贄を呑《の》みこんだ。高々とあがる火柱に、思わず縮みあがる。ぼんやりとしか思い出せない記憶が、脳裏の片隅で躍る。

炎がクサール・アラハリを引き裂いたとき、カリーナは八歳だった。火事で父《ババ》とハナーネが死に、ほかにも十人近くが命を落とした。その夜の記憶はわずかしかない。ずっと悲鳴をあげていたこと、父《ババ》の手でアミナタの母親に引き渡されたこと、ハナーネを救いに炎のなかへ飛びこんでいった父《パパ》の背中。

だが、猛烈な熱さだけはくっきりと記憶に刻まれている。炎は容赦なくすべてを呑みこみ、行く手にあるものをなにもかも破壊した。それだけは、鮮明に記憶に残っている。何年経《た》っても、その記憶が薄れることはなかった。いつもの頭痛がますますひどくなり、涙で視界がかすむ。だが、ここで涙をこぼすわけにはいかない。

群衆が篝火を見て、歓声をあげる。だが、先ほどの熱狂はない。目の前にいるのがハヤブサだったらと思っているのは、疑いようがない。ハヤブサなら、生贄を殺し損ねて、大勢の前で恥をさらすようなことは決してなかっただろう。

カリーナは再び口を開いたが、頭の痛みを悟られまいとするその声は弱々しかった。

「バイーア・アラハリが、囚《とら》われし七人の神々を救うために立ち向かった困難に敬意を示し、われらが七人の勇者がこれから三つの試練に挑む。勝者を通し、われわれは〈大いなる女神〉が決められた次の時代の神の名を知ることになる」

そこでいったん口を閉じる。何千何万という目がカリーナに注がれる。今年の勝者に贈られる栄誉を知りたくて期待に輝いている。

女王《スルタナ》になるつもりなどなかったのは、本当だ。先ほどの失敗は、そのなによりの証拠だ。

だが、そんな自分にもまだできることがある。よみがえりの儀式を行い、母をこの世に呼びもどすのだ。そして、すべてをぶち壊すまえに自分は王位から退くのだ。そのためには、あの本に書いてあったものを集めるしかない。そのうちひとつは、王の心臓だ。

カリーナは下のほうに並んでいる勇者たちを見やった。だれもが、勝利にふさわしい栄誉を手にしようと心待ちにしている。

まだだれにも知らされていないとはいえ、カリーナはもう女王《スルタナ》なのだ。王が必要なら、この手でだれかをその地位につかせればいい。それに、昨日の晩にファリードも言ったではないか。政略結婚をすれば、カリーナ自身にとってもプラスになると。

「三つの試練を勝ち抜いた勇者には、最高の栄誉を贈ろう。わたしとの結婚だ！」

その言葉は、止めるまえに口から飛び出した。どっとどよめきがあがり、後悔する余地すらないまま、こめかみの締めつけるような痛みだけが増していく。

この週の終わりまでには、〈防壁〉を新しくし、ズィーラーンの安全を守る。

そして、王の心臓と紅血月花《ブラッドムーン》と、母を生き返らせるのに必要なものをすべて手に入れるのだ。たとえそれが、あの舞台の上に立っている若者たちのうちひとりの死を意味するとしても。彼らは、そんなこととは夢にも思っていないだろう。

第11章　マリク

聞きまちがいに決まってる。結婚？　カリーナ王女と？

ほかの勇者たちも一様に驚きの表情を浮かべているようすから、だれひとり、予想していなかったのだろう。七人が一堂に会したのはこれが初めてで、マリクは競争相手となる六人の顔をこっそり盗み見ずにはいられなかった。ぼくと同じように、やはり、予想外だったのだろうか。

〈水〉の勇者のアデトゥーンデイはとりわけ困惑した表情を浮かべていた。大神官に紹介されたときに浮かべていた気安い笑みは影を潜めている。勇者たちのほうからカリーナ王女の姿はほとんど見えなかったが、アデトゥーンデイは舞台の上を仰ぎ見た。まるで王女は太陽で、自分は夜しか知らないというように。あのふたりには、なにか関係があるにちがいない。あとでゆっくり考えようと、マリクは頭のなかに刻みこんだ。

それにしても、結婚だなんて。王家の人間は、当然のように結婚を褒美として与えることができるのだろう。女王《スルタナ》は、だれでも望みの相手と結婚することができる。過去には、複数の夫や妻を持った者も少なからずいた。でも、一介の庶民と結婚するなんてことがあるのか。聞いたことがない。手がかばんの肩ひものほうへ動きかけ、もうないことを思い出す。このいきなりの展開は、ナディアを助けるのに役立つだろうか。

しばらくしてからようやく群衆が静かになり、カリーナ王女がまた話しはじめた。「あなたがたが驚いているのは、わかっている。だが、これは、わたしの母の望みであり、もちろんわたし自身の望みでもある。二十回目にあたる今回のソルスタシアは、これまで行われてきたどの祭をもしのぐものとするつもりだ。だからこそ、〈大いなる女神〉の与えたもう恵みを分け合うためにも、新たなる者を王家に迎え入れることに決めたのだ」

カリーナ王女の声はか細くなり、体もぐらついているように見えた。両手には牡馬《おうま》の血がついたままだ。

「〈太陽〉の時代は終わりを告げる。〈大いなる女神〉が次なる時代になにを用意してくださっているのか、これから明らかになるだろう。かつて守護神たちを解放するため、祖母なるバイーアはエシュラ山脈の雪に覆われた頂きから、キシーモーコーの三角州の沼地まで、ソーナンディをすみずみまで巡られた。その不屈の魂に敬意を示し、第一の試練は忍耐力を試すものとする。ズィーラーンのどこかに五つの宝が隠されている。すべて、わがアラハリ家の紋章入りだ。宝を見つけ、日の出までにこの舞台にもどってきた者だけが、次の試練に進むことができる。つまり、ふたりが脱落することになる」

試練に失敗したふたりは、アジュール庭園棟からも追い出されることになるだろう。そんなにすぐカリーナ王女とのつながりを失うわけにはいかない。二度と王女に近づく機会など手に入らないのだから。

マリクは一段低い壇上からカリーナ王女のほうを見上げた。すぐそばにいるが、同時に、マリクには決して届かない世界に守られている。王女を見ることすらためらいを感じるというのに、殺すことなどできるだろうか。

「勇者たちよ、これがヒントだ。『わたしたちは五人。みな、似ているが、一人ひとりちがう。人はわたしの兄弟姉妹のうしろに隠れることができるが、わたしたち自身は常に視線にさらされている。昼も夜もずっと、物語を持つ場所にいる』さあ、ルールはわかっているな?」

七人の勇者はさっと背を伸ばし、左の手のひらの紋印を示すと、右手を唇へ、それから胸へやった。「わかりました!」

「〈大いなる女神〉に選ばれし者たちか?」

「われらは〈大いなる女神〉に選ばれし者!」勇者たちがくりかえす。嘘《うそ》がマリクののどを焼く。

「ならば、第一の試練を始める!」カリーナ王女がパンと手を叩《たた》くと、大神官が角笛を吹き鳴らした。「ゆけ!」

群衆が声を震わせ、雄たけびをあげるなか、勇者たちは散っていった。その騒ぎのなかで、衛兵たちがさっと舞台に駆け寄り、頭を押さえているカリーナ王女を連れだすのを、マリクはちらりと見た。

気がつくと、舞台の上にいる勇者はマリクだけになっていた。観客はそれぞれの勇者たちについていったが、残った者がマリクにむかって口々にさけんでいる。〈生命〉の守護神を持つ者たちは声援を送り、そうでない者たちはヤジを飛ばしている。太陽はもうすっかり沈み、ジェヒーザ広場では、チッペクエが暴走したときに見た夜のカーニバルがまた始まろうとしていた。

カリーナ王女が馬車に乗せられているのを見ながら、焦りがこみあげる。氷のように冷たい触手が意識に巻きつく。都の人々が勇者たちに気を取られているうちに、あの馬車を追うべきなのか？　だが、第一の試練はどうする？　まずはそちらに集中して、たとえ一日を失うことになっても、もっとしっかりした計画を立てたほうがいいのか？

どちらの案もたいしていいとは思えない。頭のなかで声が、なにかしろ、なんでもいいから行動を起こせ、とさけんでいる。だが、まちがったことをしたら、という恐怖のせいで体が動かない。さっとまわりを見回すと、見慣れた人物が、顔をしかめる年寄りたちを肘で押しのけ、前へ出てこようとしていた。

「勇者アディル！　ここよ！　勇者アディル！」

安堵《あんど》のあまり涙が出そうになる。マリクがレイラに駆け寄ると、レイラも舞台を囲んでいる柵に体を押しつけ、弟を抱きしめた。マリクは自分がどれだけ姉の存在を求めていたか、改めて気づく。レイラの体が篝火《かがりび》に照らされ、オレンジ色に輝いている。レイラはマリクのようすを見ると、唇をキュッと一文字に結んだ。

マリクを守るように立っている兵士にむかって、レイラは命令した。「勇者アディルは、女神の導きを乞うために〈生命〉の神殿にいきます」

確かめるようにこちらを見た兵士にむかって、マリクは堂々と見えることを願いつつうなずいてみせた。不安で胃がキリキリ痛む。だが、兵士は仲間を呼んで、マリクのために道をあけさせ、数分後には、マリクはレイラと〈生命〉の神殿へむかっていた。

神殿に着くと、レイラは一度も足を止めることなく、すたすたと上の階にある部屋へあがっていった。アジュール庭園棟の部屋よりは小さいが、それでも、故郷のオーボアの家よりはるかに立派だ。ドアが閉まるとようやく、レイラはマリクの手を放し、キッとにらみつけた。

「マントなんか着てるんだ」

マリクはふいに後ろめたい気持ちになり、両手でマントの前をかきあわせた。実は、さっきまでは、なかなか悪くないと思っていた。古代の戦士が身につけるマントみたいだし。

「そっちだって、紫色の服を着てるじゃないか」思わず言い返す。レイラは開会の儀用に服を身に着けており、〈生命〉の象徴である紫色でないのは、まえからかぶっている青い布だけだった。その奥から、見慣れたしずく型の顔がのぞいている。マリクたちの人生は、たった一日で一変したけれど、それでも決して変わらないものはあるのだ。

「〈生命〉の神殿の暮らしにはいろいろあるけど、そのひとつが、与えられるものがすべて紫色ってことよ」マリクはお礼を言われるのを待ったけれど、レイラはそんなことは口にもせずにつづけた。「それで、計画はどのくらい進んでるの？」

だれかに聞かれているようすはなかったけれど、マリクは声を落として答えた。「選びの儀のあとから、一度もひとりになれてないんだよ。アジュール庭園棟を歩くことすらできてないし、ぼくのこの……力を試すひまもない」

レイラがぐっと目を細めた。「その力のことだけど――いったいいつからあんなことができたわけ？」

「小さいころは、できていたと思うんだ。ティティばあさんが亡くなるまえの話だよ。だけど神殿の選びの儀のときまで、ずっと忘れていたんだ」レイラが謝るとしたら今だ。少なくとも、レイラもいっしょになって、そんなものが見えたり聞こえたりするのはおかしいとマリクのことを責め立てたんだから、それは認めるべきだ。ぎこちない沈黙が訪れた。ところが、そのとき、太鼓の音がとどろいて、ジェヒーザ広場からどよめきがあがった。レイラは舌打ちをした。「ひとつめの宝が見つかったんだわ」

マリクの口がからからに乾く、あと四つしか残されていない。ぼくが決断できないせいで、どれだけの時間が無駄になった？

「落ち着いて」レイラがぴしゃりと言う。でも、そのせいでマリクの焦りはますます増す。「今は、第一の試練に勝つことだけを考えるのよ。勝てれば、第二の試練までは二日ある。そのあいだに、どうすればいちばん早くカリーナ王女に近づけるか、考えるの」

マリクはうなずいた。「じゃあ、どうする?」

「〈生命〉の神殿には蔵書室がある。なかには、ズィーラーン建国の時代までさかのぼる記録もあるみたいなの。あたしはイディアについての情報を探してみるつもり。あいつが諸悪の根源なんだから」

ひさしぶりに好奇心でいっぱいのレイラがもどってきた。昔のレイラは、いつもこんな調子だった。でも、父さん《パパ》が出ていったせいで、早く大人にならざるを得なかったのだ。そう思ったとたん、姉に対する愛情がみるみるあふれ出す。

姉の言うとおりだ。そう、いつも姉は正しい。ふたりにはそれぞれ演じるべき役割がある。マリクは日の出までにこの試練に勝たねばならない。マリクは深く息を吸いこみ、さっきのヒントに意識を集中させた。

わ、た、し、た、ち、は五、人。み、な、似、て、い、る、が、一、人、ひ、と、り、ち、が、う。

つまり、宝は五つあるということだ。みな、似ているが、一人ひとりちがう……同じ種類のものだけど、形がちがうとか？

わたしの兄弟姉妹のうしろに隠れることができるが、わたしたち自身は常に視線にさらされている。

人がうしろに隠れられるものって、なんだろう。壁？　言葉とか？

神殿を走り回る子どもたちのかん高い声が聞こえてくる。その声がナディアに似ていて、目がカアッと熱くなる。イディアの領土で寒い思いをしていたら？　食べ物はもらっているだろうか？　ナディアはもう何日も食べていなかった。あんなだれもいない家に食べるものがあるとは思えない……あの家にあったのは……。

「仮面だ！」マリクはガバと立ちあがった。「隠された宝っていうのは、仮面のことだ！」

だが、興奮はすぐに不安に変わる。五つの仮面を隠せる場所など、ズィーラーンじゅうにいくらでもある。たとえ地図が頭に入っていたとしても、都を隅々まで探す時間などあるはずがない。でも、ほかにどうすれば？

レイラが窓の外に目をやった。眼下には夜景が不規則に広がり、都は夥《おびただ》しい数の秘密を抱える真っ黒い獣のように、それを隠そうと必死になっている。「今すぐ仮面を探しにいって、日の出までに見つけるのよ。あたしは明日の午後、アジュール庭園棟へいくから。そこで落ち合おう」

マリクはうなずいて、出ていこうとしたが、レイラに肩をつかまれた。レイラは弟の肩をやさしく揉《も》んで、言った。「だいじょうぶ、うまくいく」

マリクは小さく笑った。「これまでだってそうだったもんね」

うまくいかせるしかない。ナディアの運命がかかっているのだ。

そう言い残すと、マリクは心臓がのどに詰まるような感覚を無視して部屋から飛び出した。

第一の試練に勝つには、仮面をひとつ見つけさえすればいい。それくらい、できないはずがない。だろ？

だが、できなかった。

ジェヒーザ広場を囲んでいる青空市場は迷路のように枝分かれし、ときにネズミがようやく一匹通れるか通れないかというほど狭くなる。市場は売っているものに従って区分けされ、靴屋は靴屋、宝石屋は宝石屋というように軒を連ねている。道は環状に作られているので、理論上はどの道を通っても最終的にはジェヒーザ広場に行き着くはずだった。お客に無限とも言える選択肢を提供するうまい設計だ。

しかし、あいにくマリクは、そのせいで文字どおりぐるぐる同じところを走り回るはめになった。

最初に選んだ道は大きな広場に通じていて、厚手の毛織物から巨大なテント布まで、あらゆる種類の布が売られていた。どれも刺繍《ししゅう》が施され、作り手の女たちが口にする誘い文句に、マリクは耳まで真っ赤になった。別の区画へ入っていくと、マリクの背よりも高いねじれた鉄製の作品がぎっしり並んでいた。そのとなりの道には、鏡の店が軒を連ね、四方から自分の取り乱した顔が見つめ返してくる。なかには、ランタンの店が集まった区画もあり、あたり一帯は昼間のように明るかった。だが、新月の夜のように暗い通りもあり、バイーア彗星《すいせい》の光ですら、そこに潜んでいるものを照らし出すことはできない。そうした通りや、飢えた目をしてうろついている人々を避けるようにして、マリクは進んでいった。

何度目かに袋小路に行き当たったころには、わき腹がキリキリと痛みはじめていた。あたり一帯に、染料の入った容器が並べられている。マリクは空色と鮮やかなバラ色の染料のあいだにしゃがみこんだ。顔の汗をぬぐったところで、ジェヒーザ広場から大歓声が聞こえてきた。また仮面が発見されたのだ。残りはあと三つ。こみあげる焦りを押さえつける。

ズィーラーンで仮面を買える場所をたずねてみるのはどうだろう。でも、検問所で肩掛けかばんを探すのを手伝ってもらえないかたずねたとき、ひどいことを言われた。だめだ、もう彼は、見ず知らずの他人の親切を信じるようなおひとよしではない。

ジェヒーザ広場の鐘の音が十一回鳴った。もうすぐ真夜中になる。日の出まではすぐだ。もう一度頭のなかでなぞかけの言葉をくりかえす。物語を持つ場所……物語を持つ場所……もう少しで手の届くところに答えがぶら下がって、こっちをバカにしている。

すると、すぐそばでガサガサッという音がした。マリクはパッと目を開いた。

マリクのまわりにある染料の容器に何十という亡霊たちが立っていた。濡《ぬ》れるのを気にするようすもなく、骨のように白い目でマリクを見つめている。呼吸が肺で凍りつき、まわりを見回したが、イディアの姿は見えなかった。

数分のあいだ、亡霊たちはただじっとマリクを見つめていた。マリクはいちばん近くに立っている亡霊へむかって震える手を伸ばした。手はそのまま、赤々と輝いている、本来なら心臓があるはずのところをすうっと通り抜けた。震えというには強烈すぎ、痛みと呼ぶにはおだやかな感覚が押し寄せる。それとともに、胸にざわめきを感じた。魔法は去っていなかったのだ。再びうねるように打ち寄せる力を感じて、マリクは自分でも信じられないほどの安堵感《あんどかん》を覚えた。冷静なときのほうが魔力をうまくコントロールできるようだ。輿《こし》のなかで力を呼び出そうとしたときは、すっかり動揺していたからうまくいかなかったんだろう。

ゆっくりと息を吐きだし、亡霊の影が手のまわりをぐるぐると回るさまに目を瞠《みは》る。

「ぼくを助けようとしてくれてるの？」

亡霊たちは互いに顔を見合わせた。すると、次の瞬間、いちばん近くにいた亡霊がマリクめがけて突っこんできた。

かろうじて避けたが、またすぐに別の亡霊が襲いかかってくる。マリクは体勢を立て直すと、走りはじめた。亡霊たちはたちまち真っ黒い雲となって追いかけてきた。顔や四肢がいっしょくたになって渦まく嵐となり、かと思うと、ばらばらになって形のない塊になる。亡霊たちはマリクの頭上を飛び越え、行く手をふさいだ。むきを変え、別の道へむかう。だが、再び亡霊たちが行く手に群がる。そして、手を伸ばしてきたが、マリクはくるりとむきを変え、ガタガタする階段をのぼりはじめた。

「やめて！　お願い！」マリクはさけんだが、亡霊たちは無視した。

だれもいない一角に逃げこむと、亡霊たちはいきなり動きを止め、散り散りになって、またそれぞれの姿にもどった。マリクはじりじりとうしろに下がったが、はっと足を止めた。足の下の地面がなくなったのだ。

マリクは断崖の縁に立っていた。背後に旧市街と新市街を分ける深い峡谷が口を開けている。息を詰め、暗闇に目を凝らしたが、見えるのは断崖と、そこにしがみつくように生えているしょぼくれた木々だけで、彼の故郷とあまり変わらない荒れ地がつづいている。崖の底を見やると、かろうじてまだ水をたたえているゴーニャマー川の真っ黒い深みに、月とバイーア彗星《すいせい》の光が映っていた。

そして、真正面に〈やもめの指〉があった。

〈やもめの指〉は峡谷にかかる数少ない橋のひとつで、ひょろ長い支柱が老婆の指のように見えることから、この名で呼ばれていた。言い伝えでは、真夜中を過ぎると、やもめの霊があたりをうろつき、橋を渡る恋人たちに呪いをかけるという。みじめな自分の境遇を思い知らされるからだ。人々はそういった迷信をバカにしていたが、とはいえ、この時間になると、だれも寄りつこうとはせず、今夜もがらんとしていた。が、そこへ片翼のグリフィンの紋章をつけた馬車が一台、走ってきた。

カリーナ王女の馬車だ。

マリクは崖っぷちに生えている木々のあいだにしゃがみこんだ。ここからなら、相手には見られずに、橋のようすを見ることができる。頭のなかを無数の疑問が飛び交っていたが、物言わぬ亡霊たちに答える気はないようだ。

馬車はもう半分ほど橋を渡っていた。今からでは、追いかけても、追いつくまえに旧市街へ入ってしまうだろう。それに、そんなふうにあからさまに近づけば、兵士たちに襲ってくださいというようなものだ。レイラの計画に従って、今は第一の試練に集中し、王女を殺す機会がむこうからやってくるのを待つほうがいい。

でも、こんないい機会は二度と訪れないかもしれない。一秒でも早くイディアのもとからナディアを取りもどせるのなら、やってみなければならない。

しかし、〈霊剣〉は、遠い的を狙うのには適さない。つまり、この場で使えるのは、魔法の力以外ない。

両手を握りしめる。血管を巡る魔法の糸口を探そうとする。魔法の力はまた、ぎりぎり手の届かないあたりに潜んでいる。カリーナ王女のなぞなぞの答えのように。マリクには自分の力がどの程度なのか、まったくわからない。そもそも幻想を創り出す以外の力があるのかも、わからない。子どものころからずっとこの力を押さえつけてこなければ、はるかに簡単だったはずなのに。

いや、今、仮定の話をしていても仕方ない。馬車はもう橋を三分の二ほど渡りおえ、みるみる小さくなっていく。マリクはもう一度目を閉じ、アダンコの幻を創り出したときの感覚を思い出そうとする。魔法の力が訪れたのは、波長がぴたりと合ったときだった。そして、そんな一体感を感じることができるのは、あのレモンの木に登っているときだけだ。もう一度、レモンの木の姿を思い描き、小鳥たちのやさしい鳴き声や、木の葉がそっと頰を撫《な》でる感触を思い浮かべる。

「息を吸って。現実に留まれ。ここに留まれ。」ささやくように言う。

彼の魔法は、必要に応じて引っぱりだしたり抑えつけたりするような、自分と異質なものではない。魔法は彼の一部なのだ——目や血と同じように。集中の度合いが増す。肺があり、脈がある。心臓があり、鼓動している。規則正しく。力強く。

そして、彼の魔法が現れる。まちがいなく彼の魔法が。

舌の先で力がうなっている。マリクは慌てて小さくなっていく馬車に意識をもどす。王女を殺すには、なにか事故の形にするのが簡単だろう。考えるだけでぞっとするが、この距離からできるとすれば、それくらいだ。馬車を引いている美しい黒毛のサラブレッドに目をやる。

彼と似て、馬はすぐに怯《おび》える。

子どものころ、悪いことをすると、祖母《ナナ》は〈荒れ地を歩く者〉の話をして、マリクたちを怖がらせた。荒れ地を歩く者は、サバンナをうろつき、餌となる人間を探す。幼いマリクはその話を聴いたあと、すっかり怯え切って一週間、家から外に出なかった。ちらちらと光るクモの巣を思い浮かべ、糸を手繰り寄せる。すると、アイデアが浮かんできた。

「荒れ地を歩く者たちの皮膚は灰色で、本来目があるはずのところをすっかり覆いつくしている」声に出して言う。アダンコの幻を創り出したときに、そうやって声に出したことを思い出したのだ。だから、今回も、新しい幻を創り出すなら、声に出して言う必要があるのではないか。「彼らは動物のように四本の足で歩き、人間の肉を求めて牙をむく」

馬車の前方の空気が揺らぐ。だが、なにも出てこない。頬の内側をぐっとかみしめ、マリクはレイラといっしょに祖母《ナナ》の足元にすわっていた子ども時代の記憶を呼び起こす。祖母《ナナ》の語る物語を思い出すにつれ、心臓の鼓動が早まる。しわの刻まれた手でマリクの首をつかむふりをしながら、祖母《ナナ》は話をつづける。

「荒れ地を歩く者から逃げるなんざ無理さ！」祖母《ナナ》がさけび、マリクもいっしょになって声を張りあげる。彼の魔力が夜気を焦がす。「荒れ地を歩く者たちは飢えの苦しみを知っている。彼らが腹を空《す》かせているときは、行く手にあるものすべてがその餌食となるんだよ！」

マリクの口からその言葉が飛び出したとたん、あたりに悲鳴が響きわたる。人間の皮膚をかぶった灰色の化け物たちが四本足で駆け、よだれを垂らしながら、馬車に突進していく。御者は化け物たちを避けようとしたが、化け物が吠《ほ》え、うなる声に怯《おび》えた馬たちが、後ろ足で立ち上がり、馬具がプツリと切れた。

マリクは、馬車が大きく曲がって、猛スピードで橋の欄干に叩《たた》きつけられるのを、ただ呆然《ぼうぜん》と見ていた。また夜気を悲鳴が引き裂き、御者は馬車の車輪の下敷きになって石畳に血が飛び散った。

　せりあがってきた胃液でのどの奥が焼ける。あの御者が死んでしまったら、マリクの責任なのだ。

　馬車の残骸から、だれかがはい出てきた。革のケースを背負い、空いているほうの手で本を抱えている。カールした髪で顔がよく見えないが、バイーア彗星《すいせい》の光を反射して銀色の髪が輝いた。

　馬車から逃げ出そうとしているカリーナ王女を見ているうちに、魔法の力とは別の感情が湧いてきた。

　それは、ズィーラーンの兵士たちに家を襲撃され、祖母《ナナ》が泣き崩れるのを見たときの感情だった。

　助けを乞うてもなにももらえず、脅され、バカにされたときの気持ちだった。

　ただ存在しているというそれだけで憎まれる世界に生きることに対する思いだった。そして、そうした世界を作っている人たちすべての象徴が、あそこにいるカリーナ王女なのだ。マリクのなかで白熱した怒りがいや増し、ふと気づくと、彼は〈霊剣〉を呼び出し、その柄を強く握りしめていた。耳のなかでは、ナディアの悲鳴が鳴り響く。

荒れ地を歩く者の幻が、カリーナ王女を橋のへりまで追い詰める。あと一歩で、王女はぽっかりと口を開けた真っ黒い裂け目へ転がり落ちるだろう。化け物たちはいったん動きを止め、目に見えない鎖でつながれている創造主の合図を待った。時間の流れが遅くなって止まる。あたかも神々が、これからどうなるのか、固唾《かたず》をのんで見守っているかのように。

マリクは怒りを研ぎ澄まし、決意を固めようとする。ナディアを救うためなら、カリーナ王女が死ぬのは仕方ない。アラハリ家がエシュラの民に対してしたことを思えば、カリーナ王女は死んで当然だ。これは、カリーナ王女が自分で招いたことなのだ。

「いけ」マリクがささやくと、化け物たちは王女に襲いかかった。王女が悲鳴をあげて、頭を抱えるのと同時に、持っていた本が転がり落ち、峡谷に消えた。

だが、幻が王女を谷底へ突き落とそうとしたまさにとき、猛烈な力がマリクにぶつかってきた。魔法は泡のようにはじけ、マリクは反動で倒れた。同時に、荒れ地を歩く者たちはかき消えた。

最後に見えたのは、亡霊たちが寄り集まって、自分とそっくりな、大きすぎる真っ白な目でこちらを見下ろしている姿だった。

そして、世界は真っ暗になった。

「こりゃまた、ずいぶんとおかしなところで昼寝してるね、人間の仔《こ》よ」

マリクはパッと目を開けた。起きあがろうとしたが、体が悲鳴をあげる。ナディアかレイラの手をつかもうとしてあたりをまさぐってから、ようやく自分がどこに、なぜいるのかを思い出した。

荒れ地を歩く者たち。〈やもめの指〉の端まで追い詰められたカリーナ王女。自分よりはるかに大きな力を持つ何者かに、魔法の力を封じられたこと。

背筋を冷たいものが走る。魔法の力を取りもどして、まだ二日しか経《た》っていない。なのに、再び力を失うと思うだけで、はだかにされたような頼りなさを感じる。

さっき、ぶつかってきた魔法の力は、イディアのともニェニーのものともちがった。もちろん自分の力ともちがう。一部の狂いもなく、なおかつ強力で、怖ろしいほど正確にマリクの力を圧倒した。カリーナ王女の側近に魔法の使い手がいるのだろうか？　だとしたら、どの程度マリクのことを把握しているのか？

「あたしがおまえだったら、今、そんなことは心配しないがね」

すぐそばの平らな岩の上に、ニェニーがすわっていた。ニェニーはマリクにいつもついて回っている亡霊をひとつ、ひょいとつかむと、無頓着にその腹をつついた。つつかれるたびに、小さな亡霊はあえぐようにポッポッと煙を吐き出す。ニェニーは煙をひとつポケットにしまうと、ジェヒーザ広場の方向へあごをしゃくった。連なる屋根の上で、夜明けまえの空が鈍色に変わりつつあった。

「次の試練に進みたきゃ、急いだほうがいいんじゃないのかい。もう三人の勇者が――」

太鼓の音が鳴り響き、遠くから歓声が聞こえてきた。「――四人の勇者が仮面を見つけたようだよ」

マリクは目を見開いた。カリーナ王女を殺すことに集中していたせいで、第一の試練のことをすっかり忘れていたのだ。ニェニーに視線をもどすと、マリクの亡霊（いつから亡霊のことを、「自分の」だと認識するようになったのか、わからなかったが、今では確かにそうだと感じていた）の足をつかんでぶら下げていた。昨日、ニェニーがマリクを連れていったのは、仮面だらけの家だった。ただの偶然だと思っていたが、もしかしたら、この都で起こることはすべて、偶然などではないのかもしれない。

「第一の試練に勝てるよう、ぼくを手伝うことはできますか？」

ニェニーが手を放すと、亡霊はかん高い声をあげながら空へと逃げていった。「もちろんだよ。あたしゃ、やろうと思ったことはほとんどなんだって、できるんだ。だから、問題は、できるかどうかじゃなくて、あたしに助けてやる気があるかどうかさ。今のところ、まだその気はないね」そして、ニェニーはいつものにんまりとした笑みを浮かべた。「ただし、ふさわしい報酬がもらえるんなら、あるいは手伝ってやってもいいかもしれない」

マリクはためらった。腹の上をするすると動く〈しるし〉の存在を痛いほど感じた。これが、前回、慌てて取引に応じてしまった、なによりの証拠だ。同じことをくりかえすわけにはいかない。

「お金は持ってない。それに、血の誓いをするつもりはない」マリクはきっぱりと言った。

「金なんてもんは退屈だよ。それに、血の誓いなんて悪趣味だ。あたしとの約束を破ったら、そんなもんよりはるかに独創的な方法で償わせてやるよ」ニェニーはくいと頭をかたむけ、マリクを見つめた。ひんやりとした褐色の皮膚の上でタトゥが渦巻いている。「とりあえずは、支払いは引き延ばしてやるよ。あの娘を殺すか、ソルスタシアが終わるか、どっちか先にきたほうが期限ってことでいい。だが、そのまえにこの質問に答えな。与えれば与えるほど、増えるものはなんだ？」

「……愛」

『問題』って答えのつもりだったけど、まあそれでもいいだろう」ニェニーは袖のなかに手を入れ、丸い木の仮面を取り出した。祈っている最中のような表情を浮かべ、額には、アラハリ家の紋章である片翼のグリフィンが彫られていた。

マリクは仮面とニェニーを警戒するように見つめた。「あなたはだれなんです？」

「おまえさんの物語がどう終わるのか、興味を持ってる者さ。さあ、おいき。もうすぐ時間切れだよ」

仮面を胸に抱えて、マリクは震える足で立ち上がった。試すように一歩、それからまた一歩と前に出る。それから、全速力で走りだした。日の出まであと数分しかない。

ほとんど意識を失いかけながら、舞台の端に飛びついたとき、まさに地平線から朝日の最初の光が差した。兵士がマリクを引っぱりあげ、列のうしろまで連れていく。

「神々は話された！」大神官が声を張りあげ、空へむかって両手をかかげた。「勝ちぬいた勇者は、ドリス・ロザーリ！　デデレイ・ボチエ！　カリール・アルターイブ！　アデトゥーンデイ・ディアキテイ！　そして、アディル・アスフォー！」

耳をつんざくようなどよめきがあがる。マリクは気分が高揚しているためか、かろうじて立っていた。あらゆる困難にもかかわらず、やり遂げたのだ。
第一の試練に勝ったのだ。
それに、カリーナ王女を殺すという目標に、かつてないほど近づいたのだから。

第12章　カリーナ

ジェネーバ大宰相は、カリーナと側近が足を引きずりながらようやくクサール・アラハリにたどりついたときには、完全に取り乱していた。

「わたしのことをただの愚か者だと思っているのですか?」兵士に問う大宰相の声は、ぞっとするほど冷静だった。〈やもめの指〉の見張りについていたふたりの兵士は、武器や鎧《よろい》をすべてはぎとられ不名誉きわまりないかっこうで、大宰相の前にひざまずいていた。

ふたりの名誉のために言えば、双方とも泣いてはいなかった。ただし、片方の兵士の肩は目に見えて震えている。むりもない、とカリーナは思った。大宰相は一度たりとも声を荒げなかったが、そこに含まれた静かな怒りはおそろしいという段階をはるかに超えていた。

ジェネーバ大宰相は、怒りを募らせながら兵士たちのまわりを回った。「わたしの目を見てもう一度、『見張りに立っていたのに、どうやって荒れ地を歩く者たちが橋に放たれたのかわかりません』と言ってみなさい」

「殿下が到着なさるまえに、わたしはこの目で確かめたんです」まだ少しは落ち着いているほうの兵士が同じ返答をくりかえした。「それから襲撃までのあいだ、誓ってだれも馬車には近づきませんでした」兵士は、クサール・アラハリにもどってから、同じ説明を何度もしていた。兵士が本当にそう信じているのは、カリーナにもわかった。だが、それでは、理屈に合わない。

「なら、やつらは虚空から現れたとでも？」大宰相はフンと鼻を鳴らした。「荒れ地を歩く者たちの群れが、ちょうど殿下が〈やもめの指〉を渡るときに合わせて、現れることにしたとでも言うのですか？」

「本当に橋にはだれひとり、いませんでした」肩を震わせているほうの兵士が言った。肩と同じくらい、声も震えている。「母の命に誓ってもいいです。荒れ地を歩く者たちは空からやってきたんです。あんな化け物は見たことがありません」兵士はすかさず神スソノへの祈りをつぶやいた。

カリーナは鼻の付け根を押さえて、ため息をつきたい衝動を必死でこらえた。堂々巡りの尋問が、かれこれ一時間近くもつづいているのに、襲撃に関わる情報はなにも出てこないのだ。

カリーナの肩をファリードがぎゅっとつかんだ。それだけなのに、触れられた箇所に彼の恐怖が残る。心配のあまりこの場でばったりと倒れて死にかねない顔をしている。カリーナがもどってきたとき、浅い傷は彼自ら手当てしたほどだった。カリーナ自身は、父《ババ》のウードが傷ひとつなく無事だっただけでじゅうぶんだった。体の傷はいずれ治る。だが、なによりも大切なこの楽器は、そうはいかない。

しかし、『死者の書』は、幸運には恵まれなかった。よみがえりの儀式を行おうと決意をしたまさにそのときに、儀式について書かれた本を失ってしまったのだ。まだぜんぶ読んですらいなかった。必要な詳細が、記されていたかもしれないのに。痛みがあったとしても、カリーナは感じていなかった。怒りのせいで、その余地はなかった。

ジェネーバ大宰相がまた最初から尋問を始めたので、カリーナは割って入った。「たしかにショックな出来事だったけれど、わたしはそろそろ寝ます。わたしを殺そうとしてるのはだれかってことで、なにか進展があったら、知らせてちょうだい」

「おそれながら殿下、殿下には最大の敬意を払いますが、ご就寝にはまだ早すぎます。今夜はまだ、やらねばならないことが残っております」大宰相が言った。カリーナもその通りだとわかっていたけれど、わざとらしいへりくだった口調に、むらむらと反抗心が湧いた。

「この二十四時間で二回も死にかけたのよ。最大の敬意とやらはクソの山にでも払ってよ。今のわたしにとって、この尋問はそのくらいの価値しかないの」

そう言い残すと、カリーナは部屋を飛び出し、そのままの勢いで自分の部屋へ駆けこんだ。父《ババ》のウードを背中から下ろし、台の上にそっと置く。それから、両手で頭を抱え、もどかしさのあまりわめき散らした。

これで三度、死を目前にしたのだ。最初は、父《ババ》とハナーネの死んだ夜、そして、母の暗殺のとき、それから、今日、あの崩壊しかけた〈やもめの指〉の上で。三度とも命が危険にさらされ、三度ともなにひとつできなかった。

これ以上は許さない。『死者の書』がなくても、よみがえりの儀式を行う方法を突き止めてみせる。今回は、カリーナのほうが殺す側だ。失敗は許されない。

よみがえりの儀式の項目は一言一句が頭に刻みこまれるまで読み返したが、ほかの項目を読むことができなかった。家庭教師たちに与えられた学術書や巻物のほうにむき直る。ほとんどは、これまで開いたことすらない。必死になってページをめくっていると、首が痛くなってきた。ファリードが脳震盪《のうしんとう》を起こしていないか心配していたけど、あんなにあっさりはねのけるんじゃなかった。でも、今は治療している暇なんてない。二日のうちに二度も殺されかけたのだ。そして一秒ごとに母の腐敗が進んでいく。

今日、カリーナを殺そうとした人間は、次は成功するよう祈ったほうがいい。なぜなら、次に出会ったときは、こちらがこの手で殺してやるつもりだからだ。

癒しの源としての占いに関する論文を四分の三ほど読んだとき、アミナタが入ってきた。

「休んだほうがいいですよ」アミナタは言った。そのとき、第一の試練の終わりを告げる太鼓の音が響いてきた。夜が明けたのだ。つまり、夜通し本を読んでいたことになる。

「あとで」カリーナはぐっと歯を食いしばった。カリーナの持っている本には、ンクラについて書かれたものは一冊もなかった。どうして禁断の魔術についての知識って、こんなに見つからないわけ？

次の項目――象牙を強力兵器《ナリファイア》として使う方法――を読みはじめると、アミナタが本をひったくった。取り返そうとしたが、背の高いアミナタは本を高く掲げた。

「おまえの首を切ることだってできるんだからね！」

「いいえ、できません」アミナタは負けずに強い口調で言い返した。

アミナタは、たいていは従順で、言われたことを文句ひとつ言わずにやった。でも、こういうときは、別の顔が現れる。荒っぽい近衛兵《センティネル》さえたじたじとなるような、鋼の意志を隠しているのだ。

カリーナは負けを認め、自分の両手を見つめた。何度も洗ったはずなのに、まだあの牡《お》馬《うま》の血が見えるような気がする。とたんに目がじわっと熱くなったが、涙をこぼすまえに、荒れ地を歩く者たちの記憶を呼びもどす。すると、アミナタが本をテーブルに置いて、手のひらの〈水〉の紋印を見せながら、ゆっくりと近づいてきた。仲直りの合図だ。

「殿下が少しくらい自分のことを大切にしたって、世界は滅びたりしませんよ」

カリーナはうなずいた。すうっと怒りが引いていく。ンクラの意味を探そうという、すさまじいほどのエネルギーがなくなると、事故の記憶だけが残された。馬車が欄干にぶつかったときの骨まで揺さぶられるような衝撃、天地がひっくり返ったときに首を貫いた痛み、荒れ地を歩く者たちが彼女の喉元めがけて飛びかかってきたときのおそろしいさけび声。混乱した頭のなかで、荒れ地を歩く者は母を殺した暗殺者に姿を変え、ふたつのイメージがカリーナを切り裂き、ぐるぐる巡りつづけた。

アミナタの言うとおりだ。カリーナがいなくても、世界は少なくとも次の朝までは持つだろう。そうでなかったとしても、そこまで責任は持てない。

カリーナはおとなしくすわって、寝るまえに髪をツイストにしてもらった。シアバターとアルガンオイルの香りが漂う。アミナタはカリーナのくるくると巻いた毛をふたつに分けてねじっていった。

「なにか問題を解こうとしてるんですか？　象牙の塔にこもるつもり？」

「確かにわたしの部屋は豪華だけど、象牙で造るのは無理ね」

「ちっとも笑えませんよ。ソルスタシアの勝者と結婚するだなんて、どうして話してくれなかったんです？」

カリーナはパッと目をひらいた。また、いろいろな問題が舞いもどってくる。

「わたしも昨日、知ったのよ」まったくの嘘《うそ》とも言えない。

「反対するつもりはないんですか？」

「反対したところでどうなるのよ。お母さまの決めたことに逆らえる立場にはないもの」

「だからって、いつも言うことをきいたりしないじゃないですか」アミナタは首を振り、二本目のツイストに香油をさらに塗りこんだ。「第二の試練は、殿下のために月を捕まえることになるんですか？　彗星《すいせい》の鑑賞会のときに言ったように？」

カリーナは顔をしかめた。もちろん、そうした噂《うわさ》はあっという間に広がるに決まってる。昔から、自分が結婚するのは、母が決めた、ズィーラーンにとって政治戦略的にもっとも有利な相手だろうと思っていた。王家に生まれたなら、恋愛と結婚はできるかぎり離して考えたほうがいい。結婚はたいてい目的を達成するための手段にすぎないから。

アミナタはつづけた。「それに、〈火〉の勇者が勝ったらどうするんです？　デデレイが？　彼女と結婚するんですか？」

「確かに。でも、それは妻をめとることをのぞんだからです。殿下はこれまで女性には興味がなかったじゃないですか」

カリーナは肩をすくめた。「これまでも、妻をめとった女王《スルタナ》はいたでしょ」

「ひどい夫よりはやさしい妻のほうがいいわよ」

確かにアミナタの言うとおりだった。よみがえりの儀式は、王の心臓を必要としていた。当時は、男しか国を治めることができなかったのだ。ケヌアがバカみたいに男子による継承にこだわったせいで、今回の試練では男子に勝ってもらわなければならなくなった。女子の心臓を使っても魔法を発動することができるかどうかなんて賭けは危険すぎる。デデレイから目を離さないようにしなければ。女子で残っている勇者は彼女だけだ。もしデデレイが優勝に王手をかけるようなことになれば。ああもう、ただでさえやることがたくさんあるっていうのに。

眠る直前に考えていたのは、そんなことだった。一分も経《た》たないうちに、命を脅かす恐怖のみがもたらすことのできる深い眠りへと引きこまれていった。

「そんな戦い方をしてちゃ、絶対に勝てないわよ、ヒヨコちゃん」

カリーナは土をにらみつけた。ハナーネはカリーナを見下ろすように立って、笑っていた。ふたりは、ハヤブサの庭の枝垂れ松の木立にいた。早朝の太陽が、姉のそばかすだらけの顔と、カリーナよりも数段階明るい輝くような銀色の髪をぼんやりと照らしている。

「こんなのインチキだよ！　ズルをしたじゃん！」カリーナはさけんだ。姉妹のお気に入りの競技、ワカマをするとき、ハナーネはいつもルールを破った。姉はカリーナより体も大きくて、背も高く、平気で汚い手も使った。そのせいで、ワカマをするたびに、カリーナは負けた。

「この世は、ズルをする連中だらけなのよ」そう言うハナーネに、カリーナは地面に落ちた棒をつかみ、ぎこちなくむかっていった。「ルールを守ってちゃ、いつまでも勝てないわよ」

ハナーネはさっと足を出してカリーナの足首をひっかけた。カリーナは転びかけたが、姉はすばやく手で支え、今度は容赦なくくすぐりはじめた。さっきまでのいら立ちはどこかへいってしまい、カリーナはきゃあきゃあとわき腹が痛くなるまで笑い転げた。姉相手にいつまでも怒っていることなんてできない。意地悪だけど茶目っ気があって、太陽の光みたいな姉の――。

ああ、これは夢だ。

その時点で目を覚ましておけばよかったのだろう。でも、あともう少し、夢の世界にいたい。ハナーネといっしょに果樹園をのんびりと歩き回り、白いスイレンの咲き乱れる池に足先をつける。ハナーネは他愛のないことをぺちゃくちゃとしゃべっている。よく夢に出てくる人がやるみたいに。すると、どこからともなく父と母が現れる。さっきまでは確信がなかったとしても、今ははっきりとわかっている。これは夢だって――父《ババ》とハナーネが生きているからではない。ファリードがくつろいだようすをしているからでもない。母が笑みを浮かべ、声をあげて笑い、おろした銀色の髪が背中ではずんでいるからだ。

音楽が鳴りはじめる。どこから聞こえるのか、だれが演奏しているのかも、わからない。家族みんなで踊る。みんなが音楽に合わせてカリーナのことをひょいと放っては受け止める。カリーナ以外みんな、この曲を知っている。カリーナは母と父と姉の腕から腕へと飛び回りながら、この時が永遠につづくことを願う。でも、ハナーネがあまりに強く抱きしめるので、ぱっと振り向く。温かいブラウンの目に笑いを躍らせながら、ハナーネはカリーナを高く投げあげる。

最初は、地面のほうが下へ落ちていくような感覚が楽しくてたまらない。でも、そろそろ下降するはずのころになっても、カリーナの体はまだ上へ上へとあがりつづけ、雲を突き抜け、大気を突き抜け、鳥たちだけが知っている世界まで飛んでいく。

助けてとさけぶけれど、だれも助けてくれない。針のように鋭い雨が顔を叩《たた》き、次に雹《ひょう》が降ってきて、皮膚をずたずたに引き裂く。稲妻が空を真っぷたつに割り、カリーナはくるくると回る。それでも、まだ上へと昇っていく。もう家族の姿は見えない。どうしてみんなが、なにも教えてくれないまま、こんな嵐に彼女をほうりこんだのかわからない。

また稲妻が閃《ひらめ》き、今度はカリーナの胸を貫く。内側から体を焼かれ、カリーナはまた悲鳴をあげる。にもかかわらず、まだ上昇しつづける。高く、高く、笑っている星たちのあいだをものすごい勢いで抜けて――。

びくっとして目を覚ます。そしてすぐに、目覚めなければよかったと思う。世界はかすみ、見慣れた部屋の家具がぼんやりとした影に見える。まえにこの飛ぶ夢を見たのは、何か月もまえだ。火事の後は何年ものあいだ、しょっちゅうこの夢を見ていたけれど、最近ではたまに見るだけだ。子ども時代の悪魔はいつだって襲ってこられるのを忘れさせないために。

窓から差しこむ日の光でこめかみがずきずきと痛む。もうとっくに日は昇っているだろう。今日は、二日目の〈月〉の日だ。熟考と癒しの日のはずだが、カリーナに考えられるのはひとつのことだけだった。あの窓があと一秒でも開いたままだったら、だれを殺してやろう？

なんとか立ち上がったものの、よろめいて数秒、立ち尽くした。目の前で光が閃く。黄色、ピンク色、そして、青色。癒し手たちがオーラと呼ぶ光で、片頭痛が訪れる前触れだ。痛みがひどくなるまえにアミナタかだれかを呼べばいいのはわかっていたが、なぜか自分ですぐに閉めなければという衝動に駆られた。開会の儀で失敗したのだ、これくらいは自分でやらなければ。

半分ほど進んだところで、目の奥にズキンと痛みが走り、カリーナはガクッと膝をついた。唇から乾いた笑いが漏れる。ソーナンディ一偉大な君主の末裔《まつえい》だというのに、こんなことすらまともにできないなんて。あまりにみじめだ。

ううん、わたしは能力に欠けるのだ。母が思っていた通り。

だれかが部屋に入ってきた。痛みがひどくて、追い出すことすらできない。こちらのほうにかがんだ人影を見ようとカリーナは目をぐっと細めた。とたんに、涙が湧きあがった。

「お母さま?」カリーナはささやくように言った。

ぼんやりとした視界のなかに、ハミードゥ司令官の顔が浮かびあがった。カリーナは反射的に身を引いたが、結局のところ、近衛兵《センティネル》にベッドまで運んでもらうしかなかった。カリーナが再びベッドに横たわると、ハミードゥ司令官は窓を閉めてカーテンを引いた。恵みの闇がもどってくると、頭痛も少し和らいだ。ほっとして泣きそうになるけれど、そんなことをしたら、また自分を辱めることになる。そこまで身を落とすことはできない。

涙をぐっとこらえ、カリーナはやや身構えて司令官を見た。これまで近衛兵《センティネル》が私室まで入ってきたことはない。ふたりきりでいると、片頭痛とはまたちがう、頭がジンジンするような感覚に襲われた。近衛兵《センティネル》は戦いと痛みによって鍛えられた、生ける兵器だ。カーテンを引いたりはしない。

いまだに、なぜ近衛兵《センティネル》といると、これほどまでに落ち着かない気持ちになるのかわからない。彼らは、王族を守ると誓いを立てている。結局のところ、ズィーラーンじゅうのだれよりも、司令官といるのがいちばん安全なのに。

「今、何時？」カリーナはたずねた。

「もうすぐ三回目の午後の鐘が打たれるところです」

カリーナは飛び起きた。ソルスタシア二日目を半分も寝て過ごしてしまったのだ。評議員たちはかんかんに腹を立てているにちがいない。

「アミナタを呼んで。すぐに着替えないと」カリーナが起きあがろうとすると、ハミードゥ司令官がそっと、しかしきっぱりとしたしぐさでベッドに押しもどした。ふだんは許しもなく自分に触れた者には文字通り嚙《か》みつくカリーナも、近衛兵《センティネル》の長に対して暴言を吐くほど無謀ではなかった。

「ファリードがすでに、殿下は今夜の勇者たちとの晩さん会までお休みになると、評議会に伝えております」

さすがファリード、常に先を読んでくれる。でも、ハヤブサなら、同じ状態でも、起きて行動していただろう。とはいえ、さまざまな行事のあいだ、倒れずにずっとすわっていられる自信はなかった。「そのことを伝えにきたの？」

「それだけではありません。ハイーザ・サラヘルの私室に入ることのできた召使いたちを特定できました」

カリーナは表情を変えなかったが、両手をぎゅっと握りしめた。手のひらに血が数滴、にじみ出る。「そうなの？」

母が殺されてから、暗殺に関わった者たちにはどのような罰がふさわしいか、ずっと考えていた。ただ殺すだけでは、甘すぎる。母はもう二度と息をすることはない。その千倍の苦しみを与えてやる。母の背中を剣が貫くのを見たときの痛みを、ほんのかけらだけでも味わわせてやる。かけらだとしても、とうてい耐えることのできない痛みなのだから。

だが、すぐにそうした妄想は吹き飛んだ。ハミードゥ司令官がこう言ったからだ。「五人とも、厩舎《きゅうしゃ》の裏を流れている運河の底で死体で発見されました」

カリーナの背筋を冷たいものが走った。「ひと晩で五人の召使いを殺したというの？

だれにも気づかれずに？」

「わたしの直属の捜査員が彼らの上司を調べましたが、全員アリバイがありました。しかも、見つかったのは召使いたちだけではありません。当時、見張りについていたはずの近衛兵《センティネル》ふたりの死体も発見されました」

つまり、ソルスタシア前夜のたったひと晩だけで、八人が死んだことになる。暗殺者は、ズィーラーンでももっとも優れた戦士を殺す腕の持ち主なのだ。カリーナはぶるっと震えた。「ほかにもなにか手がかりが？」

「今のところ、これですべてです。なにかわかりましたら、すぐ殿下にお知らせいたします」ハミードゥ司令官の瞳がぐっと暗くなった。「殿下にのみ、お伝えします」

カリーナは身を乗り出した。「どういう意味？」

「ハイーザ・サラヘルの部屋に近づくことができる者たちの名前は、宮殿の召使いたちにも伏せられています。殺された召使いたち以外で、近づくことができるのは、殿下とわたし、ファリード、殿下のお母さまご自身――」

「――それから、評議会の議員たちということね」カリーナは胃がむかむかするのを感じた。外から流れてくる音楽に合わせるように、頭蓋骨の内側がずきずきと脈打つ。「評議会のだれかが母を殺した。少なくとも、暗殺者に手を貸した」

「そこまで明確な結論を出すには時期尚早ですが、現時点で証拠が示しているのは、そういうことになります。われわれの知っているだれかが、裏切っているのです」

ハミードゥ司令官の視線が、カリーナがはめている印章指輪に注がれた。彼女は、アラハリ家の女が三世代にわたってこの指輪をはめているのを見てきたのだ。最初はハヤブサの伯母、次にハヤブサ、そしてカリーナ。顔に刻まれた細いしわが深くなり、目に悲しみがあふれる。ふだんの鋼のように冷静な態度とは、ずいぶんちがっていた。ハミードゥ司令官はハヤブサが生まれた時からここにいた。そして、ハヤブサが女王《スルタナ》となり、ふたりの子どもを育てるのを見てきたのだ。母と司令官の関係がどんなものだったか、よく知らないが、単に兵士が女王《スルタナ》を失ったというより深い結びつきがあったのかもしれない。

ハミードゥ司令官はやわらかな口調になって話しはじめた。「お母さまは赤ん坊のとき、夕方になると泣きはじめて、ずっと泣きやみませんでした。わたしは若いころ、お母さまの子ども部屋の前で見張りをしたのですが、お母さまは夜通し泣いて泣いて泣きつづけて。なのに、生きてお母さまのご葬儀に出ることになるとは……」近衛兵《センティネル》はぎこちなく咳《せ》きこんだ。「申し訳ございません、殿下」

近衛兵《センティネル》がこんな悲しげに話すのを初めて聞いた。どうしてか、人間らしさを見せられたことで、カリーナはますます落ち着かない気持ちになった。「謝る必要はないわ」

近衛兵《センティネル》は頭を下げると、部屋を出ていった。カリーナはしばらくすわったまま、新しい情報を処理しようとした。

ハミードゥ司令官が言ったことが本当で、評議会のだれかが暗殺者に手を貸したのだとしたら、一刻も早くよみがえりの儀式を行わなければならない。そうすれば、あとはハヤブサが裏切り者を処分してくれる。王の心臓はすでに手に入れるべく道筋はつけた。残りのふたつのうち、聞いたことがあるのはンクラのほうだ。つまり、こちらから始めるのが理にかなっているだろう。

よみがえりの儀式を行いたいなら、カリーナの前でこの言葉を発したことのある唯一の人物を探さなければならない。

エファ・ボーアテンを見つけ出すのだ。

第13章 マリク

ソルスタシアの二日目、勇者との昼食会にカリーナ王女が姿を現さなくても、だれにも別段驚いたようすはなかった。〈やもめの指〉での出来事はすでにズィーラーンじゅうに広まり、マリクの耳に入るころには、王女が指一本で橋にぶら下がっていたとか、荒れ地を歩く者たちが王女の脚に嚙《か》みついたとか、生死をかけた壮大な戦いが繰り広げられたことになっていた。マリクは、殺し損ねた相手と顔を合わせなくてすむことにほっとした部分もあったが、それ以上に、不安のほうが大きかった。

カリーナ王女は昼食会だけでなく、大学主催の詩の朗読会にも、大蜥蜴《おおとかげ》のレースにも姿を見せなかった。そして今、廷臣と勇者たちとの晩さん会にも、現れるようすはない。宮廷からは、必ず出席すると聞いていたのだ。廷臣たちの同情が疑いに変わるのは、あっという間だった。

「ハイーザ・サラヘルは、ご両親が亡くなった次の日には法廷を開いたのは覚えている？　ちょっとした事故があったからって、王女ともあろう者がすべての責任を放り出すなんて」廷臣から廷臣へと噂《うわさ》は広がっていった。

「酔っぱらって厩《うまや》かどこかで寝てるってほうに、十ダイラ賭けてもいいね」

「どこかの裏通りっていうほうに十五ダイラ」

廷臣たちがカッカッと意地の悪い笑い声をあげるのを聞いて、マリクは食べたものが逆流しそうな気がした。こんなふうにこきおろされるなんて、カリーナ王女はなにをしたんだ？　マリクの民が王女を嫌う理由は明らかだ。だが、廷臣たちは当然、王女の側だと思っていた。ズィーラーンの内情など、マリクにわかるのはせいぜいほんの一部だ。むしろ、だれがだれをどういう理由で支持しているかといったこみいった事情など、わからないことは増える一方だった。

これ以上、廷臣たちのあざけりを聞いていられなくなり、マリクは踊り手のほうへ目をやった。流れるような布を幾重にもまとい、くるくると回りながら天井からぶら下がっている輪を軽々と通り抜けていく。マリクを含めた勇者たちと宮廷の人々はアジュール庭園棟の大広間で食卓を囲んでいた。今夜の出し物は、曲芸師たちによるオジョーバイ砂漠の歴史の再現だ。

演者たちはすばらしく優雅な動きで広間を跳びまわりながら、セリフを言う。ケヌア帝国が勃興するまえの砂漠の生活がさまざまに表現される最初のシーンに、マリクは魅了された。ケヌアはオジョーバイにもともと住んでいた民を徹底的に制圧し、彼らの歴史は根こそぎ失われてしまう。

しかし、ショーの真の花形は〈顔なき王〉だ。人間の顔を持つ者として描かれることはないという伝統にのっとり、王を演じる者はゴブリンとおそろしく醜い豚を足して二で割ったような仮面をかぶることになっている。曲芸師たちは、バイーア・アラハリが、ケヌアのファラオ軍をズィーラーンに招き入れたのは、自分の夫だと気づく場面を演じはじめた。

「愛しい夫《あなた》、どうしてなの?」バイーアは声を張りあげ、頬を涙で濡《ぬ》らしながら、見事な後方宙返りを決めた。「どうしてこんなひどい裏切りを?」

「おまえのことなど、一度たりとも愛したことはない。おれが愛するのはたったひとつ……力だ!」〈顔なき王〉が両手をさっと振りあげると、天井から黒い霧が噴きだし、太鼓の音が雷のようにとどろいた。ずいぶん大げさな演出だったけれど、バイーアと〈顔なき王〉の物語にはどこか悲劇的な美しさがあり、マリクはこの話を愛していた。

ナディアにこれを見せてやれたら。きっと曲芸師たちに頼みこんで、バーやロープを使わせてもらおうとしたにちがいない。もちろん、二度と自分のそばから離すつもりはないけれど。

「この物語はいつまでも古びないな」すぐ近くにすわっている廷臣がマリクに話しかけた。

マリクはうなずいたけれど、彼の目を見られなかった。勇者たちはそれぞれのテーブルにつき、廷臣たちは各テーブルを回って、五人全員と言葉を交わした。出席者のなかに〈月〉と〈地〉の人々がいないのはすぐにわかったが、驚くことではない。勇者の試練からの離脱が決まってまだそんなに経《た》たないのに、祝いの場に出る気持ちにはとてもなれないのだろう。

出席者の多くは〈太陽〉の者たちで、巣に集まるミツバチのごとくドリスのまわりに群がっていた。しかし、ドリスの母親のムワーニ・ゾーラだけは、最初からマリクのテーブルにすわり、そこから一センチたりとも動かなかった。

「すてきだったわね」ショーが終わると、ムワーニ・ゾーラは拍手をしながら言った。

マリクは気後れしながらうなずき、じっと自分のスープを見つめた。われながら、社交性のなさにあきれてしまう。こういうときいつも、だれもがふつうの人間として人と付き合う方法を教わっているのに、ソーナンディじゅうで自分だけが教えてもらってないんじゃないかという気になる。

レイラの居場所がわかっていれば、もう少しうまくできたかもしれない。まえの日に約束したのに、姉はまだアジュール庭園棟にきていなかった。でも、心のなかでむくむくと膨らむ不安を口にすることはできない。

「早く帰って、第二の試練に備えたいのでしょうね？」ムワーニ・ゾーラが言う。「競技場の近くになにか大きなものを建てているらしいわ。肉体勝負の試練が二回つづくことはあまりないのよ。息子のドリスは身体能力が高いから、残念なのだけどね、あなたにはいい知らせでしょうね」

これって褒めてるのか？　それとも、侮辱してる？　マリクが考えていると、ムワーニ・ゾーラはなおもつづけた。「ご家族がいっしょに祝えないのは残念よね。なにをしてらっしゃるんでしたっけ？」

「香辛料を売っているんです！」マリクは思わずそう言って、言い直した。「つまり、昔はということです。まだ生きていたころは。もうふたりとも亡くなりました。だから今では……香辛料を売ることもできません」

マリクは心のなかでうめいた。今にも口をすべらせて、ここから追い出されるかもしれない。自分の愚かさのせいで。

「……なるほど、香辛料ね」ムワーニ・ゾーラがティーポットをかたむけると、ミントティーが完璧な弧を描いてマリクのコップに注がれた。「ご両親はどこに属してらっしゃったの？」

「母は〈水〉で、父は〈火〉でした」そのことで嘘《うそ》をつく必要はないと思ったのだ。

「水と火？　ずいぶん珍しい組み合わせでらっしゃること」

両親の関係はまさに「珍しい」と言えるかもしれない。レイラはよく、冷静な母は向こう見ずな父のどこが好きだったのだろうと言っていた。でも、マリクは、正反対だからこそ惹《ひ》かれあったと思うほうが好きだった。そうだとすれば、マリク自身もいずれ、彼の悪いところを補ってくれるような人を見つけられるかもしれないという希望が持てる。とはいえ、成長するにつれ、そんな思いはみるみるしぼんでいったけれど。

「さぞかしすてきな方々だったんでしょうね。息子をこんな立派な若者に育ててあげたんですから。なんて言ったって、女神ご自身に選ばれるほどなんですもの。きっと天から、あなたが成し遂げたことを見て、誇りに思ってらっしゃるわよ」

誇りに思う？　霊に妹をさらわれ、取りもどすために課された仕事にもみじめに失敗したっていうのに？　これまで一度だって、両親が誇りに思うようなことはしていない。その事実を突きつけられて、マリクは動揺し、胸がしめつけられた。

マリクがいきなり立ち上がったので、ムワーニ・ゾーラの顔に一瞬、いら立ちがよぎった。「どうかしましたの、勇者アディル？」

ドリスの母は自分を委縮させようとしているんじゃないかとうすうす感じてはいたが、今のバカにしたような口調を聞いて、疑いは確信に変わった。しかも、情けないことに、実際ムワーニ・ゾーラの思惑通りになっていた。どれだけ自分が人としてだめなのか、これ以上考えていたら、泣き出してしまうかもしれない。

「すみません、ぼく――いかないと――すみません」

マリクは大広間を飛び出した。頭のなかでは、「もどれ、もどるんだ。ナディアを助けるために行動するんだ」という声がさけんでいる。

だが、マリクは走りつづけた。アジュール庭園棟の中庭へ飛びこみ、アルビノのクジャクにつまずきそうになり、祈りの部屋へいく古い石の階段の下までくる。マリクは深く息を吸いこむと、入り口に立っている兵士のほうへ近づいていった。

「何度もすみませんが、ぼくの姉はきていませんか？」マリクはほとんどささやくような声でたずねた。

「まだいらしていません、勇者アディル。先ほども申しましたとおり、いらっしゃいましたらすぐにお知らせします」兵士の言い方は丁寧だったが、わずらわしいと思っているのが感じられた。マリクは何度も礼を言うと、これ以上余計なことを言って相手を怒らせるまえにその場を離れた。レイラは昨日の晩、日が暮れるまでにはアジュール庭園棟にくると言っていた。もう日は暮れているのに、姉がくるようすはない。どうしたんだろう。

　冷たい夜気で頬がひりひりするのを感じながら、階段をのぼって屋上のテラスに出た。レイラの姿はない。テラスの反対端までいって、またもどり、また端まで歩いていく。みんなが大広間にいる今こそ、外へ抜け出すチャンスかもしれない。宮殿の敷地をぐるりと回って、カリーナ王女の住んでいる建物を探そうか。

　でも、レイラになにかあったのだとしたら？　マリクは階段をおりようとして足を止めた。近衛兵《センティネル》がレイラの正体に気づいて、口を割らせようと拷問しているのかもしれない。

レイラはなにも知らないのに。レイラを見つけなければ。

こみあげる胃液がのどを焼く。見つけるって言ったって、ズィーラーンみたいに巨大な都のどこから探せばいい？　それに、姉はバカではない。自分の才覚だけで何か月ものあいだ、砂漠で生き延び、弟妹を守ってきたのだ。

でも、けがをしていたら？　だれにも助けてもらえないまま、道端で血を流していたら？　姉も妹も助けを必要としているのに、自分にはなにもできないとしたら？

階段をおりようとしたが、足が動かない。開けた場所にいるのに、また溺れそうになる。世界が猛スピードで迫ってくる。

息を吸って。ぼくは息をしているか？　口は動いてる。なのに、肺に空気が入ってこない。レイラは無事に決まってる。そうじゃなきゃ、ひとりじゃとても生きていけない。

現実に留まれ。ぼくはここにいる。でも、ここはどこだ？　アジュール庭園棟だ。そうだ、ぼくは今、屋上にいて、レイラを探している。ぼくは……〈大いなる女神〉の名にかけて、ぼくのかばんはどこへいってしまったんだ。肩ひもに手を伸ばすが、自分の腕に触れるだけだ。やわらかい肉に爪を食いこませる。痛みで一瞬、気を取り直すが、流れ出した自分の血を見てめまいに襲われ、よろめく。よろめいて――。

ドサッと音を立てて、マリクは倒れた。なにかにつまずいたにちがいない。倒れたまま、ひっくり返された亀のように手足をバタバタといたずらに動かす。自分の姿を思い描いて、おかしくて笑いだす。泣くより笑うほうが痛みが少なくてすむから。ひとりでバカ笑いしていると、涙と鼻水がだらだらと頬を伝う。

ぼくのなにがおかしいにしろ、それは体の奥深くに根を張っていて、魔法の力を取りもどしたくらいじゃ、どうにもならないらしい。じきに兵士たちが探しにきて、この体たらくを目にするだろう。姉妹を失った〈生命〉の勇者が発作を起こしてどうにかなったみたいに笑っている姿を。いや、ぼくは本物の勇者ですらない。ただのケッキーだ。姉妹を失い、発作を起こしてどうにかなったみたいに笑っているケッキーなんだ。

両腕から血を流したまま、笑いつづける。のどがひりひりしはじめる。亀なんてちっともおかしくない。〈大いなる女神〉よ、レイラはどこに――。

「アディル、いったい――どうした――」

あっという間に〈水〉の勇者アデトゥーンデイはかたわらまでくると、マリクを助け起こした。こんな姿を見られてはならないことくらい、マリクもわかっていた。ましてや、ほかの勇者に見られるなんて。でも、ほとんど抗《あらが》うこともないまま、マリクはアデトゥーンデイに連れられて部屋へもどった。なにか言ったような気もするが、どんな言葉を口にしたのか、よくわからない。にもかかわらず、アデトゥーンデイは黙ってうなずき、部屋を出ていった。世界がぐるぐる回っている。すると、アデトゥーンデイがもどってきた。銀の水差しとパンを持っている。それから、あれは……ゴム紐《ひも》?

「晩さん会ではあまり食べてなかったろ。これを食べるといいよ。気分がよくなるから」

アデトゥーンデイはそう言って、マリクの手にパンを持たせた。

腹は空《す》いてなかったが、マリクはなんとか数口、ほおばった。慌てて飲みこんだせいで咳《せ》きこむと、アデトゥーンデイは背中をさすってくれた。

「そんなひどい味じゃないだろ。水を飲めよ」

どのくらいそうしていたか、わからない。数十分、もしくは数時間のあいだ、アデトゥーンデイはマリクの横にすわって、これといって意味のないことをあれこれしゃべっていた。だんだんとマリクは落ち着きを取りもどし、巻きひげのように絡みついていた恐怖はゆっくりと引いていった。代わりに疲れと気恥ずかしさが一気にこみあげてきて、マリクは今すぐ地面にのみこまれてしまいたくなった。

「どうして?」マリクはかすれた声でたずねた。

アデトゥーンデイはにっと笑った。「どうしてこんなにもハンサムかってこと?」

「どうしてゴム紐を?」

「ああ、これはね、今度そういう気分になったときに——」アデトゥーンデイはマリクの腕の傷のほうへあごをしゃくった。「——こうやればってこと」そして、ゴム紐をマリクの手首にはめて、内側の紐をパチンとやった。マリクは痛みに思わずビクッとした。でも、これなら傷ができることもないし、ずっといい。「たいした方法じゃないけど、ぼくもずいぶん助けられてるんだ」

昔、マリクがかばんの肩ひもでやっていたのと、理屈は同じだ。逃れようのないプレッシャーをどこか別のところにそらすことで、自分にむかないようにする。アデトゥーンデイが自分を保つためになにかをかきむしる姿なんて想像もできなかったが、さっきマリクがどうしようもなくなったときにどうすればいいのか、ちゃんとわかっていた。今も、アデトゥーンデイには、マリクを批判したり憐《あわ》れんだりするようすはまったくない。もしそうだったら、きっとますますつらくなっていただろう。でも、彼の目に浮かんでいるのは、理解だけだった。

「ありがとう……ええと、アデトゥーンデイだよね?」

「トゥーンデだけでいいよ。アデトゥーンデイって呼ばれるのは、母がぼくに腹を立てているときと、弟がけんかをふっかけたいと思っているときだけさ」

「ありがとう、トゥーンデ」

「お礼なんていいよ。だれに言うつもりもないし。ほかの人たちになにか言われたら、きみは神々のすばらしさとワインにやられて屋上で伸びてたってことでいいさ。ぼくも、弟の八歳の誕生日パーティのときに同じことをやらかしたんだ。それに、どっちにしろきみのことを探してたんだよ」

「ぼくのことを？　どうして？」

「宮殿の人たちはほとんど出かけちゃったからね。それに、明日の第二の試練がどうなるか、だれにもわからないからさ、今夜は勇者同士の絆《きずな》を深めるのもいいかなと思って」トゥーンデは前へ身を乗り出し、まるで昔からの知り合いに話すような口調でつづけた。

「気分がよくなったら、ぼくたちといっしょにいこうよ。〈踊るアザラシ亭〉っていう店で、いちばん本物っぽい勇者の仮装をした客に体重と同じだけのヤシ酒をおごってくれるんだ。せっかくだからお言葉に甘えようってわけ」

トゥーンデの口調を聞いていると、まるで友人同士でどんちゃん騒ぎでもしているみたいで、これから五十年のズィーラーンとその領土の運命を決める試練の話だとは思えない。これは、トゥーンデの戦略なのか？　ほかの勇者にすり寄って、油断させようってことなのか？

「あとで返事をするよ」マリクは言った。ろくに知りもしない人たちとつるむくらいなら、荒れ地を歩く者たちの群れと過ごしたほうがましだ、なんて失礼なことは言えない性格なのだ。

トゥーンデはさらにマリクを説得しようとしたのか口を開きかけたが、そのときレイラが部屋に飛びこんできた。両手いっぱいに本やら巻物やらを抱えている。〈水〉の勇者はぱっと立ち上がった。

「なかなか姿を現さない姉上がようやくきたみたいだな。じゃあ、気が変わったら、来なよ。場所はわかるよね」

そう言って、トゥーンデは出ていった。マリクはレイラをにらみつけた。

「どこにいたんだよ！」マリクはさけんだ。レイラがぴんぴんしているのを見てほっとしたのと同時にむしゃくしゃしてきた。しかし、当のレイラはぴんぴんどころか、有頂天で、めったに見せないような満面の笑みを浮かべている。

「図書館よ！　昨日の夜言ったでしょ、今日は、あんたが勇者の仕事で忙しくしているあいだに、調べ物をするって」

マリクは顔をほてらせ、気まずい気持ちで袖を手首まで引っぱり下ろした。また、なにもないのに勝手にひとりで騒いでしまったのだ。「日が暮れるまでには帰るって言ってたろ」

「時間の感覚がなくなってたの。みんながみんな、一秒ごとに行く先を教えてくれる召使いがいるわけじゃないからね」

レイラは呆《あき》れたような顔をした。それを見て、マリクはもし姉弟じゃなかったら、今ごろ互いに相手に我慢ならなくなっていたんだろうかとまた思わずにはいられなかった。

「とにかく、これを聞いて」レイラは腕に抱えた書物の山から巻物を一本取りだすと、読みはじめた。『ケヌアの民は、ゴーニャマー川の力はファラオの幸福と直接結びついていると信じていた。記録によれば、ファラオの側近たちは、生贄《いけにえ》を川に捧げ、生贄は霊と一体となって、ファラオの血筋の繁栄を確かなものにしたという』」

「でも、それがイディアとどんな関係があるの？」マリクは、万が一だれかが聞いていたときのために、声を小さくしてたずねた。

「これからその話になるの。『ゴーニャマー川の霊はƆwɔ《オーウォー》として知られる生き物によって象徴される。ケヌアの芸術や神話では、Ɔwɔ《オーウォー》はさまざまな姿かたちで描かれるが、そのなかでも代表的なのは、大蛇もしくは亡霊である』」

　レイラがふたりのあいだの寝床に置いた巻物を見て、マリクは血が凍った。太古の羊皮紙から、あの〈しるし〉が彼を見上げていた。マリクは心のなかで自分の〈しるし〉に手のひらへ移動するようにと命じた。犬を呼ぶときのように。〈しるし〉は言うとおりにした。〈しるし〉のタトゥと巻物に描かれたものを比べる。そっくりだった。こうして〈しるし〉を近くから眺めると、最初思っていたような黒一色ではないことに気づいた。何千というごく小さいシンボルが組み合わさっている。ケヌアの書記法である象形文字とよく似ている。

「じゃあ、イディアがƆwɔ《オーウォー》ってこと？」

「そう考えてもおかしくないと思わない？　Ɔwɔ《オーウォー》はゴーニャマー川の霊だったのよ。バイーア・アラハリは自分の都を造るために、川の水を干上がらせた。その子孫に復讐《ふくしゅう》したいと思ってもおかしくないでしょ？」

　目を輝かせるレイラを見て、昔の姉にもどったようだとマリクはうれしかった。オーボアで占い師の見習いをしていたころ、レイラは調べ物を得意としていた。占い師はエシュラの村では、伝統的な治療師であり、助言者であり、知識の守り手であり、さらにそれ以上の存在で、レイラは帰ってくると、教わった歴史に関わる豆知識や新しい包帯の巻き方についてマリクに聞かせてくれた。あのころは、ふたりはいちばんの親友だった。

でも、それから父さん《ババ》が家族を捨てた。レイラは見習いをやめて畑で手伝いをするようになり、占いの話はまったくしなくなった。家族のために勉強をあきらめたことで文句を言っているのは聞いたことがない。けれど、あれ以来姉は変わってしまった。

「それでも、どうしてイディアがぼくを選んだのかはわからないままだよ」川の霊がアラハリ家に対して抱いている太古からの恨みがなんにしろ、マリクたちにはまったく関係がない。それに、イディアが千年のあいだ復讐《ふくしゅう》の機会を待ちつづけていたとして、なぜマリクがそれを果たすのにふさわしいと思ったのだろう。何世紀ものあいだに、もっとふさわしい人物がいたはずじゃないか。

「そんなの、わかんないわよ。とにかく、イディアだかƆwɔ《オーウォー》だかのことを調べれば調べるほど、これからどうすればいいかも、よく見えてくるはず。代替策が必要になるかもしれないでしょ」

レイラが暗に言いたいことは、はっきりしていた。マリクがカリーナ王女を殺せるかどうか、疑っているのだ。姉が自分のことを信じていないのがわかって、マリクは傷ついたが、たしかに姉の言うとおりだった。イディアのことは知っておいたほうがいい。

「ほかにわかったことはある？」マリクはたずねた。

「あんまりない。霊的な縛りについてちょっと書かれていたくらい。あとは、明日の第二の試練の内容によって、ようすを見て、またうまく抜け出せそうなら、もっと調べてくる。準備はしてる？　最初のが見物できなかったから、次のは、観戦しやすいものになるんじゃないかって、みんなは言ってる」

「じゃあ、今夜はどうするの？」

「勇者たちは新市街にいくって、さっきトゥーンデが言ってなかった？」

マリクはもぞもぞと体を動かした。「いかないほうがいいかなと思って」

「え？　だめよ！」レイラは反対した。「あの人たちは、生まれてからずっとズィーラーンで暮らしてんのよ。役に立つ情報が手に入るかもしれないじゃない」

「だけど、今夜はカリーナ王女を探したほうがよくない？　試練のない日だから」

「〈やもめの指〉の事件があった後で？」レイラは首を振った。「今日は、二十人の近衛兵《センティネル》が王女さまを囲んでるわよ」マリクは後ろめたい気持ちでうつむいた。それを見て、レイラはぐっと目を細めた。「どうしてそんな顔するわけ？」

マリクは橋で自分がなにをしたかを、手短に説明した。レイラはうめいた。「どうしてあたしの言うとおりにしないのよ。だとしたら、今夜カリーナ王女を探すのはますますやめたほうがいい。そのときあんたを襲った謎の力とかかわりを持つのは危険よ。相手がだれで、裏になにがあるのかもわからないんだから。あと、もう魔法は使わないほうがいいと思う」

「え、どうして？」

「魔法がどう働くのかとか、どこからその力がきているのか、まだちゃんとわかってないでしょ。今夜は、できるだけ情報を集めるのがいいわ。あたしは本をじっくり読むから。マリクは、勇者たちから、宮廷の内情についての情報を集める。そうやって、やれることをできるだけやっておこう」

マリクはトゥーンデが手首に巻いてくれたゴム紐《ひも》をいじくった。どんなにいいだろう、一度でいいから、レイラのほうがまちがっていたら。

「あんたのその顔なら、わかってるから。怖がってるときの顔ね」レイラは信じられないというように首を振った。「トゥーンデたちと出かけるのが、そんなに怖いの？」

「そんなことない」マリクは嘘《うそ》をついた。本音を言えば、ほかの勇者たちと必要以上にいっしょにいたくない。彼らはみな、この場にいるのにふさわしい。そんな彼らがマリクのことを知ったら、すぐにふさわしい人間じゃないことに気づくだろう。

レイラはふんと笑った。「怖いっていう気持ちが妹の命よりも重要なわけ？」

胸のなかで不安が膨らみ、マリクはそれを落ち着かせるように、手首のゴム紐を何度もパチンとやった。自分でもどうしてこんなにうろたえるのかわからない。レイラが言ったことはすべて正しい。本当なら、レイラがイディアの情報を見つけたことに感謝すべきなのだ。たとえ、どうすればいいかわかったわけではないにしても。

けれども、さっき屋根の上で、トゥーンデではなくてレイラがいてくれたらよかったのにと思わずにはいられなかった。

でも、そんなふうに考えるのはおかしい。姉はナディアを救うためにできることをしようと、出かけていたのだから。マリクだって、同じようにすべきなのだ。

「トゥーンデといってくるよ」マリクはまたゴム紐をいじりながら言った。

すでに二日目のほとんどを無駄に過ごしてしまったのだ。今夜、得られる情報がどんなものであろうと、これから受ける拷問に見合うものであることを祈るしかなかった。

第14章　カリーナ

とうとう真夜中になった。いつも聞こえる神殿の鐘と、普段は聞こえないジェヒーザ広場の歓声が、ともに響きわたる。ソルスタシアの第二日目が終わったのだ。カリーナにとっては、ようやくといったところだ。

気は急《せ》いていたが、兵士が確認しにきたときは、眠っていると思われるように寝顔を作った。なにかおかしなところはないかとじろじろ見られているのは感じたが、やがて兵士は出ていった。錠のかかるため息のような音がすると、カリーナは兵士の足音が遠のいていくのに耳を澄ましながら、五百まで数え、羽根のようにそっとベッドからすべりおりた。

ハミードゥ司令官と話したあと、カリーナは片っ端から持っている本に目を通していった。だが、ンクラに関する情報は見つからなかった。評議員たちは、カリーナがまた勇者との晩さん会もすっぽかしたことでかんかんに怒っているだろう。カリーナ自身は、勇者たちと顔を合わせずにすんだことを少なからず喜んでいた。もし『死者の書』に書かれていることが本当なら、ハヤブサを生き返らせるために勇者のうちひとりが死ななければならないのだ。

「もし本当なら」。この仮定に、カリーナの計画すべてがかかっているのだ。

カリーナの計画はむずかしいものではなかった。これまでカリーナの前でンクラという言葉を口にしたのは、アークェイシー大使の娘エファだけだ。よみがえりの儀式ができるかどうか、突き止める手掛かりとなりうるのは、エファということになる。最悪のケースは、エファがなにも知らないか、儀式など存在しない場合だ。だが、だとしても、カリーナが失うのは、ソルスタシアを楽しむはずだったひと晩だけだ。いや、将来の自由も失ってしまう。よく知りもしない相手となんの恩恵もないのに結婚すると言ってしまったのだから。

しかし、もしエファが儀式に手を貸してくれることになれば、母を取りもどすことができる。ハヤブサなら、評議会の裏切り者に対ししかるべく措置を取れるだろうし、ズィーラーンはカリーナが王位につくことで降りかかる惨事を免《まぬが》れることができる。肩の重荷が取り去られると思うと、ほかのあらゆる疑念などどうでもいいように感じた。

深く息を吸いこむと、カリーナは最後にもう一度鏡を見た。アミナタの仕着せを着て、銀色の髪を隠し、余計な装飾品を外すと、ズィーラーンの町にたむろしているほかの女の子たちとなにも変わらなかった。〈踊るアザラシ亭〉にいったときの服は、二日まえにファリードに没収されてしまったが、だとしてもまたアミナタの部屋から一着失敬してくればいいだけの話だ。アミナタは気にしないだろう。出発する準備は整った。

ひとつだけ足りないものがある。アミナタだ。

これまで、クサール・アラハリを抜け出すときは必ずアミナタがかたわらにいた。アミナタがいないと、まるで鎧《よろい》なしで戦場に出向くような気がする。こんなふうに、不安で胃がねじれるような気持ちになるとは思っていなかった。

カリーナはウードを取り出して胸に抱き、かぎなれた木の香りを吸いこんだ。いつもなら、今は三回目の練習をはじめているころだ。指にできたタコがその証拠だ。カリーナはウードを背負うと、一瞬、考えてから、ハヤブサの指輪を外し、注意深くベッドの近くの鏡台に置いた。指輪をするようになってまだ二日だが、外すと指がさみしく感じるようになっていた。

これ以上この指輪に愛着を持たないようにしなければ。母はきっと返してもらいたがるだろうし、カリーナはこの指輪にふさわしくない。今はまだ。

すべて用意が整うと、カリーナはベッドの下に隠れている出入り口の上まで這《は》っていった。あとは、入り口をくぐって――。

「カリーナ、どこへいくつもり？」

驚いて頭をベッドの枠にぶつけてしまった。目をしばたたかせて涙をこらえ、見上げると、アミナタがふたりの部屋のあいだにあるドアの前に立っていた。眉間にしわが寄っているのを見て、いくつかの嘘《うそ》がカリーナの舌先に集まってきたが、そのときアミナタの服に目が留まった。

「そっちこそ、どうして寝間着を着ていないのよ？」カリーナは言い返した。

アミナタは自分の服を見下ろした。カリーナが借りた服と、ほとんど同じだ。「明日の朝のお風呂にジャスミンオイルがいりますからね。忘れるまえにとってこようと思っただけです」

「貯蔵室からジャスミンオイルを取ってくるのに、正装する必要があるわけね」カリーナは嫌味たらしくうなずいてみせた。「本当はどこへいくつもりなのか、言ってちょうだい。

この格子扉を持ちあげてると手が震えてくるのよ。恋人に会うのかしら？　それともギャンブルとか？」

「あなたには関係ありません」

「あなたに関係することは、わたしにも関係あるわ」

アミナタのあごの筋肉がひきつった。「信じられないかもしれないけど、わたしにも、王女の侍女でいる以外の生活があるんです」

三十秒まえまでなら、自分の侍女のことで、知らないことはひとつもないと言い切っただろう。でも、このネズミのクソみたいな一週間で起こったことに、実際にはほとんどなにも知らないということを思い知らされたのではなかったか。

われわれのいかい知いっていいるだれかいが、い裏切かっていいるのかでいす。

カリーナはすっと息を吸いこんだ。まさか。アミナタがハヤブサの死に関わっているだなんて、ありえない。

でも、どうしてずっと共に過ごしてきた友人が、なぜ今になって隠し事をするのか。

アミナタはため息をついた。「カリーナ、そういうことじゃないの――」

「殿下でしょ」

「え？」

カリーナのなかで、ものすごい圧力がみるみる膨らんで吹きこぼれ、目の前にいる唯一の標的にむかって怒濤《どとう》のように襲いかかった。「これまであなたとの境界線をあいまいにしすぎてきたわ。今後、わたしのことは必ず『殿下』と呼んでちょうだい。できないなら、できる人にあなたの代わりを務めてもらうことになるから。わかったわね」

「でも――」

「わかったわね!?」

アミナタは苦しげな表情を浮かべてうしろに下がり、つつましやかな態度で両手を体の前で重ねた。「わかりました……殿下」

カリーナはうなずくと、まばたきし、なにかを粉々にして、二度と元にもどせなくしてしまったのではないかという気持ちを抑えこんだ。

「よろしい。じゃあ、自分の部屋にもどって、朝の仕事の時間までそこにいなさい。このことは他言しないように」

アミナタの眉がクイッと跳ねあがった。「ひとりで新市街へいくなんてだめです！　せめて近衛兵《センティネル》を連れていって――」

「これは命令です」

アミナタはさらに反論しようとした。別の夜だったら、カリーナも友人の善意から出た心配をうれしく思ったかもしれない。しかし、カリーナの冷ややかなまなざしを見て、アミナタは目を伏せた。

「承知いたしました、殿下」

カリーナは、ふたりの部屋のあいだに漏れるぼんやりとした光が消えるのも待たずに、表の暗闇へと降りていった。


クサール・アラハリの塀のなかには、〈ファラオの戦い〉のときに作られた通路が網目のように張り巡らされていた。アラハリ家の一族で宮殿の部屋すべてが埋まっていたころは、召使いたちはこの通路を使って、主人たちの視界に入らないようにして仕事を行っていた。しかし、カリーナが生まれるずっとまえに起こった大神官の派閥争いにより、一族のほとんどが虐殺され、そんなに大勢の召使いは必要なくなり、トンネルの大部分は使われないまま打ち捨てられた。

カリーナが足早に歩いているのは、そうした通路のひとつだった。部屋から持ってきた小さなランタンの光だけがたよりだ。腕を伸ばしてランタンを掲げ、なかでちらちらと揺らめく炎を見ないようにする。トンネル内の黒い石はあらゆる音をくぐもらせる。これまで暗闇を怖いと思ったことはなかったけれど、このトンネルをひとりで歩くのは初めてだった。

トンネルはカリーナをクサール・アラハリの先端から吐き出した。召使い用の門からこっそりと外へ出て二十分後、カリーナは旧市街から新市街へ渡る大勢の人たちのなかにいともたやすく紛れこんでいた。

河市場へむかう道々では、どんちゃん騒ぎが繰り広げられていた。竹馬に乗って踊っている曲芸団の下をくぐり、動物の頭骨でお手玉をして子どもたちを喜ばせている大道芸人たちを大回りして避ける。若い恋人たちが色とりどりのテントのなかへ吸いこまれ、運勢を占ってもらっている一方で、調教師たちが鼻から煙を噴きだしている大蜥蜴《おおとかげ》に乗らないかと客引きをしていた。

そうした騒ぎのなかからひときわ大きく、美しい調べが流れてきた。鐘と太鼓、それにカリーナの知らない楽器による交響曲だ。カリーナが開会の義を台無しにしたことに、人々がなにかしら不安な気持ちを抱えたとしても、ソルスタシアの祝いに影が差すことはなかった。父《パパ》のウードを持ってきたのは、宮殿の人間に捕まったときのアリバイのためだったが、今すぐケースから出して、この街で暮らす音楽家のような顔をして街角で演奏したくてうずうずした。

河市場の名の由来だった干上がった運河を渡ると、一斉にテントが花開いた。河市場の人口は、ソルスタシア前夜のチッペクエの暴走以来、膨れあがっていた。家ほどもあるものからタンスほどのものまで、あらゆる大きさのテントのあいだを縫うように歩いていく。海の青色をしたもの、バラの赤色をしたもの、キラキラ輝く金色のもの。カリーナはようやく地味な茶色のテントの前で足を止めた。小さな荷車をわずかに上回るほどの大きさしかなく、唯一目立っている緑と黒と金色の旗でアークェイシーのシンボルであるイノシシがはためいていた。入り口では、見張り兵がひとり、槍《やり》を手に持ったまま木製の椅子で眠りこけている。口の端からよだれが垂れ、白黒の縞《しま》の上着が濡《ぬ》れていた。

カリーナは、最初はそっとつついたが、それから、むこうずねを思いきり蹴りあげた。兵士は悲鳴をあげて跳び起きた。「こちらの寸法は規定値内です!」

「それはよかったわね。でも、テントの大きさの話をしにきたんじゃないのよ。宮殿から伝言を預かってきたの。大使のお嬢さんのエファ・ボーアテン宛ての」

兵士は目を細めてカリーナを見た。「そちらはどなたです？」

「殿下に、伝言を届けられなかった理由を説明したくないと思ってる者よ」カリーナは、ハヤブサの印章指輪で封蠟《ふうろう》をした手紙を掲げてみせた。兵士は息を呑《の》んで、ぱっと立ち上がると、テントのなかに入っていった。

「少々お待ちを」

カリーナは戸惑いながらテントをもう一度眺めまわした。アークェイシーの派遣団はクサール・アラハリに宿泊するのを断ったけれど、こんなテントで暮らすためなわけ？

数分後、テントの入り口からひょいとエファの顔がのぞいた。エファは驚いて目を見開いたが、カリーナはなにか言われるまえに、前へ進み出て言った。「殿下からの伝言を預かっております。エファさまに直接お渡しするようにと」

カリーナの言葉の意味を理解し、エファはすばやくうなずくと、兵士にケンシャー語でぼそぼそとなにか言い、カリーナをテントの裏へ連れていって物陰にかがみこんだ。エファは彗星《すいせい》鑑賞会のときの服から、もっと地味なものに着替えていた。胸に青と黄色の模様の帯を巻き、膝の隠れるヤシの繊維《ラフィア》のスカートをはいている。髪は、雲みたいにふわふわしたふたつのお団子にまとめていた。カリーナを見上げてニコッと笑うと、腰についている鮮やかな色のガラスビーズがチリンチリンと音を立てた。

「こんにちは！　具合はいかがですか？　どうしてここへ？　わたしの革袋を持ってきてくれたんですか？」

「だいぶよくなったわ。今日はききたいことがあって、きたの。最後の質問の答えは、ごめん、忘れた」カリーナはあとで忘れずに新しい革袋をエファに届けさせなければと思った。あと、お礼にポニーも。ポニーを贈れば、だれもが喜ぶ。「お願いしたいことがあるの。でも、そのまえに、ンクラについて知っていることを教えてくれる？」

エファはあいまいなようすで笑うと、カリーナの顔を見ずに答えた。「聞いたことないです」

「そんなはずないわ」カリーナが強い口調で言うと、エファは嘘《うそ》がばれた子どもがよくやるみたいに身をくねらせた。「鑑賞会の夜に、あなたがその言葉を口にしたのを聞いたもの。あのとき以外にこの言葉を目にしたのは、『死者の書』っていう本のなかだけよ」

カリーナは、エファに手を貸してもらわないとならない理由を山ほど用意していた。けれども、死者の書という言葉を聞いただけで、少女が金切り声をあげるとは思ってもいなかった。

「じゃあ、その本のことを聞いたことがあるのね？　危険な本なの？」

悪魔を遠ざけるしぐさをしてから、エファは答えた。「もちろん『死者の書』のことは聞いたことがある。ユールラジー・テルラーについてのもっとも完全な形に近い記録だと言われている本だもの。でも、もう千年も、だれの目にも触れていないのよ！」

それを聞いて、本を谷へ落としてしまったことがますます悔やまれた。そもそも、落とすまえに少なくとも二回は本の上にすわっちゃったし。まずかったかも。

それに、またこの名前。ユールラジー・テルラー。母もこの名前を口にしていた。ケヌア帝国のファラオの下で働いていた魔術師だ。あの本がその魔術師の呪文を記録したものだったとしたら、カリーナが思っていたよりも信憑性《しんぴょうせい》が高いかもしれない。

「ユールラジー・テルラーはンクラになにか関係してるの？　ンクラってなに？」エファが首を振るだけで答えないのを見て、カリーナは付け加えた。「今夜、話したことは決してだれにも言わないって約束する」

「恵み深きアダンコよ、彼女がわが家に悪をもたらしました」エファはうめき声をあげ、悪意を退けるしぐさをした。「だめよ、そんなことできない。そもそもどうして魔法のことを知ってるの？」

「わたしは王女よ。秘密を知ることも仕事だからね」

この少女から情報を引き出したければ、別の戦略が必要なことは明らかだ。カリーナは大げさにため息をついてみせると、立ち上がった。「わかったわ、もういい。子どもに魔法のことを教えてもらおうと思ったわたしがバカだったわ」

エファの不安げな表情が憤りへと一変した。「魔法のことなら、知ってるわ！」

「それはわかってるけど、わたしに手を貸せるほど知ってるわけじゃないでしょ」カリーナはもういいというように手を振った。「大丈夫、ちゃんとそれだけの力を持っている人を探すから。もうもどっていいわよ、泥遊びとか、よくわからないけど、最近の子どもが好きな遊びでもしてなさい」

さすがのカリーナにしてみても、あまり感心できないやり方だった。でも、歩き去ろうとしてエファに呼び止められたとき、そんなうしろめたい気持ちは吹き飛んだ。「できるもん！　殿下のこと、助けてあげられる！　でも、少なくともどうしてそんなことを知りたいのか、教えてもらわないと」

嘘《うそ》をつくのは簡単だった。それに、嘘をついたほうが安全だろう。でも、考えるまえに思わず言っていた。「母が亡くなったの」

母の死を知らない相手に打ち明けたのは、これが最初だった。ショックで顔をゆがめているエファを前にして、なんとか姿勢を保とうとする。「ええっ」エファは胸に手のひらを押し当てた。「〈大いなる女神〉がお母さまを〈星々の輝く場所〉へ導いてくださいますように」

「ありがとう。このことはだれにも言わないでくれるわよね。それで、その本に母の死の謎を解くのに役立つ情報が載っていたの。だけど、もう本は手元にないのよ。手を貸してくれれば、今後、クサール・アラハリは永遠にあなたの味方よ」

どの魔術を使おうとしているのかは、話さないでおくことにした。死者の魔術に手を出すと知ったら、躊躇《ちゅうちょ》するに決まっている。

エファは黙っている。おそろしい瞬間だった。エファは断るつもりなのだ。ところが、ふいに彼女の目が興奮したように輝いた。「手伝ってあげる。でも、ここじゃ無理。こっちにきて！」

エファは小声で見張り兵になにかを告げると、カリーナについてくるよう合図してテントのなかへ入った。カリーナはすぐさま膝を折り、エファのあとについてテントにもぐりこんだ。あとに残した世界はたちまち消え去った。

第15章 マリク

下手な目論見のなかでも、勇者たちと飲みにいくことにしたのは、最低の部類に入るだろう。

第一に、デデレイとカリールはトゥーンデの誘いを断った。デデレイは、明日のワカマの試合に備えるからという理由で、カリールは〈風〉の神殿で祈りの会に出席するという先約があったからだ。というわけで、〈踊るアザラシ亭〉の低いテーブルを囲んだのは、トゥーンデとマリクとドリスだけだった。レストランを訪れた客のなかでも、この三人ほどちぐはぐな組み合わせはなかっただろう。

第二に、〈踊るアザラシ亭〉は食堂というよりは、ワインがふんだんにあり、道徳が完全に欠如していると、どうなるかという公開実験の場に近かった。一時間かそこらいただけで、マリクはすでに殴り合いを三回と注文ミスを二回、それから、大蛇鳥なる、決してお目にかかりたくない生き物に関係するいかがわしい商売も一回目撃した。屋根の垂木には、大麦の霊の一族と、泣きつづけている悪鬼《グール》が住み着いており、常にマリクのまわりをうろついている亡霊たちも店の奥の隅っこに群れ集っていた。すべてがオジョーバイを旅してきたときにさんざん見てきた風景に似すぎていて、思い出したくないと思っている記憶が掘り起こされた。

でも、いちばん最悪だったのが第三の理由だ。レストランの客がひとり残らず、勇者の仮装をしていたのだ。全員ドリスの仮装をしている一団が、荒れ地を歩く者の一件のせいで第二の試練に狂いが生じるかどうかで言い争い、デデレイのぞっとするほどそっくりさんが、トゥーンデとカリールの一団を率い、『バイーア・アラハリのバラッド』を演奏している。なんでもソルスタシア前夜にこの曲をここで演奏したウード奏者に捧《ささ》げるものらしい。アディルにいたっては数えきれないほどいて、彼の特徴であるふわふわの髪のかつらをかぶってうろうろしていた。本物の偽アディルであるマリクは、持ちあげられているようにも、バカにされているようにも感じた。

このくらいのことは予想すべきだったんだろう。ソルスタシアの勇者は有名人なのだ。

ひとつだけ、大勢の「勇者」がうじゃうじゃいるおかげで、本物の勇者三人は、護衛がいなくても安心していられた。でも、マリクは、さっきの発作がまだ尾を引いているらしく、それがまわりのものすべてに不吉な影を落としていた。だれかが笑うたびにビクッとし、大声が響くたびに首をすくめ、ナディアはどうしているだろうと考えすぎないようにする。手首のゴム紐《ひも》をパチンとやって、何度か深呼吸してからようやく、トゥーンデとドリスとの会話にもどった。

「だから、ぼくはタールまみれになって立ち尽くしてた。手にはまだケーキの半分を持ったまま、さ。そうしたら、そのじいさんがさ、『おまえが、かつらをかぶった〈大いなる女神〉その人だったとしたってかまいやしねえ。おれのケーキを返せ。さもないと、一発お見舞いして、てめえのその歯の隙間を詰めてやるぜ』ぼくは自分の歯の隙間のことはけっこう気に入ってるんだけどね。もちろん、悪魔さながらに祈りの輪から逃げ出したよ。それ以来、市場《スーク》の靴屋のところには一度もいってないんだ。だけど、スソノに誓って、それだけの価値はあったんだよ！」

物語はマリクの得意とするところだけれど、そんな彼すら、トゥーンデが早口で語る話の三分の一くらいにしかついていけなかった。トゥーンデの世界はあらゆる種類の悪ふざけに満ちていた。金でしか解決できないようなものばかりだ。それを、まわりの人が聞いていようといまいとお構いなしといったようすで苦もなくしゃべりつづける。なぜか、マリクにはそれが妙に心地よかった。だれかが自分に話をしたいと思ってくれるなんて、殺されかけるばかりだったころに比べれば、はるかな進歩だ。

トゥーンデはすわったまま伸びをした。「というわけで、ぼくは〈商人の楽園〉にある靴屋の半分に、出入り禁止を食らってるのさ。ワインのおかわりは？」

ドリスはもう四回もトゥーンデの勧めを断っていたが、今度も「大丈夫」と答えた。そして、やはりこれまでの四回と同じように、トゥーンデはパチンと指を鳴らして、へたくそなダラジャット語で給仕を呼んだ。「ボーイさん、こっちだ！」

マリクは縮みあがった。トゥーンデが言おうとしたのは、ボーイさん、こっちだ！だろう。でも、このダラジャット語を文字通りに訳すと、「おまえの居場所はこっちだ、ちび男」というような意味になる。しかも、トゥーンデの訛《なま》ったダラジャット語は、イボイノシシが鳥のガラガラ声を真似してるみたいだった。

けれども、エシュラの給仕はトゥーンデの言いたいことを理解して、三人に新しいコップを持ってきた。どう見ても、中年の男性で、「ボーイ」からは程遠い。マリクはあからさまにならないようにしながらも、彼のほうをちらちら見ずにはいられなかった。エシュラのどの部族出身かを示すものは身に着けていなかったし、肌の色もマリクよりも濃い（とはいえ、そのこと自体には大した意味はない。ズィーラーンの人々と同じように、エシュラの民の肌も明るい茶色から濃い黒までさまざまだからだ）。ダラジャット語を話せば、最初のひと言でどこの谷からきたのかわかるだろう。そうすれば、ふたりであとに残してきた暮らしのことを、そして、自分たちを必要とするくせに憎んでいる、この見知らぬ地へきた価値はあったのかを語り合うことができる。

でも実際は、給仕が立ち去るまで、マリクはじっと汚れたテーブルを見つめていた。ズィーラーンの人々は見ればわかると言い張るが、実際はエシュラの民共通の身体的特徴などない。だから、給仕が一目でマリクが同じ民だと見抜くことはまずありえない。でも、自分と同じ民に、そうでないふりをしているときに給仕をしてもらうなんて、まちがったことに思えた。

「すばらしい言葉だよな、ダラジャット語は」トゥーンデは言って、マリクとドリスに飲み物を回した。「最初のぼくの世話役がエシュラの女性だったんだ。それでいくつか、ダラジャット語を習ったんだよ」

エシュラの難民の入都が禁じられるまえ、家事労働はエシュラの民を締め出さない、数少ない産業のひとつだった。トゥーンデのような上流階級の家庭の子どもの世話係をしているエシュラの民は大勢いる。ズィーラーンの人々はエシュラの民を自分たちより劣っていると考えているのに、自分たちの子どもを喜んで預けるのだ。これも、この都に存在する数多くの矛盾のひとつだった。

運よく、ドリスが別の話題を持ち出した。「きみの子守りの話をするためにわざわざ都の反対側までおれたちを引っぱってきたんじゃないだろうな」

〈太陽〉の勇者がなぜ今夜、自分たちといっしょにきたのか、マリクには皆目見当がつかなかった。これまでドリスがしたことと言えば、文句を言うか、だれかをにらみつけるかの、どちらかだからだ。マリクを見るたびに、その瞳《ひとみ》に暗い輝きが灯《とも》るのも、マリクの不安をかきたてた。あの眼つきならよく知っている。子どものころ、いじめっ子たちが飛びかかってくるまえに、あんな目をしていた。獲物を追い詰めるやり方を考えているライオンの目だ。マリクなどだれよりも恐れるに足りない相手だと、ドリスはわかっていないのだ。

「もちろんそうじゃないさ。彼女はいくら誉めても誉め足りない女性だったけれどね。じゃあ、ぼくがふたりを誘った理由を単刀直入に話そう」トゥーンデは前へ身を乗り出し、テーブルに両肘をのせた。「ぼくたち三人で協定を結ぶのはどうかと思って」

マリクとドリスは、ニヤニヤしているトゥーンデの顔をぽかんと見つめた。

「そんなことは許されるの？」マリクはたずねた。

「表立っては許されてないだろうね。だけど、ソルスタシアでは毎回、行われてることさ。第二の試練のあと、またふたりの勇者が落とされる。現時点で五人残ってるわけだから、今ここにいる三人で同盟を結べば、ひとりは必ず最終試練まで進むことができるわけだ。そうなれば、三分の一の確率で、次期女王《スルタナ》の夫になれることになる。長い目で見れば、闘うより、手を結んだほうが得るものが多いと思わないか？」

こういうとき、正規な教育を受けてないせいで被る不利益を実感する。トゥーンデの言う確率をなんとか理解しようと努める。三分の一を三分の一倍するわけだから、つまり……半分以上？　以下？　わからない。でも、トゥーンデの提案には危うさがあること、そして自分は危険をおかすタイプでないことは、わかっていた。

「どうしてそんな提案をするんだ？」ドリスがたずねた。

トゥーンデはゆっくりと時間をかけてグラスの中身を飲むと、答えた。「本当のことを言うと、自分はもう勝てないってわかっているからだ」トゥーンデはグラスを置いた。「〈水〉の大神官がぼくを勇者に選んだのは、ぼくの一族がずっと神殿に寄付をしているからだ。大神官にぼくを選ばないでほしいと懇願したけど、結局こうなった。それに、今回の褒美の内容を考えると、ますます勝つ気がなくなったんだ」

トゥーンデの口からカリーナ王女にまつわる話が出たのは、今夜初めてだった。軽い口調ではあったが、そこには、開会の儀のときにも感じたある種の想《おも》いが隠されているのを、マリクは感じ取った。マリクは体を起こした。今こそ、晩さん会のときの失敗の埋め合わせをするチャンスだ。ナディアを取りもどすために、なにか役立つようなことを聞き出さなければ。

「カリーナ王女と結婚したくないの？」マリクは言いながら、もっと遠回しなきき方ができない自分を呪った。トゥーンデは笑みを浮かべたままだったが、その顔がわずかにこわばったのがわかった。

「カリーナ王女とぼくは……昔付き合ってたんだ。だけど、ふたりの関係についての考えは、彼女とぼくとではちがっていた。ぼくは、正式に求婚して家族の許しを得たいと思ってた。でも、彼女はぼくの心を踏みつけにしたんだ。どういうことか、わかるだろ？」

本当のところ、マリクにはわからなかったが、とにかくうなずいた。友だちを作ったりお金を手に入れたりするのと同じで、恋愛のことなど、物語を通してしか知らない。ズィーラーンの人たちとはちがって、エシュラの民は伝統的な家父長制に基づいた社会を築いていたから、マリクはいちばん年上ではないが、レイラよりも先に結婚すべきだという暗黙の了解があった。実際、母は少しもはばかることなく、村のどの女の子に義理の娘になってほしいかを口にしていたくらいだ。

けれども、村の最下層民だったマリクの選択肢はひどく限られていた。母は何度か、マリクに花嫁を確保しようとしたけれど、その試みは、始まりもしないうちに立ち消えになった。オーボアのマリクと同じ年ごろの子たちが恋愛にうつつを抜かしているときも（レイラすら、粉屋の娘とそういう関係になっていた。村を出たときに、終わったみたいだけど）、マリクは祖母《ナナ》とうちにいて、縫物をしたりしながらひとりで過ごしていた。

けれども、昔の物語で語られている大恋愛のことを考えるたびに、心臓がどきどきした。愛の力は、人に大海を渡らせ、神々にすら勇敢に立ち向かわせる。そう、愛を得るためだけに。それこそが、マリクの望みだった。でも、実際のマリクは心配性で、貧しく、変わり者だったから、そんな恋愛は望むべくもなく、ただ憧《あこが》れるだけでじゅうぶんだと思うしかなかった。

「じゃあ、勝つつもりはないってこと？　カリーナ王女が別の人と結婚するのを見ることになっても？」質問の意味するところをよく考えるまえに、マリクはそうきいていた。

「ぼくがいくら想《おも》っても、むこうはそんなふうには思ってくれないのにさ、そんな相手に縛りつけられるより、闘いを放棄するほうを選ぶよ」気まずい沈黙がその場を覆った。金持ちも、金では解決できない問題を抱えてるんだ、とマリクは思う。

それに、話からすると、カリーナ王女はかなりひどい人物らしい。冷静なトゥーンデをこれほどまでに揺さぶることができるんだから。そう思えば、王女を殺すのも少しは楽になる。

「この話はもういいよ」トゥーンデは、重たい空気を払うように手を振った。「さっきの話にもどろう。ドリス、きみにはズィーラーンでもいちばん大きい神殿の支援があるし、母上は評議員だ。アディル、きみの場合は、女神が空から降りてきて、きみを選んだ。その事実だけでも、人々はきみを愛してる。そして、ぼくは宮廷についてはあらゆることを知っている。ぼくたち三人が力を合わせれば、だれが勝つにしろ、最終的にトップの座はぼくたちのものだ」

トゥーンデの提案には確かに利点があった。ソルスタシアのあと、ズィーラーンに留まるつもりはなかったが、だとしても、トゥーンデの申し出を断って、たったひとりの味方を怒らせるのは得策ではない。でも、勇者たちと過ごす時間が長くなればなるほど、アリバイの穴をつつかれる可能性は高くなる。ひとつでも矛盾点を見つければ、マリクが本当はアディル・アスフォーでないことがわかってしまうだろう。そんなことになったら、ナディアはどうなる？

それに、トゥーンデは人々がマリクのことを愛してると言うけど、本当だろうか。マリクは正面の壁を見つめた。ソルスタシアの掛け率表が貼ってある。片側には、今後の試練の内容について、剣術から象のレースまであらゆる予想が書きなぐられている。反対側には勇者の顔が並べられ、だれが最終的な勝利を手にするか、人々が思い思いに賭けていた。すでに脱落したふたりの顔には、赤色で大きくバツ印が描かれている。

案にたがわず、ドリスに賭けている者がいちばん多かった。ところが、マリクは自分が二位につけているのを見て、衝撃を受けた。何十人もの人が、汗水たらして稼いだ金を、マリクがソルスタシアで勝利し、二百年以上ぶりに〈生命〉の時代をもたらすことに賭けている。マリクのことを知りもしない人々が、彼が勝つと信じているのだ。

彼らを失望させることになるのだ、王女を殺して。

ようやくドリスが口を開いた。「ひどい提案だし、ソルスタシアが表わすものすべてに対する冒とくだと思う。でも、きみのような育ちの者には、それは理解できないだろうな」

マリクは凍りついたが、トゥーンデはハハと笑っただけだった。「それで？」

「勇者に選ばれるのは名誉だ。自分たちの神の栄光を全世界に示すことができる。おれは生まれたときからこの称号にふさわしい者になるべく、訓練を重ねてきた。なのに、きみはこの機会を単なる政治的な駆け引きの手段として使おうとしている」

ドリスが真剣にそう言ったのは、驚きだった。あれほどぶつぶつ文句を言っているにもかかわらず、ドリスはソルスタシアとそれがもたらす結束を本気で信じているのだ。

「悪いけど、ソルスタシアに政治的な駆け引きは関係ないなんて信じるのは、世間知らずに過ぎるんじゃないかな。それどころか、毎回、女王《スルタナ》がひそかに勝者を決めていたとしたって、驚かないね」

ドリスの顔をたちまち怒りが覆った。「おれの祖母の勝利は実力じゃなかったっていうのか？」

マリクは、口論が実際のけんかに発展した場合に備え、出口を探しはじめた。だが、トゥーンデは軽い口調で答えた。「ここにいる三人のうち、だれが勝者になってもおかしくないと思ってるし、過去の勝者に実力がなかったとも思ってない。だけど、だれが勝ってカリーナと結婚することになるにしろ、その人物は理解しなきゃいけない。人々を支配するのは、適当に決められた三つの試練を勝ち抜くのとはちがうってことを。そう思うんだ——いや、そう確信している」

そして、今度はマリクのほうを見ながらつづけた。「ボチエ家とバリーマ家を同じ場に招待できないのはなぜか、知ってるか？　内乱が生じる危険があるからだ。じゃあ、セバー家の女家長は、四か月ごとに王家に小麦六トンを献上しなければならない理由は？　わずか十数の一族の決断が、ソーナンディ全土に影響を与えているのはわかってるか？」

ドリスとマリクが黙っていると、トゥーンデは首を振った。「わかってるとは思えないな。この勇者決めの闘いについてはどう思う？　こんなのは子どもの遊びだ。本物の闘いは、閉会の儀式が終わった瞬間から始まる。ぼくが勝ちたいのは、そっちの闘いのほうなんだ」

マリクはソルスタシアのあとのことなど、考えたこともなかった。ほかの勇者たちは、名誉のしるしと共に残りの人生を生きるのだろうし、彼らのうちほとんどは宮廷のなかで出世していくのだろう。第二の権力者である、次期王室顧問官の地位に就く者だって、出るかもしれない。ソルスタシアはあと五日で終わる。だが、その影響は何十年もつづくのだ。

マリク自身は？　たとえイディアに課せられた使命を果たし、なおかつ捕まらずにすんだとしても、このアディルのふりをいつまでもつづけていけるはずがない。だが、一度勇者になれば、永遠に勇者なのだ。また元の、無名の人生にもどることはできるんだろうか。

ぼくはそれを望むだろうか。

この会話のあいだも、トゥーンデの顔から一度たりとも笑みは消えなかった。今では、〈水〉の勇者の親しげなふるまいの下には、本来の計算高い姿が潜んでいることがはっきりした。それを知ったことで、さっきの屋上でのやり取りのちがう面が見えてくる。トゥーンデがマリクを助けたのは、マリクに取り入るためだったのか？　だとしても、カリーナ王女の情報を集めるためには、今夜の誘いを受けるしかなかったのでは？

マリクはクモの巣のなかに迷いこんでしまったのだ。ドリスとトゥーンデは、考え方はちがうとはいえ、生まれてからずっと、宮廷という場を織り成している糸のなかをクモさながらに歩いてきたのだ。

ふたりがクモだとしたら、マリクはなんだ？　丸のみされるのを待っているハエに過ぎない。

ドリスのこめかみの血管が浮き出て、今にもテーブル越しにトゥーンデの首につかみかからんばかりに見えた。だが、それからドリスは肩の力を抜き、椅子に寄りかかって腕を組み、顔をしかめた。

「もう一杯、飲ませろ」ドリスがほえるように言うと、トゥーンデはうれしそうに下手なダラジャット語を使って、全員のお代わりを注文した、マリクは手首のゴム紐《ひも》をいじりながら、最悪の事態を避けられたことにほっと胸をなでおろした。なんとかして、また会話をカリーナ王女の方向へ持っていかないと。

でも、実際には、ワインのお代わりを手にしたまま、今夜いちばんの山場がもう過ぎたことを祈ることしかできなかった。

第16章
カリーナ

河市場の喧騒《けんそう》が夜の闇に消え、カリーナの背筋を震えが走った。だが、その感覚はただ不快なだけではなかった。おそろしいまちがいを犯したのではないかと思いはじめたとき、目の前に、星が瞬き、草木が生い茂る世界が現れた。

木々はあらゆる方向に枝を広げ、空にむかって伸びる梢《こずえ》は星座にかすりそうだ。空気はたっぷりと水分を含み、いくらもしないうちに、カリーナの首筋を汗がしたたりはじめた。セミが静かに鳴き、フクロウや夜行性の獣たちの声があたりに満ち満ちている。エファは森のなかにぽっかりと空いた広場までカリーナを連れていった。大きな焚火《たきび》のまわりを数軒の茅葺《かやぶ》きの小屋が囲み、大勢の人であふれかえっている。

実際にきたことはなかったが、何年もの教育の成果で、ここがオジョーバイ砂漠の北に位置する広大なジャングルだというのはわかった。アークェイシーの人々の祖先の土地だ。

カリーナの頭から、ソルスタシアのことも、よみがえりの儀式のことも、ハヤブサのことすら、消え去った。ズィーラーンの城壁の外の世界を、初めて垣間見《かいまみ》たのだ。息を深く吸いこむ。心臓が口から飛び出しそうだ。太陽の光と雨の香りが漂っている。

「このテントは規則違反よ」カリーナはつぶやき、ハイビスカスの黄色い花びらを指先でもんだ。ズィーラーンのどの花にも負けないくらい、本物の感触がする。

「テントは、そちらの役所に割り当てられた場所に収まってるでしょ！　内側のことはなにも言われてないもん」エファは言った。

「あれって、なにか異世界への入り口みたいなものなの？」カリーナは広場の反対側にあるテントの出入り口のほうへあごをしゃくった。むこう側の都がわずかにのぞいている。

「大きさを変える呪文に知覚の魔法をまぜたの」エファは胸を張った。「わたしが自分で組みあげたんだよ。故郷から遠いところにいくときに、故郷の一部を持ってくるっていいでしょ」

カリーナはまわりのジャングルを指し示した。「これぜんぶ、ンクラを使って作ったの？」

「ソクラは使うんじゃないの。どっちかっていうと、指示を出すって感じかな」そして、カリーナの戸惑ったような顔を見ると、鼻にしわを寄せた。「オソダイアィの学者にきけば、もっとうまく説明してくれるよ。わたしが知ってることはぜんぶ、彼らに教わったの」

「じゃあ、ソクラって――」

「エファ！　そこにいたのね」カリーナが最後まで言うまえに、うしろからがっしりした女の人がこちらへやってきた。エファにそっくりで、一目で母親だとわかる。「夕食のスープを配るのを手伝ってちょうだい」

「でも、母《ママ》さま、先に彼女の手伝いをしないとならないの！」

「このあいだ、あなたが『手伝い』をしたときは、うちにスズメバチが現れたっけね」

「あれは偶然だってば！　ねえ、母《ママ》さま、この人は殿下が遣わした――」

「なら、ぜひいっしょに食べていって。それから、用事をすませればいいわ」

「ご親切にありがとうございます。ですが、そんな時間はな――」カリーナは言いかけたが、エファの母親のごちそうしたいという気持ちには太刀打ちできなかった。エファの母親はカリーナをいちばん大きな小屋へ引っぱっていった。なかにはさらにたくさんの人がいて、せわしげに夕食の用意をしている。

エファはものすごい速さで一族を紹介していった。いとこ、おじ、おば、おじのいとこ、おばのいとこ、ズィーラーンへくる道中でいっしょになった人たち、またさらに、いとこたち。何人かのおばたちがカリーナをどう扱えばいいか決めかねているあいだに、エファとほかの子どもたちは、スパイスの香りのするスープを配っていった。なかには魚とヤギの肉とゆでたキャッサバ（熱帯で穫れるイモ）を団子にしたものがたっぷり入っていた。

「これは、オイルヤシのスープ。白いだんごはフフっていうんだ」エファは説明して、鍋のいちばん大きな肉をいちばん年取っている老人の器に盛った。「フフは急いで飲みこもうとすると、のどに詰まるからね」

カリーナは不安げに器を見つめた。宮廷の料理人が作ったもの以外食べたことがないし、食事のまえには必ず抗毒剤を飲む。でも、どう考えても、ここにいる人たちが彼女に毒を盛るとは思えない。最初の一口を食べたとたん、そのおいしさに疑いは消え去った。食事が終わると、今度こそンクラのことをたずねようとしたが、エファは幼いいとこがけんかしているのを止めにいってしまった。魔法をかけられたテントには、ほかにだれも知っている人はいなかったので、カリーナは、エファの家族がわいわいやりとりしているのを、芝居の観客にも似た気持ちで眺めていた。

カリーナ自身は、親戚と会ったことすらなかった。アラハリ家の者たちは全員、亡くなっていたし、父《パパ》は婚約を破棄してハヤブサと結婚したために、親戚に縁を切られていた。カリーナのことを操ったり利用したりしようとしない人たちとこうしてすわって、食事をしたりしゃべったりするのは、不思議な気分だった。

でも、こういうのはいいと思った。すごくいいと思った。

「ほら、もどってきたよ」エファが飛び跳ねながらやってきたのを見て、カリーナはブンブンと首を振った。そうだ、自分は悲しくなるためにここにきたんじゃない。母を救うためにきたのだ。

「なにかするまえに、まず答えてちょうだい」カリーナは強い口調で言った。「ンクラってなんなの？」

「世界が巨大なクモの巣だとするでしょ。殿下はその上の点で、わたしも同じ。すべての人と物もそう。わたしたちはみんな、お互いのためにしたことや気持ちでつながっている。親友のためにいいことをするとか、偶然スズメバチを呼び出しちゃうとか。それがンクラの力なの。すべてのものをつなげている。目には見えないけれど。魔法っていうのは、ンクラを思うように動かして望みを実現する力のことよ。でも、今では、魔法を使える人間は、わたしみたいなズーウェンジーしか残っていない」

ズーウェンジー。また聞いたことのない言葉だ。口のなかに妙な味が広がる。「ズーウェンジーってなに？」

賢者が赤ん坊にものを教えるみたいな態度で、エファは説明した。「〈大いなる女神〉がわたしたちの世界をお創りになったとき、四つの階級を定めた。第一の階級は元素、守護神とも呼ばれている。つまり、太陽、月、風、地、水、火、そして生命ね」

「第二が〈陰の民〉、第三が人間、最後の第四の階級が動物でしょ」カリーナは敬虔《けいけん》な人間ではないかもしれないが、それでも、大いなる創造の神話は知っていた。

「その通り！　守護神たちは世界を形づくり、〈陰の民〉は魔法の力を使ってそれを手伝った。人間たちは土を耕し、あらゆる生き物は永遠に生きることができた。みなが太古の法に従うのを見て、〈大いなる女神〉は満足し、休むためにソーナンディをあとにした。ところが、〈大いなる女神〉がいなくなってしばらくすると、人間たちは嫉妬心を持つようになった。〈陰の民〉は楽々と森を育てたり川を曲げたりできるのに、人間は毎日汗水たらして働かなければならないなんて、不公平だと考えたのよ」

エファは語り部《グリオ》のような洗練された語りができるわけではなかったが、ひさしぶりに本気で話を聞いてくれる相手ができてうれしくてたまらない子ども特有のエネルギーにあふれていた。それを見て、カリーナは昔自分がハナーネに一日の出来事を夢中になって話していたことを思い出し、熱心に聞いているのが伝わるように身を乗り出した。小さな少女は瞳《ひとみ》を輝かせた。

「あるふたりの人間が、これ以上我慢できないと考え、魔法の力を手に入れるために陰謀を企てた。そして、エシュラのいちばん高い山の頂上へ登って、そこに住んでいる霊をだまし、魔法の秘密を手に入れた。ひとたび秘密を手に入れると、自分たちの民にそれを伝え、その民が最初のズーウェンジーとユールラジーになったというわけ」

カリーナははっと体を固くした。「ユールラジーって、ユールラジー・テルラーのこと？」

エファはうなずいた。「そう。ユールラジー・テルラーができるのは、それから数千年あとのことだけどね。魔法には二種類ある。ズーウェンジーの魔法は、触れることのできる物理的な世界に作用する。ユールラジーの魔法は、触れることのできない世界——記憶とか夢とか、そう、死にも影響を及ぼす。人間は本来、魔法の力は持たないから、みな、どちらかひとつの魔法しか使うことはできない。魔法の使い手は、どちらの魔法を使うかで自分の呼び名を決めるんだよ。〈大いなる女神〉は、人間が魔法を盗んだのを知って、怒り狂った。そして、人間の寿命を短くして、動物と話す力を奪ったの。そして、〈陰の民〉は、人間からは見えない別の世界へ追放された。さらに、魔法を盗んだ民はバラバラにされ、ソーナンディのあちこちへ追いやられた。今、魔法を使える人間はその民の子孫なの。だから、どこの出身でもおかしくない。そして、〈大いなる女神〉は人間たちに、太古の法を再び破ればもうチャンスはないと警告し、ソーナンディをあとにした」

エファは手首から腕輪を一本抜きとると、手のひらに置いて差し出した。カリーナは目を見開いた。エファの手の上で金属の輪がねじれ、動きはじめたのだ。まるで生きているかのように。

「どの神に属するかによって、魔法の現れ方もちがう。〈月〉のズーウェンジーは肉体を癒すことができるのに対し、〈月〉のユールラジーは精神を癒すことができる。あたしは〈生命〉に属しているから、物の〈生命〉を操ることができる。つまり、その『質』を。テントに、実際よりも内側が広いって思わせるとかね」

ハヤブサは〈地〉に属していた。そう思ったとたん、母の庭の緑の豊かさや、暗殺者がきたときに、庭の力を使って戦うことができた理由が腑《ふ》に落ちた。でも、母がズーウェンジーなら――そう、生前、ズーウェンジーだったとしたら、わたしは？　カリーナはちらりと自分の〈風〉の紋印を見た。「じゃあ、もしわたしがズーウェンジーなら、風を操れるってこと？」

「そう。でも、もし魔法の力を持っていたら、もうわかっているはず。ほとんどの魔法の力は子どものころに現れるから」エファは鼻にしわを寄せた。「でも、変だよね。ズィーラーンにきてから、一度もズーウェンジーの存在を感じていない。たしかにズーウェンジーはそんなに大勢いるわけじゃないけど、そばにいれば、たいていは感じるものなの。わたしたちのンクラは、普通の人のよりもはるかに強いから。彗星《すいせい》の鑑賞会のあいだに魔法の力が高まったのを感じたような気がしたんだけど、一瞬で消えちゃった」

もしかしたら、〈防壁〉となにか関係あるのかもしれない。また別の機会に、〈防壁〉のような魔法を破る方法を知っているか、エファにきいてみたらいいかもしれない。でも、今は、そんな時間はない。カリーナが宮殿にいないことに、だれかが気づくまえにもどらなければ。

「エファの家族はみんな、魔法が使えるの?」カリーナはエファの話をなんとか理解しようとしながらたずねた。目の前で証拠を見たばかりだし、女王《スルタナ》の聖所でもその力を見たのに、それでもまだ、ここ数日で知ったばかりの世界のことがすっと頭に入ってこない。

「ううん。母《マ》さま《マ》は機嫌が悪くなると、本物の魔女みたいだけどね。あ、これは母《マ》さま《マ》には内緒ね。じゃないと、今週はずっとお手洗いの掃除をさせられちゃう」

エファはうしろを振り返り、母親がやってこないのを確認すると、つづけた。「〈第一世代〉の子孫がみんな、魔法を使えるわけじゃないの。うちの一族は大勢いるけど、ズーウェンジーなのはわたしだけ」エファはわずかに肩を落とした。「みんな、わたしの秘密を守ってくれてるし、支えてくれようとしてる。だけど、本当には理解してない。ズーウェンジー同士とはちがう」

「あともうひとつ。さっき、『死者の書』はユールラジー・テルラーの記録だって言ったでしょ。どういう意味?」

エファはもじもじした。

「太古の時代、ズーウェンジーとユールラジーは手を取り合っていた。だけど、ケヌアが権力を手に入れると、ユールラジーはファラオの味方についた。そのときの長たちのことをユールラジー・テルラーっていうんだよ。ケヌアがついに負けると、ユールラジーはみな滅ぼされた。それ以来、ソーナンディにユールラジーはひとりもいない。その本に書いてあるユールラジーの魔法のことはよく知らないけど、だれかわかる人と殿下を会わせることはできると思う」

エファはカリーナを森の広場のいちばん隅まで連れていった。石が丁寧に積まれ、小さな囲いが作られている。頭のなかで、不気味なほど母に似ている声が、さかんに引き返せと言ってくる。よみがえりとか太古の魔術などすべて忘れろと。一方で、地面に流れ落ちた母の血のことを忘れられない。そちらの記憶に押されるように、カリーナはエファのあとについて洞窟のなかに入っていった。

テントと同じ呪文がかかっているのかと思ったが、洞窟のなかは外から見たのと同じ広さしかないようだ。カリーナは身をかがめて、入り口をくぐった。そうでなければ、頭蓋骨を割りかねない。天井を見上げると、真んなかに〈大いなる女神〉が描かれ、じっとふたりを見下ろしていた。女神を囲むように守護神たちが描かれ、それぞれが統べる元素が後光となって輝いている。さらに、そのまわりを〈陰の民〉が取り囲み、そのうしろには人間たち、そして、最後の動物と植物の輪は、壁のカリーナの目の高さくらいのところまできていた。

エファの頭のうしろには、幅の狭い棚があり、人形くらいの大きさの石像が七体と瓶が並べられていた。エファは赤い粉の入った瓶を棚から降ろすと、洞窟の真んなかに火を焚《た》き、瓶の中身を振り入れた。カリーナは背中からウードを降ろして、そっと地面に置くと、エファに問いかけるようなまなざしをむけた。

「乾燥させた猿の血なの」エファが言ったのと同時に、パチパチと音がして炎が虹色に輝いた。

カリーナは後ずさった。「乾燥させた猿の血？　エファ、あなたっていったい何歳なの？」

「十一歳」

「なのに、そんなものを持ち歩いて——いや、いいの」この子はネコにワインをあげていた。乾燥させた猿の血くらいで、驚くことはないのかも。

エファは三番目の石像を取ると、火の真んなかに置いた。カリーナは思わず危ないとさけんだが、エファがひっこめた手はなんともなっていなかった。〈風〉の男神サントロフィのなにも映っていない石の目にじっと見つめられ、本物の神がいるわけではないのだと、自分に言い聞かせる。

「神々に話しかけることができるの？」カリーナは畏れでいっぱいになってささやくように言った。

「だれでも、神々に話しかけることはできる。難しいのは、返事をもらうこと。わたしは今、石像のンクラを引き出して、神々につながろうとしてるの。左手を出してくれる？」

カリーナは言われた通りにした。すると、エファはカリーナの手の甲に小さな傷をつけ、血を三滴、石像の頭の上に滴らせた。そして、カリーナの手を炎のほうへ近づけようとしたので、カリーナは思わず手を引っこめた。

「大丈夫、やけどはしない」

カリーナはごくりとつばを飲みこんだ。母はカリーナの命を救うために暗殺者に立ち向かったのだ。母の命を救うためなら、火のなかに手を入れることくらいできるはずだ。カリーナが再び手を差し出すと、エファはその手を石像の頭にのせた。炎はひんやりとしていたが、それでもカリーナは震えを止めることができなかった。

「サントロフィを褒めたたえよ、〈風〉から生まれし神、あらゆるものに命を与えた〈大いなる女神〉の三番目の息子よ。あなたの子が、あなたしか与えることのできない答えを求めています」エファはケンシャー語で唱えた。

石像から何本もの黄色い煙がくねくねと立ち昇った。エファはまだカリーナの手を炎にかざしたまま、身を乗り出して、その煙を吸いこんだ。ふいにまわりの空気が重たくなり、だれかが洞窟へ入ってきたような感覚に包まれた。エファは瞼《まぶた》を開いたが、その目は白目をむいていた。

「なにを知りたいのだ、娘よ」

動いているのはエファの唇だが、出てきたのは、男性の重たく低い声だった。カリーナは悲鳴をあげたいのを必死でこらえた。

暗殺者に立ち向かう母の姿を思い浮かべながら、カリーナはたずねた。「よみがえりの儀式は本当に存在するのか、もし存在するなら、どのように行えばいいのかを知りたいのです」

「おまえは、世界でたったひとつの、またと得難いものをなくした。ゆえに、おまえが求めている情報も、またと得難いものだ」

こういうことなら、思っていたよりも簡単だ。カリーナには、もてあますほどの富があるのだ。「値を言ってください。いくらでもお支払いします」

「おまえが求めている情報は、またと得難いものだ」

洞窟の外から怒鳴り声がひびいてきた。エファの体が震え、炎が弱くなる。カリーナは心臓が止まりそうになった。得難い？　神が得難いと思うものってなに？

また怒鳴り声が聞こえ、エファがますます激しく震えはじめた。火を挟んで反対側にいるカリーナにも、震えが伝わってくるほどだ。カリーナは必死になって洞窟を見まわし、ふとウードに目を止めた。父《ババ》の最後の贈り物。世界じゅうの宝を合わせたよりも、貴重なもの。

得難いもの。

カリーナはたじろいだ。このウードは父《ババ》が自分の手で作ったものだ。そして、カリーナの手に手を添え、弾き方を教えてくれた。しかし、火はますます小さくなり、もはや地面から数センチほどしかない。怒鳴り声はどんどん激しくなってくる。思いとどまるよりまえに、カリーナは父《ババ》のウードを炎のなかに投げこんだ。使いこんだ木の表面を炎が舐《な》めるのを見て、カリーナの胸は張り裂けた。エファの震えは収まったが、まだ白目のままで言った。

「おまえたちがソルスタシアと呼んでいる祭のあいだに、五十年彗星《すいせい》がズィーラーンの都の真上を通過する。そのあいだのみ、人間の国は〈星々の輝く場所〉と並び、命を呼びもどすことが可能となる」

怒鳴り声は最高潮に達し、金属がぶつかり合う音がそれに加わる。

「紅血月花《ブラッドムーン》はどこで見つかるんですか?」カリーナは煙で咳《せ》きこみながらさけんだ。

「紅血月花《ブラッドムーン》は、闇のむこうの闇にしか育たぬ。神でない神の骨から力を得よ。川に運んでもらうがよい」

「闇のむこうの闇ってなんですか? 神でない神って?」

「祭の週が終わるまえに儀式を終わらせるのだ。そうすれば、おまえはなくしたものを取りもどすことができるだろう。それでなければ、取りもどすことはできぬ」

エファがガクッと前に倒れた。火が消え、カリーナの胸が絶望で満たされる。すると、エファが目を覚ました。

「どうだった?」エファはたずね、それから黒焦げになった父《パパ》のウードに気づいた。「ええっ!」

カリーナは呆然《ぼうぜん》として言葉を失っていた。なによりも大切なものを失ったのに、意味をなさない謎かけしか手に入らなかったのだ。

しかし、怒りが湧きあがるより先に、怒鳴り声が夜気を切り裂いた。

「強制捜査だ！」

第17章

マリク

「強制捜査だ！」

そのひと言で、〈踊るアザラシ亭〉は恐慌の場と化した。客の半分は出口という出口に殺到し、残り半分は、彼らが残していったものを盗んでから、やはり逃げ出した。

オーボアでの強制捜査の記憶が一気によみがえり、とうの昔に癒えたが、決して忘れることのない痛みがぶりかえす。でも、ズィーラーンの城壁の内側で強制捜査が起こるなんて聞いたこともない。どうしてズィーラーンで？　ぼくの正体がばれたのか？

マリクはガバと立ち上がった。「こっちだ！」でも、ドリスもトゥーンデも動こうとしない。

「強制捜査が入るようなことを、だれかがやらかしただけだろ」トゥーンデはまわりで繰り広げられている狂騒を眺めながら言った。「兵士たちにぼくたちの身分を話せば、アジュール庭園棟まで送り届けてもらえるさ。兵士たちの言うとおりにしていれば、問題ないよ」

トゥーンデの確信に満ちた言い方から、強制捜査を経験したことがないのはすぐにわかった。でも、トゥーンデの言うとおりだ。ズィーラーンの兵士たちがこうした捜査を行うときに、探しているのは、トゥーンデやドリスみたいな金持ちの少年ではないのだ。でも、マリクはトゥーンデやドリスではない。いつどんな理由で逮捕されてもおかしくない類の人間であり、すべて兵士たちの言うとおりにしたとしても、まずいことになりかねない。

「ぼくたちのことをちゃんとわかってもらえるか、わからない」皮膚がムズムズして、じっとしていられない。「強制捜査のときは、状況がひどくなると、兵士たちは見ただけで攻撃してくる。ここにいたら、危険だ」

ドリスがぐっと目を細めた。「兵士たちから逃げるのは、なにか隠すことがあるやつだけだ」今ではトゥーンデの顔も疑いで曇っている。

マリクはぐっとテーブルをつかんだ。この反応はまずい。冷静にならなければ、ますます疑われてしまう。ドリスがマリクの経歴を調べるようなことになるのだけは避けなければ。

選択肢はふたつだ。トゥーンデとドリスと強制捜査が終わるのを待つか。たとえそれが、こちらから進んで兵士たちと同行することだとしても。もしくは、今すぐ逃げるか。トゥーンデたちがマリクに寄せていたいくばくかの信頼は失うことになるだろうが、身分を偽ったままでいられるかもしれない。

ここに残るほうがいいに決まっている。レイラならそうしろというにちがいない。頭上では、〈陰の民〉が不安げにぶつぶつつぶやいている。マリクは無理やりその声を遠ざけた。ぼくは息をしている。現実に留まっている。ここに留まっている。今は待つしかない。そうすれば、大丈夫だ。

建物の外でガンと大きな音がした。行き先もなにも考えずに、トゥーンデのいくなという声も無視して、マリクは走り出した。

〈踊るアザラシ亭〉の薄汚い心地よさが、河市場の雑踏に取って代わられる。走りながらも、頭の一部では、すべてを台無しにするまえに引き返せという声が響いている。しかし、何世紀にもわたる残虐行為を通して彼の民に植えつけられた恐怖が、マリクを前へ前へと駆り立てる。

怯《おび》えた人々が四方八方へ逃げていく。ほとんどはまだソルスタシアの晴れ着姿のままだ。ガラスの割れる音が響きわたる。兵士たちがランタンを矢で射貫《いぬ》き、通りは真っ暗になって、もはやなにが起こっても目撃する者はいない。マリクは経験上、中心部と一目見て隠れ場所とわかるようなところからは離れたほうがいいのを知っていた。板が打ちつけてある店や脇道は素通りして、三つの建物に挟まれた路地を見つける。大通りからはほぼ死角だ。捜査が終わるまでここに隠れて、アジュール庭園棟までもどれば――。

「そこの少年、どこへいくつもりだ？」

耳がキーンとなるような高い声が響き、物陰から近衛兵《センティネル》がチーターのような優雅な動きで姿を現した。戦士は槍《やり》を頭上に掲げたまま、じろりとマリクを見た。体中の筋肉が硬直し、一歩も動けなくなる。よりによって近衛兵《センティネル》が？　ここにいるなんて。

本物のズィーラーン人なら、踏みとどまって、すべて誤解で自分はソルスタシアの勇者なのだと説明するだろう。いや、幻を創り出したり、〈霊剣〉を呼び出したりしたっていいのだ。だが、マリクの恐怖は、それ自体が意思を持つ生き物であるかのように、近衛兵《センティネル》に背を向けさせた。

しかし、逃げる間すらなく、近衛兵《センティネル》はマリクを捕らえ、腕をねじあげて地面に押し倒した。顔面に痛みが走り、マリクはなすすべもなく、近衛兵《センティネル》にグイと引き起こされ、河市場のほうへ引っ立てられていった。

近衛兵《センティネル》はそのままマリクを広場に連れていった。片側には固く扉を閉ざした家と店が並び、反対側は長い城壁になっている。真んなかに怯《おび》えた人々が集められていた。ほとんどは外国人で、見たこともないほど大勢の近衛兵《センティネル》が四方を固めている。マリクを捕まえた近衛兵《センティネル》はこともなくマリクをその人たちのほうへ突き飛ばすと、自分たちの列にもどった。

「だれひとり、動くな！」隊長の腕章をつけた近衛兵《センティネル》が怒鳴った。

マリクは、くらくらしながらも必死で今の状況を理解しようとした。ズィーラーンの兵士たちの強制捜査は、エシュラでは日常茶飯事だったが、近衛兵《センティネル》が出てくるとなると、事情がちがう。近衛兵《センティネル》は、一般市民が知る由もない任務にのみ出動することになっている。夜陰に紛れて一族を一網打尽にするとか、敵の戦闘員を拷問して情報を引き出すとか、そういったときだ。だが、そういう場合でも、近衛兵《センティネル》は通常ひとりかふたりで行動し、こんな公の場に数十人もいっぺんに姿を見せることはまれだ。

「いったいいなんなんだ？」勇敢な男が声をあげ、人々のあいだにいらだちが広がった。マリクは腫れた頰を押さえながらも、近衛兵《センティネル》の武器から目が離せなかった。剣と盾は、彼らが身に着けている鎧《よろい》と同様真っ白だったが、捜査が始まって間もないというのにすでに血痕が飛び散っていた。

近衛兵《センティネル》の隊長が前へ進み出た。「この地域は、次の告示が出るまで封鎖される。クサール・アラハリからの命令だ」

「わたしたちを拘束する権限はないはずよ！」前のほうにいた女の人がさけび、何人かがそれに同調して怒鳴りはじめた。その声はたちまちひとつの要求のさけびとなり、群衆がどっと前に出たので、マリクも意思とは裏腹にいっしょに押し出された。

「動くな！」隊長が警告を発したが、群衆は止まらなかった。すると、近衛兵《センティネル》たちはいっせいに剣を抜き、群衆にむかってきた。

抗議の声は恐怖の悲鳴へ変わった。近衛兵《センティネル》たちは一群となって襲いかかり、彼らを突破しようとする者たちを片っ端から切り捨てた。近衛兵《センティネル》のひとりが老人の髪をつかんでうしろに引き倒し、バキッと首の骨の折れる音が鳴り響く。近衛兵《センティネル》たちは戦いながらも、なにかを――もしくはだれかを探しているように見えた。一刻も早く見つけようとするように、人々を雑草のごとく切り払っていく。

マリクは這《は》って前へ出ようとしたが、押し返された。口のなかで血の味と砂の味が混ざり合う。土に押しつけられた顔をゆがめ、よろよろしながらも手と膝をついて体を起こそうとする。立たなければ。ナディアのために立たなければ。

だが、突進してきた群衆にまたもや押し倒された。体中が痛い。でも、ナディアのために——。

「立って」

明るい琥珀色《こはくいろ》の目をした少女が横にしゃがんで、手を差し出していた。混乱しきった世界で、少女だけがくっきりと浮きあがって見える。マリクは少女に引っぱられるがままに立ち上がった。手に手を取り合って人々のあいだをすり抜けていく。広場から数本通りをへだてたところまでいくと、ふたりは暗い戸口に身を潜めた。

少女がつないでいた手を離したとたん、マリクは埃《ほこり》だらけの床に倒れこんだ。痛みで胸が締めつけられ、息が苦しい。目の前の世界がぼやけ、焦点があったかと思うと、またぼやける。

「大丈夫?」少女がたずねた。そして、手を伸ばしたが、マリクはぱっと退いた。

おまえは息をしていないぞ。まだ機能している意識の片隅で声がする。しっかりするんだ、だ。現実に留まれ、ここに留まれ。

目を開いて、周りの状況を理解しようとする。時が過ぎるままに荒れ果てた家のなかにいた。壁にはいくつもの亀裂が走り、床に散らばった家具の破片が、これまでこの家が幾度となく強制捜査を経験したことを物語っている。ここにも〈陰の民〉の気配はない。外の騒ぎに怯《おび》えて逃げたのだろう。

少女はまだマリクのかたわらに膝をついていた。どこかで会ったことがあるような気がして、一瞬考える。質素な召使いの仕着せに、アラハリ家のグリフィンが刺繡《ししゅう》されている。こちらの正気を疑うような目で見ている。いや、実際に正気だとは言い切れない。そのとき、マリクは思い出した。

ライオンのような目。

「きみのこと、知ってる」マリクは弱々しい声で言った。今は、その事実だけが理解できた。

少女は、はっとしたように頭の布に手をやった。「どうして？」

「まえに……」マリクはのろのろと体を起こした。全身が痛い。しゃべることさえ、苦痛だ。「……ソルスタシアのまえの晩に。あの〈踊るアザラシ亭〉で会った」

「ああ、わかったわ」召使いの少女は前かがみになった。「わたしにぶつかってきた子ね。あのときは、泥だらけだったけど」

マリクは、そっちだってぶつかってきたじゃないかと言いかけたけれど、そのとき、外からガシャンと大きな音がした。少女を見ると、両手を握りしめ、目を見開いてドアを見つめている。

「逃げなきゃ——二階へいこう」マリクは震える脚で立ち上がった。「このうちに入ってくるかもしれない。二階なら隠れられる」

発作を起こすと、そのあと極度の疲労感に襲われる。長距離走を走ったあとのように、四肢から力が抜けてしまう。マリクはよろめきながら召使いの少女のあとを追いかけた。ところが、もう少しで階段をのぼりきるというところで、少女はいきなり足を止め、こめかみを押さえた。

「大丈夫だから」マリクがそばにいくと、少女は言った。そして、こめかみをさすりながら階段をあがろうとした。マリクがそばにいくと、少女は言った。

少女の足が服のすそを踏み、ビリッという音がして、少女はうしろむきに倒れた。マリクはぎりぎりのところで少女の腰に腕を回し、受け止めたが、もろとも階段を落ちかけたところで、今度は少女が手すりをつかんで、なんとか踏みとどまった。その一瞬、頭をよぎったのは、どちらかが手を離せば終わりだということだった。そのとき、少女からどこかでかいだことのある香りがふわっと立ち昇った。なんの香りか思い出せずに、頭のなかがぐちゃぐちゃになる。そして、ぱっと下に目をやったのは、ふたり同時だった。

少女の服が大きく裂け、長い脚とたっぷりしたヒップが――。

顔がかあっと熱くなり、マリクは目を背けた。幸い、召使いの少女は別のことに気を取られていた。

「ああもう、ネズミのクソ並み！」少女は破れた生地をつかむと、ナディアがいたら耳をふさぎたくなるような下品な言葉を連発した。「〈大いなる女神〉の罰かなんか？　これじゃ、うちまで帰れない！」

「大丈夫だよ」マリクはまだくらくらしていたが、それでも、さっきよりはだいぶ頭がしっかりしてきた。ドアのほうを見て、今ののしり声のせいで近衛兵《センティネル》たちに気づかれていないかどうかたしかめてから、言う。「このうちのなかに、なにか使えるものがあるんじゃないかな」

少女は破れたところをつまみあげ、マリクは彼女のあとについて二階まで上がった。一階と同様、荒れ果てている。ふたつしかない部屋が上下に重なっている構造だったが、狭苦しい部屋には既視感があった。目を閉じれば、ひび割れた床の上をナディアが走り回る音や、毛布をもう一枚持ってきてという祖母《ナナ》の声が聞こえてきそうだ。ここに住んでいた家族は、これまでズィーラーンで見たどの人たちよりも、マリクの家族に近かっただろう。彼らに降りかかったおそろしい運命のことを思うと、まえにも増して胃がキリキリと痛んだ。

召使いの少女はベッドの端に腰かけ、マリクはひっくり返ったタンスのなかを漁《あさ》って、探していたものを見つけると、針と糸を掲げてみせた。

「色が合わないけど、これで破れたところを縫えばいいよ」

少女はぽかんとしてマリクを見つめた。「やり方なんて知らない」

召使いのくせに縫物もできないのか？　でも、時間はないし、彼女の言うとおり、服の半分が裂けたまま歩き回るわけにはいかない。

「たぶんぼくができるけど――きみが気にしないならだけど。いい？」マリクはつっかえつっかえいうと、生地のほうを指さした。少女がうなずいたので、マリクはやぶれたところをまとめて持ち、彼女の視線をひしひしと感じながら、ひざまずいて縫いはじめた。肌には触れないように極力気をつけたけれど、まったく触れないなんて不可能だ。肌が触れ合うたびに、腹の底に緊張の熱がたまっていくようで、ついもぞもぞしてしまう。〈しるし〉はどうかなったみたいに胸の上をいったりきたりしていた。

「貴族なのに、縫物の仕方を知ってるの？」少女がきいた。低く、心の休まるような声で、物語の始まりを告げる太鼓の規則的な音と似ていなくもない。

マリクの口の端がぴくっとした。「きみは召使いなのに、知らないじゃないか」

少女はクスッと笑っただけだった。まつ毛のあいだからこっそり彼女を見上げたが、彼女もこちらを見ていたので、すぐに目を伏せる。親戚以外の女の子と親しくした経験など、ほとんどゼロに近く、数えるのも恥ずかしいくらいだ。さっき発作を起こしたとき、あんまりみっともなく見えてなかったらいいんだけど。

マリクは手早く破れ目を繕っていった。家族が畑で働いているあいだ、みんなの服を繕っていたときの指の記憶に導かれるように、針をくぐらせていく。強制捜査の悲鳴や爆音が、はるか遠くの出来事のようにくぐもって聞こえる。置いてきたふたりのことを思い出す。ドリスとトゥーンデは、今ごろアジュール庭園棟にもどっているだろう。自分もすぐにもどらなければ。いないことに気づかれれば、怪しまれる。

少女が再び顔をしかめ、こめかみをもんだ。マリクは少女のほうを見上げた。「頭が痛いの?」

「いつものことだけどね」

「ラクダの毛は試してみた?」

雨だ。少女の香りは雨に似ているんだ。雨と、オーボアを出てから目にしていない緑の草の生えた土のにおい。この乾いた土地のどこで、彼女はこんな香りのする場所を見つけたんだろう。

「ラクダの毛を編んだものを頭に巻きつけると、痛みが和らぐんだ」

「ラクダの毛?」少女は片方の眉をあげた。

「本当だよ。ぼくの祖父はひどい片頭痛持ちだったけど、それで治ったんだ」

マリクは口を閉じ、余計な情報を与えてしまった自分を心のなかでなじった。本物の貴族なら、ちゃんとした癒し手にきてもらえるのだから、そんな田舎のやり方に頼る必要はないのだ。

「ラクダの毛ね」少女は考えこんだように言った。「あなたって縫物はできるし、病気の治療法も知ってる。いったい何者?」

「本当ならここにいないはずの人間」マリクは答えた。すでに裂け目の上のほうまで縫い終え、指のすぐ先にある少女の濃い褐色の肌のことを考えまいとする。「そっちは？」

「ここにいないはずの人間」

召使いの少女は少しも臆するようすはなく、世界は自分のためだけに存在しているとでもいいたげだ。彼女の名前を知りたいというくらくらするような気持ちに襲われる。でも、たずねたところで本当の名前は明かさないだろうという気がした。

代わりに彼はたずねた。「さっきどうしてぼくを助けてくれたの？」

少女がわずかに体を動かしたので、マリクの指が再び彼女のももをかすめた。マリクは真っ赤になったが、少女のほうはぜんぜん気にならないみたいだ。「ちょっとまえに、知っている人が傷を負ったのに、わたしはなにもできなかった。わたし……だれかがひどい目に合っているのに、なにもできずにただ見ているだけなんてもう二度といやだって思ったの」

すぐそばにいるので、少女の肩が呼吸に合わせて規則的に上下するのが見える。ふたりのあいだに漂う不思議な魔法を壊さずにすむ言葉が見つからない。

すると、少女がまた口を開いたが、マリクにむかって言っているのかどうか、よくわからなかった。「どうなのかな。愛する人が助けを必要としているとして、でも愛する人を助けるには、憎まれることをしなきゃならないとしたら……それでもする？」

「する」マリクはきっぱりと答えた。

「たとえそのせいで一生許してもらえないとしても？」

「たとえ許してもらえないとしても。たとえそのあと一生憎まれるとしても、する」あと数センチで縫い終わる。マリクは、二枚の布の裂け目を合わせることに集中した。「なによりも大切なのは、愛する人を守ることだと思うから」

ふいに鋭い痛みが走り、指先からじわじわと血が滲《にじ》みだした。これまで針で指を刺したことなど一度もなかった。しかも、こんな簡単な縫物なのに。マリクは親指を口に含んで、血を吸った。そしてまた、ちらりと少女のほうを見た。

「どうして震えてるの？」少女はささやくようにたずねた。震えてる？　そんなこと、気づいていなかった。すると、その瞬間だけふいに、荒れ狂っていた頭のなかが静かになった。ここで、知らない少女といっしょにいると、世界は……静かだった。これまで一度も、彼の世界が静かになったことなどなかったのに。

マリクが口を開こうとしたとき、少女が窓のほうを振り返った。

「聞こえる？」

マリクは耳を澄ました。「なにも聞こえない」

「そういうこと。強制捜査が終わったのよ」


ふたりは、静けさの支配する世界へと出ていった。投げ捨てられた品々や、割れた窓だけが、大虐殺があったことを物語っている。マリクと召使いの少女はがれきのなかをそろそろと進んでいった。物音ひとつ聞き逃すまいと、耳をそばだてる。まるでふたりきりのような気がするが、そうではないかもしれない。〈陰の民〉もまた姿を見せていた。いつもよりも距離をあけて、マリクのあとについてくる。少女が無意識で自分たちのほうを振り返るたびに、シューシューと声をあげた。

河市場の外縁に沿って歩いていくと、テントのうち五分の一ほどが引き裂かれたり、倒されたりしていた。放心状態の子どもが泣きながら家族を探して歩き回り、なんとか無傷で逃れた者も、ふたりの姿を見ると、目に恐怖の色を浮かべて縮こまった。

「どうしてこんなことに？」召使いの少女は、目を見開いてまわりの惨状を眺めた。

「どうしてだって？　近衛兵《センティネル》に刃向かう人間なんていないからさ」マリクはぼそりとつぶ

やいた。エシュラでは、どんな言動も不正と見なされれば、強制捜査の引き金になりえた。宮殿への支払いが遅れたとか、兵士を好ましくない目つきで見たというだけでも、捜査の標的になる。エシュラの民はみな、生まれ落ちたときから、理由があろうがなかろうが首に剣を突きつけられることがあるのを知っていた。

しかし、だとしてもなぜ近衛兵《センティネル》が送りこまれたのかはわからない。なにかおかしなことが起こっている。ぞくっとして、知りたくないという気持ちがこみあげる。「貧しい人や外国人ややり返す力のない人に対するズィーラーンのやり方だよ」

「こんなの——宮殿にもどらなきゃ」少女の琥珀色《こはくいろ》の目で怒りが閃《ひらめ》いた。

そのとき初めて、マリクは、今こそ、クサール・アラハリに住んでいる人間からカリーナ王女のことをききだす貴重な機会だということに気づいた。自分が勇者だと明かせば、手を貸してくれるかもしれない。

しかし、マリクが切り出すまえに、少女が言った。「なぞなぞは得意?」

「まあまあかな」

「『闇のむこうの闇』ってなんだと思う?　『神でない神』は?」

よりにもよって今、こんなことを持ち出すなんておかしな気がした。けれども、マリクは粉々になったガラスの山をよけながら考えた。「最初のやつはよくわからないけど、二番目のほうは、本当の神ではないけど、人々が崇拝しているもののことじゃないかな？」

「本当の神ではないけど、人々が崇拝してるもの……」少女の目がぱっと輝いた。「ケヌア帝国のファラオみたいな？」

マリクは肩をすくめた。ケヌアについてはあまり知らなかった。

ジェヒーザ広場を囲む市場に入り、なめし革の店らしき建物の外に大勢の人が立っている横を通りかかった。品のない声を張りあげてしゃべっているようすからは、すぐそばで騒ぎが起きていたことは知らないか、気に留めていないのが見て取れた。

「妹が宮殿で働いてるんだけど、ハヤブサさまが亡くなったそうだよ。倒れるところを見たんだってさ」

召使いの少女は凍りついて、群衆のほうに身を乗り出した。

「娘が殺ったって話だぜ」元の歯よりも金歯のほうが多い男が言った。「ハヤブサだって、そうやって権力の座に就いたんだ。自分の身内を殺してな。継承権を持った連中が全員同時に死ぬなんて、都合がよすぎるだろ」

「ハイーザ・サラヘルのことをそんなふうに言うんじゃない！」店から老人が前掛けで手

をふきながら出てきた。「ハヤブサさまはわしらの女王《スルタナ》だぞ。敬意を持て」

するると、反対側から五、六人の兵士たちがやってきたので、マリクは頬の内側を噛《か》みしめた。すり足できた方向へ下がりながら、手首のゴム紐《ひも》を探る。

「いこう」マリクはささやいたが、少女は無視して、酔っぱらいたちのほうへ足を踏み出した。危険なエネルギーを発散している。

「何様だ、おれにそんな口をききやがって」カリーナ王女が女王《スルタナ》殺しの犯人だと言った男が、老人にかみついた。

「恥ずかしいと思え。ハイーザ・サラヘルはほんの子どものころから、知恵と品位を持ってわしらを治めてくだすってた。わしらがこんないい生活をしてるのも、ハイーザ・サラヘルのおかげだ」

「そんなにおれたちのことを大事に思ってくれてんなら、どうして開会の儀に現れなかったんだよ？　あの女は死んだのさ」

「知りもしないくせに！」

「おれを嘘《うそ》つき呼ばわりするのか？」

次の瞬間、人々が入り乱れ、武器が見え隠れする。兵士たちがどんどん近づいてくる。

どうにかしないと、あっという間に大混乱になる。でも、マリクになにができ――。

「やめなさい！」

みな、ぴたりと動きを止めた。

マリクはあんぐりと口を開けた。少女が台の上に飛び乗り、己の声の力だけで人々の注意を自分へむけたからだ。

「ひどいありさまね。大の大人が子どもみたいにけんかして。ハイーザ・サラヘルは元気よ」

「どうしてそんなことがわかるんだ？」群衆から声があがった。マリクはうしろへ下がった。耳がどくどく脈打っている。ライオンの目だろうとなんだろうと、この娘《こ》のために死ぬわけにはいかない。

人々は息を呑《の》み、張り詰めた沈黙が訪れた。召使いの少女はさっと頭の布を取った。月光の色をした髪がくるくるとこぼれ落ち、カリーナ王女は揺るぎない目つきで群衆を見まわした。

「わたし、カリーナ・ゼイナブ・アラハリは今夜、母ハヤブサの娘として、そして未来の女王《スルタナ》として、誓う。クサール・アラハリは民を見捨ててはいないと」

これまで聞いたカリーナ王女についての話や噂《うわさ》は、目の前に立っている現実の王女の前に、すべて色あせた。風の吹き抜ける狭い通りで、燃えるような目で群衆を見下ろすカリーナ王女はどこから見ても、まさに何世紀ものあいだオジョーバイを治めてきた女王《スルタナ》そのものだった。

そして、カリーナ王女はこちらに背をむけていた。

みなの目が王女にくぎ付けになっているすきに、〈しるし〉が渦を巻いてマリクの手のなかで短剣となる。〈霊剣〉のつかをぐっと握りしめ、マリクは腕をうしろに引いた。ナディアの悲鳴が耳を貫き、〈やもめの指〉で感じたのと同じ怒りが、体の奥から噴きだす。

一刺しでいい。一刺しで、カリーナ王女の命を奪える。

「このような混乱と暴力は、ズィーラーンの真の姿ではない」カリーナ王女が声を張りあげる。「われわれの先祖がファラオを倒したのは、対立の兆候が見えたとたん、仲間内で敵対し合うためではない。ズィーラーンはあらゆる人々のための安息の地になれる。だれだろうと、どこからこようと！　だが、そうなるためには、われわれが共に立ち上がらなければならない。分断するのではなく！」

群衆はざわめいた。マリクは、自分たちが大勢の人々に囲まれていることに気づいた。

今、カリーナ王女を殺したら、自分もただではすまないだろう。そうしたら、どうなる？

それでも、イディアはナディアを解放するだろうか？

その一瞬、マリクの決意は揺らぎ、握りしめた〈霊剣〉が震えた。

そしてその一瞬を狙ったように、石が飛んできて、カリーナ王女の額にあたった。王女はのどを締められたような声をあげると、マリクの目の前で崩れ落ちた。

第18章 カリーナ

カリーナは、石が飛んできたのは見なかったが、次の瞬間、痛みが走った。いつもの片頭痛と似ていなくもない痛みが。最後に覚えているのは、夜の瞳《ひとみ》を持つ少年を必死で探したことだ。だが、少年の姿はあっという間に、怒り狂う群衆と、彼女のもとへ駆けつけようとする兵士たちの波に呑《の》みこまれた。兵士たちはすぐさまやってきて、カリーナを抱え、群衆のなかから連れ出した。最後にもう一度、振り返ったが、一様に怒りの形相を浮かべた人々を見れば、カリーナだろうがだれだろうが、彼らを鎮めることなど不可能だったのがわかった。

だが、だとしても、今の出来事は、自分が女王《スルタナ》にふさわしい者かどうかの試金石だったような気がしてならなかった。そして、それに自分は失敗したのだ。その言葉は、クサール・アラハリにもどるあいだずっと、カリーナの頭のなかで鳴り響いていた。

失敗。失敗。失敗。

どちらのほうがつらいだろうか。額の傷の痛みと、母を殺したのはカリーナだと人々が信じていたことと。

自分の評判がかんばしくないのはわかっていたが、無責任だと思われているのと、殺人もしかねないと思われているのでは、天と地ほどのちがいがある。人々の非難の言葉は、怒りと悲しみと混ざり合ってカリーナの胸を焼き焦がした。

あのとき、危険だとわかっていても身分を明かしたのも、そのせいだ。あのまま放っておいて、嘘《うそ》が野火のように燃え広がるのを許すわけにはいかない。

しかし、石が飛んでくるとは想像すらしていなかった。あのときの最後の記憶は、彼女の服を繕ってくれた少年が混乱の場から姿を消したことだ。無事に家までたどりついていますように。どこに住んでいるのかも知らないけれど。

カチン！という鋭い音が響き、カリーナはハッとした。競技場の真んなかでワカマの選手がふたり、棒を交え、五万人の観衆がわっと沸き返った。ソルスタシア三日目の〈風〉

の日の朝を迎え、カリーナは貴賓席で評議員の面々とワカマの試合を観戦していた。勇者たちの試練が中心とはいえ、この一週間はほかにも何百という芸術や競技の催しが行われる。こうした一般の催しにはだれでも参加することができ、民の人気を集めていた。

「トゥーセシュティー！　ワカマ！」観衆はワカマの伝統的な掛け声を口にし、象牙の長い角笛を吹いて、手に持った竹をカチカチと鳴らしている。「トゥーセシュティー！　ワカマ！　トゥーセシュティー！　ワカマ！　ワカマ！」

ムワレ・オマルがカリーナのほうに身を乗り出し、たっぷりとした白いひげをヒクつかせながら言った。「全額を〈火〉の勇者に賭けましてね。彼女が勝つことを祈りましょう」

カリーナは無理やり笑顔を作った。「ご自分の守護神を応援するのは大切ですものね」

ワカマのルールは一見難しそうに思えるが、実際は簡単だ。ふたりの選手、二本の棒、チョークで描かれた直径四十五メートルの円。棒と棒、棒と身体の接触だけが許され、どちらかが降参するか、円から出たら、そこで試合終了。

現在の最有力優勝候補は〈火〉の勇者デデレイ・ボチエだ。勇者に選ばれるまえに試合にエントリーしていたため、第二の試練の直前だが、出場を許された。デデレイが後方宙返りで相手の反対側に出て、肩越しに痛烈な一撃を加えると、評議員たちは歓声をあげた。

「全額賭けた甲斐《かい》がありそうだな」ムワレ・オマルがカッカッカと笑ったので、カリーナは彼を押しやりたくなるのを必死でこらえた。カリーナ自身、だれにも負けないほどのワカマ好きだが、昨夜の虐殺が頭から離れない。この城壁の内側で目にしたことのないような不正が行われている場に居合わせたというのに、のんびりすわってズィーラーンの正義を称《たた》えることなどできるはずがない。

強制捜査の実行を命じることができるのは、今ここですぐうしろにすわっている連中だけなのだ。カリーナはすぐさま評議員たちに問いただしたくてたまらなかったが、ハミードゥ司令官の警告が頭のなかで鳴り響いていた。自分がどの程度知っているかを明かしてしまえば、裏切り者が信用されていないことに気づいてしまう。

「トゥーセシュティー　ワカマ！　ワカマ！」観衆の興奮が高まっていく。「トゥーセシュティー　ワカマ！　ワカマ！」

デデレイが相手の連打を右へ左へと避ける。カリーナはジェネーバ大宰相のほうへ体をかたむけた。「ワカマにはぴったりの日よね？」

「見ている者にとってはそうかもしれませんが、この暑さのなかで試合をするだなんて、わたしには信じられません」ジェネーバ大宰相は昨日の強制捜査のことはまだひと言も口にしていない。彼女の態度からは、なにか問題が起こっているようすはみじんもうかがえなかった。ジェネーバ大宰相の背はカリーナの胸までしかないが、見下されているのは自分のほうだという気持ちは振り払えなかった。

「もちろんそうよね」カリーナはうしろにすわっているファリードのほうをちらりと見たが、あからさまに視線を避けられた。カリーナがもどってきて以来ずっと、いつになく沈黙を守っている。カリーナの無謀な行動に、腹を立てているのだろう。

カリーナは慎重に言葉を選びつつ言った。「ところで、試合の後、時間があったら、ソルスタシアが終わるまでの警備の確認をしたいんだけど」

「その必要はありません、殿下」大宰相は試合から目を離しもせずに言った。「何週間もまえに、お母上に承認をいただいておりますから」

本当のはずがない。母が、あんな強制捜査を許すはずがない。それに、ソルスタシアのまえからあんなことが行われていたとしたら、カリーナの耳に入らないはずがない。

「それでも、もう一度見ておきたいの。必要のない地域まで強制捜査をするような、余分な兵力はないはずよ」カリーナは目を細めた。「例えば、河市場みたいな」

デデレイの相手が背中にきれいな一撃を決め、観衆が息を呑《の》んだ。ジェネーバ大宰相はようやくカリーナのほうにむき直った。

「殿下にひとつ、助言をさせていただきますが、殿下はお力をすべてソルスタシアに注がれたほうがよろしいかと存じます。開会の儀であのような問題があったことを考えましても、当然でしょう。陛下がご病気であらせられる今、都の取り締まりについてはわたくしどもにお任せください。わたくしどもはもう何十年も、やってきたのですから」

周囲からワッと歓声があがり、デデレイが相手を打ち倒した。けれども、カリーナに聞こえるのは、耳のなかで吠《ほ》えている怒りの声だけだった。

ファリードが前に、宮廷の会話はすべて、バラのふりをしたトゲだと言っていたことがあるが、カリーナはようやくその意味を理解した。大宰相に言い返す言葉はない。公式には、女王《スルタナ》は病気だということになっている。女王《スルタナ》が病気のときは、評議会が実権を握ることになっている。

カリーナが答えをひねり出そうとしていると、大宰相が言った。「ところで、妙な話を耳にしたのですが。なんでも、殿下を名乗る者が河市場に現れたとか」

カリーナは髪に隠れた傷に手をやりたくなるのを必死でこらえた。「それは確かに妙ね。わたしには、そんな話は届いていないけれど」

「本当のはずないことはわかっていますから。殿下は昨日は、お休みになられていたんですから。殿下が見知らぬ男といたという話も、ただの噂《うわさ》なのでしょう」大宰相は、海緑色のカフタンのしわを伸ばした。「心配なのは、民というのは、簡単に殿下の意図を疑うものだということです。殿下の品位に疑問を持つ者が現れぬよう、われわれの力でできることはすべてやるべきだと、申し上げておきます」

カリーナに、エファが言っていたような魔力があれば、今すぐにでも大宰相をここから吹き飛ばしてやったのに。恥ずかしさがこみあげるが、すぐに抑えこむ。たとえ本当に男とひと晩過ごそうと、他人がとやかく言うことではない。

「トゥーセシュティー　ワカマ！　トゥーセシュティー　ワカマ！　ワカマ！　トゥーセシュティー　ワカマ！　ワカマ！」

「強制捜査については？」カリーナの口調から、形式的な礼儀は消えていた。「この都でだれよりも弱い立場にある人たちを脅して、なんになるわけ？」

「だれよりも大切だった友人が亡くなったんです」ジェネーバ大宰相はぎりぎり聞き取れるような声で言ったが、その言葉はカリーナの耳のなかに反響した。「責を負うべき人間には報いを受けさせる。たとえ、そのためにズィーラーンじゅうの家を打ち壊すことにな

って も」

これまででいちばん大きな歓声が、競技場を土台から揺るがした。デデレイが勝ったのだ。デデレイは相手の首根っこを棒で押さえつけていた。

「未来の女王《スルタナ》の命令でも、強制捜査をやめるつもりはないの？」

ジェネーバ大宰相の目に浮かんだのは、明らかに挑戦の表情だった。「やめません」

世界が沈黙した。最初、カリーナは怒りのせいで音が聞こえなくなったのかと思ったが、そうではなかった。本当に、競技場が静まり返っている。全員の目がカリーナにむけられている。

その真んなかで、デデレイが棒でまっすぐカリーナを指していた。

「カリーナ・アラハリ。今ここで、試合を申しこむ！」デデレイが大声で言った。観客が興奮したようにざわめく。大会中に勇者が王家のひとりに試合を申しこむ？　ソルスタシアだとしても、これは前代未聞だ。

ファリードがすぐさまやってきて、首を横に振った。

「きみを煽《あお》っているだけだ」今日、初めてファリードがカリーナにむかって口にしたのが、この言葉だった。それが、カリーナの怒りを逆なでした。「デデレイなど無視しろ。次へ進むんだ」

デデレイの傲慢な表情は、カリーナ自身が、演奏家たちにむかって幾度となく浮かべてきたものと同じだった。自分がすでに勝っていると確信している者の顔だ。カリーナをだしにして、自分の人気を取りもどすチャンスだと思っているのにちがいない。王家への侮辱罪で逮捕してやろうか？　勇者だろうが関係ない。母だったら、決してこんな愚行を許さなかっただろう。

カリーナが拒否しようとしたそのとき、ジェネーバ大宰相が口を開いた。「殿下に代わって、わたしが辞退申し上げる。殿下はそうでなくても山のような責務を抱えていらっしゃる。これ以上、増やす余裕はない」

大宰相が女王《スルタナ》の代わりになにかを言い渡すことはよくあり、宮廷の礼儀作法にのっとったものだったが、カリーナはまるで横っ面をひっぱたかれたような気がした。これが、自分の望んでいた女王《スルタナ》の姿だろうか？　こんなふうにいとも簡単に軽く見られるのが？

開会の儀では民を失望させた。

強制捜査のときもだ。

三度目はありえない。

カリーナは立ち上がり、周囲がハッと息を呑《の》むのを無視して言った。「その挑戦、受けてたとう」

　どっとあがった歓声も、心臓が激しく打つ音をかき消すことはできなかった。


　十分後、カリーナは選手用のチュニックとズボンを身に着け、競技場に立っていた。カールした髪はゆるめにまとめ、宝石類はすべて外した。杉の棒を右手と左手交互に持ち替えながら、審判がルールを読みあげるのを聞く。

「棒以外の武器は使用しないこと。棒と棒の接触は認められる。棒と体も認められる。相手が降伏するか、両足がリングから出たら、勝利とする」

　デデレイが、強い意志を宿したまなざしでカリーナをじっと観察している。〈火〉の勇者はカリーナより頭半分背が高く、複雑に編まれたコーンロウを首のうしろでひとつにまとめている。腕の筋肉は盛り上がっている。競技場の反対側には、デデレイの家族と〈火〉の一団が陣取り、声援を送っていた。ライオンの巨大な布人形が席の前をいったりきたりして、興奮した観客をさらに煽《あお》っている。

　カリーナはすでに後悔していた。またもや、頭でなく感情で動いてしまったのだ。だが、今日という日にこれ以上の愚弄をカリーナが許すと思うなら、〈大いなる女神〉はまちがっている。それに、これは、ソルスタシアでカリーナが参加できる唯一の催しかもしれない。カリーナだって楽しんだっていいだろう。デデレイにこてんぱんにやられて血だらけになるまでだが。

「用意はいいか？」審判が大声で言った。

「用意はできた！」

デデレイとカリーナは共に棒で地面を叩《たた》いた。

最初にワカマをカリーナに教えたのは、ハナーネだった。そして火事のあと、カリーナに許されたなかで、実戦にいちばん近いのがこのワカマだ。耳に響くハナーネの声を思い出しながら、足を大きく開いて防御の姿勢を取り、剣のように棒を構える。アラハリ家の者をそう簡単に笑い者にはできないことを、ズィーラーンの民と評議員たちに見せてやる。

審判が角笛を吹いた。「はじめ！」

デデレイは、〈火〉の守護神の象徴である豹《ひょう》の優雅さとスピードで突進してきた。スズメバチのような動きで、まずカリーナの右肩を突き、ついで腹に連打を浴びせかける。カリーナが予想していたよりはるかに速い。カリーナが最後に受けた一打からなんとか体勢を立て直したときにはもう、次の構えを取っていた。

カリーナはあえぎながら棒を突き出して、デデレイの足首を引っ掛け、相手がバランスを崩しているすきにうしろへ回り、呼吸を整えた。

「トゥーセシュティー　ワカマ！」観衆が声をそろえてさけびはじめる。「トゥーセシュティー　ワカマ！　ワカマ！　トゥーセシュティー　ワカマ！　ワカマ！」

試合はまだ始まったばかりなのに、カリーナの額から汗がしたたり落ちる。それでも、カリーナは大声で言った。「さっさとあんたの首を取っておくべきだったわね」

デデレイはニヤッと笑い、カリーナの脇腹を強打した。「未来の妻と充実した時間を過ごしたかったんでね。相手を知るなら、ワカマの闘い方を見るのがいちばんでしょ？」

カリーナは思わず笑ったが、次の瞬間、後悔した。デデレイの棒が足を直撃したのだ。

「あまり威張らないほうがいいわよ、勇者デデレイ。まだソルスタシアの試練で勝ったわけじゃないんだから」

デデレイは身長も体重もカリーナに勝り、明らかに優位に立っていたが、ワカマでは体の大きさだけが勝負を決めるのではない。相手を単に打ちのめすだけでなく、戦略で負かす必要があるのだ。

ハナーネのささやきが聞こえる。ワカマは戦争と同じ。大きいほうが常に戦争に勝つとはかぎらないでしょ。

カリーナの頭にアイデアが閃《ひらめ》いた。王の心臓に一歩近づくための策が。

「提案があるの」カリーナはさっと前へ出て、デデレイに打ちかかった。棒と棒のぶつかる音が響きわたる。「もっとおもしろくしましょ。この試合に勝ったほうが、敗者になんでも好きな要求をできるっていうのはどう？ 相手は必ず聞き入れなきゃいけない」

もちろん、すべてを運命の手にゆだね、デデレイ以外の勇者が優勝するよう祈ることもできる。

しかし、自らの手で運命を変え、望み通りの結果を生むことだってできるのだ。

耳元でヒュッと棒が風を切る音がして、すかさず頭を下げる。「自分の負けがほとんど決まってるっていうのに、どうしてそんな提案をするわけ？」デデレイが言う。その自信に満ちた物言いに、カリーナは思わずニヤッとする。別の状況だったら、いい友だちになれたかもしれない。

「賭けが好きなのよ。それに、愛《いと》しい未来の妻よ、真の〈火〉の勇者は挑戦されて受けないなんてことはないでしょ？」〈火〉の者たちは、ほかのどの守護神の者たちより気が強い。案の定、このひと言はカリーナの思った通りの効果をもたらした。デデレイは棒を大きく振りかぶり、鼻の穴を広げて言った。

「わかったわよ」そう言うと、デデレイは勢いも新たに突進してきた。カリーナはさっと地面に転がった。

母やハナーネはどう戦っていたか、思い出そうとする。だが、デデレイが間髪入れずに棒を振り下ろし、カリーナの棒は跳ね飛ばされた。カリーナが素手になっても、デデレイはまったく容赦するようすもなく、力いっぱい棒を振り下ろす。〈火〉の勇者の連打を浴び、カリーナの皮膚はたちまち打ち身だらけになり、つぎはぎの地図のようになった。カリーナは自分の棒めがけてすべりこんだが、デデレイの棒に腹をひっかけられ、仰向けに転がされる。そのままごろごろと転がって、リングの縁から数十センチのところでようやく踏みとどまった。

「降参する?」〈火〉の勇者は大声で言った。

「トゥーセシュティー、ワカマ、ワカマ! トゥーセシュティー、ワカマ、ワカマ!」

全身が痛みで悲鳴をあげている。頭の傷が開き、血で視界がぼやける。

評議員たちを従わせることもできない。

子どもの遊びで勝つことすらできない。

一人前の女王《スルタナ》にはなれない。それどころか、一人前の人間ですらない。母のようにはなれない。今はもう、デデレイにさっさと勝ちを決めてくれと祈るだけだった。

デデレイはカリーナの胸に棒を振り下ろした。だが、リングの外へ出そうとはしない。本当なら、数回前の攻撃でとうに勝ちを決められていたはずだ。わざとカリーナを弄んでいるのだ。それができるという、ただそれだけの理由で。その事実は、体じゅうに広がっていくあざより、カリーナを傷つけた。

「かのハヤブサの娘なら、もう少しやってくれると思ってたけど」歓声と怒号の嵐のなか、デデレイの声がかすかに聞こえる。「でも、どうやら未来のズィーラーンの女王《スルタナ》は、力も技も持たない役立たずの砂漠の花ってところみたいね」

カリーナの胸の奥で、なにかが切れた。

動物的なさけび声をあげると、カリーナはさっと腕をあげ、デデレイの振り下ろしたとどめの一発を受け止めた。耳をつんざくようなバギッという音と共に、デデレイの棒が真っぷたつになって吹っ飛ぶ。デデレイがなにが起こったのかわからずにいる一瞬のすきを突いて、カリーナは落ちてくる棒を受け止め、体を半回転させてもう半分をリングの外へ蹴りだした。

評議会のことも、母のことも、姉のこともすべて忘れ、カリーナは目の前にいる敵に襲いかかった。どうにでもなれ、もはや失うものはなにもない。不正確で予測不可能なカリーナの攻撃は法外な速さと執拗《しつよう》さで、通常の防御法は通用しない。デデレイの顔に狼狽《ろうばい》の色が浮かぶ。防戦一方となり、カリーナの攻撃を避けるのがやっとだ。

もはや優雅さも戦略もない動きで、とどまることを知らぬ純粋な怒りのみにかき立てられ、棒を振り下ろす。今日は〈風〉の日だ。カリーナの守護神の日なのだ。今日は、カリーナが勇者なのだ。その地位はだれにも譲らない。

デデレイが吠《ほ》えた。カリーナの棒がデデレイの左耳をとらえ、腹を突く。デデレイはカリーナの胸めがけてこぶしを繰り出したが、カリーナはさっと体を反転させ、その勢いのままデデレイのうしろに回った。

バイーア彗星《すいせい》が自分の鼓動といっしょに瞬いているようだ。その一瞬、カリーナは競技場と自分の姿をはっきりと見た。これまで知らなかったエネルギーが、集まっている人々すべてを輝く網で包みこむのを。

空に目をやり、どこかにいる母が見ていることを願う。

そして、デデレイの頭めがけて棒を振り下ろした。血が噴きだす。デデレイは跳ね飛ばされ、リングの数メートル先にどうと倒れこんだ。

みなが息を呑《の》んだような沈黙が訪れた。カリーナの視界は血と砂と汗でぼやけていたが、それでも頭を高くあげ、自分を見下ろしている何千もの視線を受け止める。そして、棒をまっすぐ評議員たちのほうへむけた。

「大宰相、これでわたしに余裕があることはわかったわね」カリーナは大きな声で言った。

ひと言発するたびに、新たな痛みが体を駆け抜ける。

だれかが歓喜の声をあげた。と、たちまち、大歓声が競技場を包みこむ。ズィーラーンの人々が、ほんの子どもから年を取った老人たちまで、声をかぎりにさけんでいる。

ハヤブサにではない。

ハナーネにでもない。

カリーナにむかって。

カリーナは半分になった棒を拾いあげると、頭上に高々と掲げた。戦いからもどった戦士のように。人々の声がますます大きくなる。カリーナは勝利感に浸って、評議員たちの呆然《ぼうぜん》とした顔を見つめた。

ズィーラーンはアラハリ家のものだ。カリーナが息をしているかぎり、それは変わらないのだ。

彼女の手からこの都を奪おうとする者はみな、ハヤブサの娘もまた、鋭いかぎ爪を持っていることを思い知るだろう。

〈Ⅱにつづく〉

ローズアン・A・ブラウン　Roseanne A. Brown
アメリカの作家。ワシントン郊外在住。ガーナで生まれ、3歳の時にアメリカに移住。メリーランド大学でジャーナリズムを学ぶ。また、同校で、短編小説、詩、脚本の創作を学ぶ、ヒメネス＝ポーター・ライターズ・ハウス・プログラムを修了。デビューとなる本作がニューヨーク・タイムズでベストセラーとなる。石川県能美市で、外国語指導助手を務めていたこともある。

三辺律子　Ritsuko Sambe
東京都生まれ。英米文学翻訳家。白百合女子大学、専修大学講師。主な訳書に「ドラゴンシップ」シリーズ（評論社）、「龍のすむ家」シリーズ（竹書房）、『最後のドラゴン』（あすなろ書房）、「オリシャ戦記」シリーズ（静山社）など。共編著書に『BOOKMARK　翻訳者による海外文学ブックガイド 1&2』（CCCメディアハウス）などがある。

ズィーラーン国伝Ⅰ
神霊の血族
二〇二四年七月三〇日　初版発行

著　者　ローズアン・A・ブラウン
訳　者　三辺律子
発行者　竹下晴信
発行所　株式会社評論社
〒162-0815　東京都新宿区筑土八幡町 2-21
電話　営業 03-3260-9409
編集 03-3203-9303
https://www.hyoronsha.co.jp
印刷所　中央精版印刷株式会社
製本所　中央精版印刷株式会社

ISBN978-4-566-02481-6　NDC933　p.360　188㎜ × 128㎜